Achim Elfers: Die Weltenhavener Runde

Achim Elfers

Die Weltenhavener Runde

Roman

Verlag Ch. Möllmann

Titelphoto: Michael Feuser:
Hamburg, Landungsbrücken

Erste Auflage 2017

Umschlaggestaltung unter Verwendung eines Photos von Michael Feuser,
Hamburg; www.luftzumathmen.de

ISBN 978-3-89979-272-0

Im Andenken an Sönke Fabel und Jürgen „Johnny" Reimers

Inhalt

Vorwort

„Wo liegt Weltenhaven?", mag wohl Jemand fragen. Nun, diese Stadt ist zwar auf keiner bestimmten Stelle dieser Erde erbaut und auch in keinem Weltatlas vermerkt worden, jedoch wird der Ortskundige derweil des Lesens gewiss bemerken, dass in diesem episodischen Roman zahlreiche Ortsangaben zu lesen sind, die in die **Freie und Hansestadt Hamburg** passen. Dies ist kein hohler bedeutloser Zufall, denn Hamburg gilt als „das Tor zu *der Welt*" und ist ein wohlgekannter *Hafen* Deutschlands; nichtsdestominder ist die Frage ‚wo?' hier eigentlich einerlei.

Die Frage ‚wie?' ist wichtiger. *Wie* liegt Weltenhaven? Wie nämlich und von welchem „Hafen" kommt der Mensch zu je „seiner Welt"? Derweil seines Kommens bemerkt er dies so wenig, dass er später ohne Erinnerung dessen ist. So mag er denn ohne Gewissheit denken, „seine Welt" und die seiner Geschwister seien „die eine Selbe". Ein jeder sprechende Mensch jedoch *erdeutet* sich „seine *eigene* Welt" – wenn auch mit großer Schnittmenge mit der seiner Nächsten. Aber in der Folge vieler Unterschiede in der *Seiensdeutung* und *-wertung* findet der einzelne Sprecher nur selten einen Freund in der Tiefe des Geistes.

Dies veranschaulicht der vorliegende Roman in zahlreichen Gesprächen. In ihnen werden ungewohnte Gedanken in ungewöhnlicher Sprache dargereicht und erörtert. Aber die gewisslose Gewohnheit ist manchem Sprecher ein Ersatz für „echtes Wissen", ohne dass er es bemerkt. Dem kann jedoch abgeholfen werden, wie hier dargestellt wird.

Zu allen Fragen betreffs Worte und deren Buchstabierung siehe im Glossar ab S. 199 ff!

Hamburg und Schloss Hamborn,
im Weinmonate anno salutis 2017

1. Die Teilung des Meeres

Wir vier Freunde – Hans, Jan, Wolfgang und ich – waren über mehrere Jahre nicht zusammengekommen, weil Hans auf Reisen war und immer anderswo weilte, Jan hingegen durch seinen Beruf als Anwalt übermäßig eingebunden war, und Wolfgangs Zeit nahezu gänzlich mit seiner Musik und seiner Familie erfüllt war. Nun aber empfing ich unerwarteterweise einen Anruf, in dem zu meinem freudigen Erstaunen Hans sich als „wieder hier" bei mir meldete. Es war so leicht, wie einst: ohne erst warm werden zu müssen, sprachen wir etwa zwei Stunden lang miteinander über zahllose Einzelheiten all seiner weiträumigen Reisen und auch meiner ruhigeren Reise, als die ich mein Hindurchfahren durch die Zeit empfinde. Wir sprachen in trauter Nähe und wären gern noch länger beieinander geblieben, um all das Erlebte ausgiebig zu erzählen und dessen uns in der Tiefe des Gemütes Bewegendes zu ergründen. So kam der Wunsch auf, weiterzusprechen, und zwar womöglich in der alten Runde mit Jan und Wolfgang. So versprach ich Hans, zu versuchen, uns Viere bald wieder zusammenzubringen.

Eines Abends war es so weit: wir kamen in unserer altvertrauten Runde nach Jahren wieder zusammen. Des Erzählens war kein Ende; hauptsächlich Hans ward über fremde Stätten und ferne Gestade befragt und erzählte immer etwas, das irgend am Meere geschehen war. Eines Males war es in Broome, dann in Bergen, anderen Males war es in Porto, dann in Port Vila. Wieder anderen Males war es in Funchal, dann in Freemantle, et c. Immer waren Hans und sein Erlebtes am Meere gewesen. Nach so viel Meer aber erzählte Jan uns als eine Art Gegengeschichte eine bemerkenswerte Begebenheit. Wir alle lauschten noch immer aufnahmebereit nun seiner Erzählung.

„Das Meer", hob er an, „wogt nicht nur in Fernlandien und Weitfortistan an 's Ufer, Jungens, sondern auch hier. Dieser Tage erlebte ich etwas besonders Merkwürdiges, das außer mir und einem Taxifahrer vermutlich keinem Menschen auffiel, das ich jedoch seit dem nicht vergessen habe. Und das will ich euch erzählen, dass es euch zu denken gebe.

Wie üblich stieg ich vor meinem Anwaltsbureau am Leinpfade in mein fernmündlich bestelltes Taxi, um zu 'm Flughafen in Fuhlsbüttel zu gelangen. Darzu müsst ihr wissen oder wisst es ja, dass der Leinpfad eine enge Straße ist, die am Winterhuder Fährhaus in die Hudtwalckerstraße einmündet. Wer von dort aus dem Leinpfade hinaus will, der kann nur auf die Hudtwalckerstraße nach rechts einbiegen, weil der Gegenverkehr nach links durch die durchgezogene weiße Linie nur verbotener Weise zu erreichen wäre, wenn denn der stets starke Querverkehr das überhaupt zuließe. Die Hudtwalckerstraße kennt ihr ja. Diese in jede Richtung zweispurige Straße zwischen Ludolfstraße, wo früher das Fischrestaurant war, und dem Winterhuder Marctplatz; wenn man nach rechts einbiegt, geht 's Richtung Barmbeker Straße oder hoch bis zu 'm Jahnring. Will man aber zu dem Flughafen, wie ich immer, dann muss man aus dem Leinpfade unmittelbahr (zu ‚Bahre' und ‚ent-behren') nach dem Einbiegen in die Hudtwalckerstraße an der nächsten Ampel nach links in die Bebelallee einbiegen. Der Weg bis zu dieser Ampel ist nur allerhöchstens einhundert Meter lang. Das heißt, dass man die nur zunächst zweispurige Hudtwalckerstraße schnellstmöglich von der rechten über die nur zunächst linke Spur wechseln muss, die dann aber sozusagen zu 'r mitteleren wird, weil die Linksabbiegespur unmittelbahr hinzukommt. So gesehen muss man zwei Spuren überqueren, um überhaupt nach links in die Bebelallee abbiegen zu können. Bei starkem Verkehrsaufkommen auf einer solch engen Durchgangsstraße könnt ihr euch denken, wie schwer das ist. Ein unsicherer Fahranfänger hat keine Chance, das hinzubekommen. Und auch ein gewiefter Taxifahrer muss mit Druck sich über die Bahnen in die linke Abbiegespur drängeln, sonst kommt er nicht durch. So war das schon seit Jahren; ich kannte das nicht anders als so wie gerade erzählt und dachte, so müsse es sich auch jetzt und immer verhalten.

Und dieser Tage stieg ich allso vor dem Hause meines Anwaltsbureaus in das Taxi ein und war voller Drang, weil ich mal wieder kurz vor knapp noch ein wichtiges Ferngespräch führen gemusst hatte und somit schon spät daran war. Ich nannte allso dem vielleicht vierzig Jahre alten Taxifahrer, den ich noch nicht kannte, Alles, das er wissen musste: „Flughafen, aber zügig! Und zwar müssen wir dar vorn schon nach links in die Bebelallee; wissen Sie das?"

„Jo", sprach der Chauffeur freundlich lächelnd. „Weiß ich Alles. Wir schaffen das; vertrauen Sie mir!"

Und dann fährt er mit einer Gemütlichkeit los, als wollten wir zu einem Sonntagspiquenique. Ich reiße mich mit aller Kraft zusammen, weil wir ja noch bei mir auf dem Hofe sind und ich keine Panik auslösen will. Er aber stellt sich zu 'm Rechtseinbiegen an die Ecke des Leinpfades und wartet geradezu unverschämt und in aller Ruhe, dass ihn irgend ein von links kommender Autofahrer vorlässt und wohl gar noch hereinwinkt. Aber lückenlos wie ein vom Sturme gehetztes Meer strömt der Wagenfluss vorbei, und keine Einfahrt ist möglich. So, wie immer dort. Mir in meiner Eile platzt der Kragen und ich ranze den Fahrer lautstark an: „Mann, so wird das nichts! Hier muss man mit Druck und festem Willen sich hinein drängen. Die Leute sind allesammt rücksichtslos und weichen nur der rohen Gewalt!"

Er aber bleibt gelassen und spricht in friedlichstem Tone: „Vertrauen Sie mir nur! Es gelingt auch ohne Druck und Gewalt."

Ich denke, ich höre nicht richtig. Der hatte vielleicht Nerven! Na, ja, aber einen Unfall will ich auch nicht erdrängen. Allso muss ich mich zusammennehmen. Gebannt und atemlos blicke ich nach links. Und mit einem Male teilt sich das reißende Meer und ein Fahrer winkt uns doch herein. Und unmittelbahr darauf, dass wir losfahren, winkt uns ein zweiter auf die mittelere Spur und ein dritter auf die linke Spur zu 'm Abbiegen. Wie choreographisch einstudiert passt Alles haargenau und gänzlich ohne Gewalt oder Druck. Der Taxifahrer dreht sich zu mir um und lächelt mir mit einer geradezu wunderbahren Gewissheit zu. Aber ohne rechthaberischen Triumph. Vollendet sympathisch!

„Mann, so, wie Sie, will auch ich *leben*!“, entfuhr es mir in meiner Beeindrucktheit.

Na, Jungens, was sagt Ihr darzu?“

„Ein netter Zufall!“, tönte prompt Wolfgang, der einen im geistlichen Sinne tieferen Zusammenhang gern Leugenende unter uns.

„Zufall? Das ist so aussagekräftig wie zu sagen: ‚Geschehen‘.“, entgegenete Hans.

„Wieso? Sind Zufall und Geschehen das eine Selbe?“

„Beinahe. Mittels des Namens ‚Geschehen‘ benennen wir Alles, das geschieht und wird und an uns passiert, sprich: vorüberzieht; allso Alles, das je der Fall ist. Mittels des Namens ‚Zu-Fall‘ aber benennen wir den *Fall*, der zu einem anderen geschehenen Falle geschehentlich hin*zu*fällt. Allso benennen ‚Geschehen‘ und ‚Zu-fall‘ beinahe Selbiges. Das nennt aber nicht mit, dass hinter dem Hinzufallen des Hinzufälligen keinerlei tiefere Bewandtniss oder Bedeutung stecke. Das deuten immer nur die Atheisten dar so hinein; können sie ja auch, aber diese Deutung steckt weder in dem Worte noch im Namen implicit, sondern in der Atheisten Welt*deutungs*weise.“

„Ho! Jetzt hast du ’s mir aber gegeben!“

„Jo, und zwar umsonst, mein Lieber!“, lächelte Hans doppeldächtig.

„Vielleicht empfinden die Jenigen, die ohne Gott oder Geist ihre Welt als etwas „Mechanisches“ deuten, eine Angst gegenüber einer tieferen oder höheren Bedeutung, und drücken sie deswegen gedanklich vor dem Bewissen weg?“, fragte ich mich im Stillen und von den Jungens unerhört.

„Aber was sagt ihr denn noch zu der Geschichte?“, fing Jan wieder an.

„Ich denke, dass du die Geschichte verfälscht habest.", sprach Hans bedenklich.

„Wieso? Das war keine Falschaussage und nicht gelogen! Ehrlich nicht! Der Strom der Fahrzeuge teilte sich wie das Rote Meer bei Moses!"

„Ja, das nehme ich dir gern ab. Aber ich denke nicht, dass der Taxifahrer es dir „gezeigt" habe, sondern mit dir gemeinsamm etwas habe geschehen lassen, vielleicht mit ihm als dem Jenigen, der den Vertrauensvorschuss gab. Aber du wirst hinter deinen uns heute genannten harten Wörtern des Zweifels an eine Möglichkeit gedacht haben, und dieser Dacht wird vielleicht durch darmales minder harte Wörter dem Taxifahrer deutlich geworden seien. In: „Mann, so wird das nichts! Die Leute sind rücksichtslos und weichen nur der rohen Gewalt!" höre ich eher die Rede eines Mitmenschen, der sich für das Wunder des friedlich miteinander gelingenden Werdens bitter urteilend verschließt. Aber ich kenne dich besser; solch ein Mensch bist du eigentlich nicht. Im Stillen träumst du des Miteinanders, nicht des Widereinanders."

„Du bist ein sonderbahrer Mensch, Hans: Im selben Atem lobst du etwas an mir und entdeckst mich darmit doch als einen prahlenden oder verfälschenden Erzähler. Wie aber ließen wir denn gemeinsamm etwas geschehen? Ging denn von uns ein Einfluss aus, der so in die mitfahrenden Leute des Verkehres einfloss, dass sie uns einließen?"

„Solcher ‚Einfluss' klingt mir nach nur *poiätischer Causalität ohne Wissenschafft*. In jenem erzählten Geschehen aber ward etwas Cörperloses durch euch gemeinsamm ergeistet oder belebigt! Erst durch die Gemeinsammheit des Weges oder des Auf-dem-Wege-Seiens der Beiden war dies Wunder des Einfädelns möglich. Die anderen Leute, auch die durch ihr Tuen beteiligten, bemerkten dies ja nicht bewissentlich, sondern warden geführt, zumeist ohne dies zu wissen. Aber siehe: die seltenen Bereitwilligen, die ihren Nächsten, also einen anderen Verkehrsteilnehmer überhaupt vorzulassen bereit sind, warden schon vor deiner heimlichen Zustimmung zu dem Geschehen dorthin geführt, auf dass es gelingen mochte!"

„Oho! Wir werden allso *geführt*? Wir fahren nicht über den Ring II oder nach Winterhude, weil wir durch City Nord hindurch nach Steilshoop oder Barmbek zu 'm Arbeiten oder zu 'm Affenfelsen zu 'm Wohnen fahren *wollen*, und zwar *freiwillig* wollen, wohlgemerkt, sondern weil Gott uns dorthin führt, ohne uns zu fragen? Dann bilden wir uns unser freiwilliges Wollen wohl nur ein, ja? Wo bleibt denn dar die Willensfreiheit, Kinners?", begehrte nun Wolfgang auf.

„Die Willensfreiheit wohnt nicht in einer scheinbahren Wahlmöglichkeit für Sinnloses unter Sinnlosem oder für das Widersinnige, das wir *außerhalb der* LIEBE *wertend* auch „das Böse" nennen können, sondern in der Einwilligung in den höheren Sinn des Werdens. Diese Freiheit gedeiht erst im Vertrauen in ein von höherem Willen geführtes Werden des Guten ohne Gegenteil. Wer dies gedanklich noch nicht erschlossen hat, der zerdeutet das große All so lange kleiner, enger, geringer und zudem ich-größenwahnsinnig, bis am Ende jeder denkvermeidende Dösbartel, jedes Kind, ja, jede Ameise einen vermeintlich „eigenen" und eben so vermeintlich „freien" Willen habe. Und in der Folge dieser zurechtgedichteten Freiheit hängt die schwarze Schuld wie ein Damoklesschwert über *allen* Geschöpfen, die ja – angeblich! – auch anders hätten „sich entscheiden" können."

„Nicht privat streiten, Jungens! Nur vor Gericht!", mahnte Jan. „Und zwar mit mir als Anwalt!"

„Wir streiten ja nicht!", äußerte Hans ohne jede Erregung. „Zwei verschiedene Deutungsansätze des Geschehens bewegen uns doch immer Alle, sonst wäre ja auch deine Erzählung des sich teilenden Meeres nicht so interessant für uns gewesen. Und die eine Deutung beginnt bei dem einzelnen Menschen oder überhaupt bei Einzelnem als gedachter Quelle, während die andere Deutung vom Ganzen her als der Quelle ausgeht."

„Wir setzen allso nur deine Erzählung fort.", stimmte Wolfgang zu. „Ich vertrete hier die Freiheit und Hans eben die Determiniertheit, die er als „echte Freiheit" anpreist wie ein Hafenrundfahrt-Capitän die „azurblaue Elbe". Ich finde das spannend; aber Streit im übelen Sinne ist das nicht."

Auch ich fand diesen Wortwechsel so, wie Wolfgang sagte: spannend in hohem Maße. Erlebten wir nicht unseren Willen als so frei, wie er es dargestellt hatte? Und doch mochte der Wille so uneingeschränkt frei nicht seien; das bemerkten wir nur nicht. Aber wer vermochte aus freiem Willen etwa sich zu verlieben oder wider die Schwerkraft zu schweben oder des malignen Melanoms operationslos zu gesunden oder neun gelungene Symphonien und 32 gute Claviersonaten zu componieren oder auch nur zu bestimmen, dass ihm plötzlich Makrelenkuddeln in Feuerquallentunke als „wohl schmackhaft" vorkamen? Alles Wollen war nur in vorgegebenem Rahmen möglich. Und wir sehnten doch insgeheim alle nach einem Werden, in das wir bereitwillig einwilligen möchten, wenn es nämlich ein gutes Werden wäre. Ich war allso gespannt, wie das Gespräch fürderfließen werde.

„Hier bemerken wir zwei Strömungen.", fuhr Hans fort, „Die erste hat ein Ziel und erhebt den Anspruch, der einzige und eigenständige Weg dorthin zu seien. Die zweite sieht sich zu dem nämlichen selben Ziele hin unterwegs, jedoch mit der Vermutung, alleine (allso aus eigener Kraft, zu der ein Jeder die eigene Quelle sei) komme keiner dorthin.

Mein ältester Bruder hatte Krebs im Endstadium. Er sagte immer, alle Feinbehandelung tauge nichts; ihm helfe nur „harte Chemie". Aber die Chemotherapie verlief ohne den gedachten Erfolg. Die Ärzte gaben ihm nur noch kurze Zeit. Er war gänzlich am Ende. Er sprach nur noch wie ein Erloschener und nicht mehr von Aufbegehren oder Durchhalten. Er hatte in seine Ohnmacht und somit in sein Sterbenwerden eingewilligt. Und dreier Tage später wachte er morgens auf und war: gesund. Die Hauptgeschwulst und auch die Metastasen waren fort. Die Ärzte waren entzückt

14

und nannten das eine ‚Spontanheilung‘, die sie sich medicinisch nicht zu erclären wussten, obwohl sie das Phänomen aus der Fachliteratur wohl schon kannten.“

„Dass die Patienten aufgeben, ist nach dem fruchtlosen inneren Wüten immer so. Aber deswegen werden sie noch lang nicht Alle geheilt. Allso wohl wieder nur ein netter Zufall.“, gab Wolfgang zu bedenken.

„Ja, wenn sie nur so aufgeben, wie du es nennst, dann spielen sie Lass’-gehen-Capelle und sterben mit dem Cörper, den sie als „die Realität“ denken; ‚aufzugeben‘ meint, Alles niederzulegen und zu urteilen, dass Alles widersinnig oder zumindest sinnlos sei. ‚Einwilligen‘ aber, das ich nannte, ist anders; im Einwilligen wird ja nicht einer Sinnlosigkeit oder gar der Widersinnigkeit Geltung erteilt, sondern in einen höheren Sinn vertrauensvoll eingeflossen und der in der unsichtbahren Waarheit* schwebenden Cörperlosigkeit gedanklich zugestimmt.

Wenn nun die Heilung nicht durch Chemie, allso materiell, doch durch das Vertrauen in den guten Sinn des Werdens geschieht? Denkst du, das Verlieben etwa geschehe, nur weil im limbischen System ein Hormon namens ‚Phenyläthylamin‘ endokrin ausgeschüttet werde oder worden sei? Dann wäre all deine „Liebe“ eine hormon-materielle, mithin geistlose Sache und das so „geliebte“ Weibchen wäre eben nur bedeutlos zufällig zu deiner Gemahlinn geworden. Oder aber wird das Hormon vielleicht ausgeschüttet, *nachdem* du dich verliebst? Dann wäre die hormonelle Materie nur die Folge deines Verliebens. Auch das ist immerhin denkbar, nicht? Oder wird das Hormon ausgeschüttet, *während* du dich verliebst? Dann wäre es das geleitende stoffliche Vehiculum deines dennoch geistlichen Liebens ohne einen Anspruch, ein ja doch nur gedachtes Causalitätsverhältniss zu benennen.“

„Na, gut; wenn es das ist, was du meinst, dann bin ich nicht dar-

---

*Buchstabierung, Name, Gedächt, Wort ‚**Waarheit**‘ werden ausführlich in ‚**6. Was ist Waarheit?**‘ ab S. 65 gesprochen!

gegen.", lenkte Wolfgang ein.

„Siehst du? *Das Meer teilt sich wiederum*; du hast mich ein- und hindurchgelassen, Wolfgang!"

„Ja? Na, ja, wenn du es so schön darlegtest, dann musste ich das ja wohl."

„Du musstest? Deinem freien Willen zu 'm Trotze? Oder warst du nicht eigentlich schon vor unserem Sprechen bereit und allso willig, mich einzulassen?" lächelte Hans.

„Dich? Eigentlich wohl, ja.", sprach Wolfgang bedächtig.

„Siehst du? Diese kleine, gute Bereitschafft war die Grundlage der Freiheit deines guten Willens, mich dann tatsächlich einzulassen." Wolfgang dachte dem nach, begann nun auch zu lächeln und antwortete: „Na, gut. Es ist so, wie du sagst. Du hast gewonnen."

„Ich? Nein, du. Und wir. Der Gedanke, den ich dir eröffenete, mag vielleicht fecht- und streitlos gegen den anderen, gegenteiligen Gedanken *gesiegt* haben, aber *gewonnen* haben wir Beide, mein Lieber."

Wolfgang schüttelte lächelnd, staunend und dennoch wohlwollend sein Haupt.

Und Jan schenkte uns Allen noch eine Runde ein.

2. Was Dr. Faust suchte und nicht fand

„Ach, ja!", seufzte Wolfgang eines anderen Abendes bitter und galgenhumorig und leitete so ein Gespräch ein, das bis tief in die Wunde unserer an die vergängliche Welt gehängten Herzen reichte. „Die Leute wünschen Alle nur mein Bestes: mein Geld."
Wir anderen Dreie, allso Hans, Jan und ich, schmunzelten zunächst über das eigentlich eher bittere Wortspiel, doch fragte Hans nach einer Weile besinnlich sozusagen in die Tiefe hinein: „Meinst du das im Ernste? Dein Geld sei dein Bestes?"
„Ja, das meine ich im Ernst", knurrte Wolfgang ungewöhnlich hart. „Und Alle haben 's nur darauf abgesehen, es zu ergattern!"
„Die unedelen Metallplättchen und die bunt bedruckten Sonderpapierlappen für das übergroße, ja: das irre *Werte*austauschverrechenungsgespinst der Welt siehst du als ‚dein Bestes' an, das allso besser denn dein gutes Herz, deine liebe Familie und deine Freundestreue zu uns ist?"
„Ach, Hans, ich bitte dich! Das liegt doch auf einer anderen Ebene!"
„Das freut mich!", bekannte Hans aufrichtigen Tones. „Das Beste ist allso auf mindestens zwei Ebenen, jeweils dort jedoch etwas Anderes, allso im Gesammten zweierlei."
Erst murrte Wolfgang leise und mit Kopfschütteln: „Hei tüdelt sik jümmers wat her..." Aber dann sprach er lauter und deutlicher: „Sage, was du willst. Das Beste für mein Fortbestehen, ja: für mein Gelück* in der harten, weiten und leider erbarmungslosen Welt ist nun mal mein Geld. Ohne Geld bist du unversorgt und ganz unten. Und das lassen dich die Leute übelst merken. Auch dann, wenn du gute Freunde hast. Auch diese können dich nicht lebenslänglich durchfüttern!"

---

*das mittels des Namens ‚**Ge-lück**' Benannte ist als „gesammtes Lück", ängl. ‚luck', schwd. ‚lykka', zu denken. Warum fiel ‚e' aus?

„Seht die Vögel am Himmel! Sie säen nicht, sie ernten nicht, und dennoch nährt sie unser himmlischer Vater. Schaut die Lilien! Sie spinnen nicht, sie weben nicht, und dennoch sind sie prächtiger gewandet denn König Schelomo in dessem Glanze!", citierte ich freilich aus Mt 6,26-29, ohne religiösen Eifer zwar, doch nicht ohne Wissbegierde, was der Freund darauf antworten werde.

„Diese ollen Bibelwörter kannst du dir sparen!", winkte Wolfgang verdrossen ab. „Das klingt ja so schön, aber die Welt sieht erheblich minder blauäugig aus. Sprich diesen Spruch doch einfach mal zu meinem Vermieter, wenn ich das Geld für die Miete nicht zusammen bekommen habe! Oder meinem Grünhöker, dem Apotheker, dem Hansebäcker, und wer sie Alle seien mögen. Wenn die Alle mit sich reden lassen, dann will auch ich mich nicht lumpen lassen. Aber bis darhin sehe ich nicht ein, was mir diese Denke nützen solle!"

„Jo, Wolfgang, immer erst die Anderen.", stimmte Jan ironisch zu. „Das schließt das Risiko des Vorkosters aus. Das leuchtet auch unmittelbahr ein, führt aber leider zu nichts, wenn Alle so denken. Und genau das tuen die meisten Leute."

„Genau das tuen sie; das sagte ich doch. Und warum soll dann ausgerechenet ich der Erste seien, der es anders tut und hält?"

„Dies Wort ,ausgerechenet ich' verrät mathematistische Egoitis und ist höchst absonderlich verwendet, denn in dieser Sache, die wir besprechen, ist ja nicht gerechenet worden, sodass auch nicht Etwas darbei *aus*gerechenet worden seien kann, Wolfgang, denn weder das Schicksal noch dein Gelück noch deine Stellung in dem großen Ganzen sind zu berechenen. Die Mathematik – sprich: ,tó máthäma' – ist eine Sache des Weltdenkens und nicht der Schöpfung."

„Wieso das denn? Durch die höhere Mathematik ward immerhin herausgefunden, dass der Kósmos aus unermesslich vielen Dimensionen besteht!"

„Na, und? Deutest du den Kósmos als „die Schöpfung"? Der Raum der Schöpfung ist ein Gedächt. So, wie auch die Zeit, die

Causalität, das Geld und dessen angeblichen Functionen, das Ich, die Schuld, und derlei mehr. Die ganze Rechenerei mit ihren Zahlen und Variablen bleibt in allen – einerlei wie vielen – Dimensionen nur seelenleere Logik und allso weltlich, denn schon jede einzelne Dimension ist ein aus der Ganzheit der Schöpfung herausgetrennter Aspect, der ihn und den Rest grenzt und absondert. Wer kam auf die sonderbahre Teilsicht der Höhe als etwas Anderes denn die Breite und die Tiefe? Sah dieser Mensch nicht *das ganze, vollkommene Bild* vor Augen? Und auch schon der lateinische Name ‚Di-mension' ist verdächtig, denn er entspricht etwa dem deutschen Namen ‚Ausmessung'. Sei die ungeteilte Schöpfung anteilig zu vermessen? Wer misst denn nicht existente Splitter darinnen ab, die nur in des Messenden eigener Deutung Einzelteile seien? Es ist allso viel eher vermessen, sie zu vermessen zu suchen! Dergeleichen Paradoxa können nur dem ego-hörigen, gottlosen Menschen einfallen, der angesichts seiner eigenen Welt die Schöpfung aus dem Auge verlor und der dann in seinem Wahne auch von dir verlangt, in Mitten der Schöpfung etwa Miete bezahlen zu müssen und ihn unbedingt ‚Herr' zu nennen. Pervers finde ich das, wenn ich 's streng nehme, und insofern kann ich deine Verbitterung darüber durchaus nachempfinden, mein lieber Wolfgang. Aber die Schöpfung ist – spirituell geschaut – nur *eine einzige Immension*. Ein schönes Wort, nicht? Eine immense Immension, sprich: eine unermessliche Unermessenheit. Und ergo ist in der Schöpfung auch *nur eine Zahl*: die Eins. Schon mit der Zwei begann und beginnt der Dualismus, die entzweiende Zerspaltung der Schöpfung, nämlich nicht nur in zu Zählendes, sondern auch in ‚gut und bös', in ‚Ich und die Andern', in ‚männlich' und ‚weiblich', ‚morgen' und ‚gestern', in ‚oben' und ‚unten', ‚rechts und links', in ‚reich und arm', ‚Subiect und Obiect', in ‚*wert*voll und *wert*los', et c. Die Hölle des elenden Menschen ist die Zerspaltetheit der Schöpfungsganzheit und sein elendes Denken, diese Gespaltetheit sei die große Realität."

„Oho! Das sind hohe Worte, mein Lieber! Aber mit „reich und arm" sind wir wieder bei meinem Besten: nämlich dem Gelde! Und mit dem muss sorgsamm gerechenet werden, wenn man nicht arm werden oder bleiben will. Aber du scheinst zu denken, dass das Geld auch nur eine unbedeutende, *wert*lose Erfindung des Menschen sei, so, wie die Dimensionen und die Zahlen."

„Ja, wohl, diese Dreie, allso die Zahlen, die Dimensionen und die Moneten, sind nur Erfindungen ohne den Geist des Ewigen. Aber solche Erfindungen, die von den Erfindern bemerkens*werter* Weise nicht als „ihre Erfindungen", sondern als „die obiective Realität" erachtet warden und dargestellt werden, weil sie nicht bemerken, dass sie jene erfanden. Darin sind sie aber in illustrer Gesellschafft. Schon Aristoteles zerteilte in seiner „Metaphysik" die Schöpfung in Scherben, ohne dass ihm dies clar war. Er erteilte seinen Sinnesvernehmungen und -aus*wertungen* insofern Geltung, als er sie als „(Er-)Kenntniss des Einzelnen" erachtete, denen er den Status eines ‚einzelnen Seiendes' gewährte: ‚hékastoû óntoû'. Er sah ‚Einzeldinge' und bemerkte nicht, dass er die – wie er vermeinte zweifellos und clar ersichtliche – Vereinzeltheit der als Einzelne gesehenen „Dinge" oder eher „Seiende", nämlich ‚tá ónta', eigens durch sein einzeldeutendes Sehen gemacht hatte."

„Du willst sagen, die einzelnen Dinge seien eigentlich nicht einzeln?"

„Ja. Zumindest vermute ich dies."

„Und was ist denn mit dem „Ding an sich", das wir nach Immanuel Kant nicht erkennen?"

„Das ist es ja! Kant war schon so weit zu bemerken, dass der Mensch in der Begrenztheit seines Vernehmvermögens nicht die Qualität eines vernommenen Dinges erkennen, sondern nur dessen Erscheinung zu vernehmen vermöge, jedoch ging er nicht so weit, die Dingheit des Vernommenen in Frage zu stellen. Vielleicht ist das „Ding an sich" nicht zu erkennen, weil es überhaupt kein einzelnes Ding an sich sei, sondern ein unabgetrennter Bestandteil eines Größeren oder gar eines einzigen großen Ganzen überhaupt ist. Gewiss sind wir selbiger Ansicht, wenn wir etwa einen Garten erblicken und darinnen eine Kiefer und zwei Birken als im Grase stehend ansehen. Dann könnten wir ja consensitiv denken, die Kiefer und die beiden Birken seien „drei Einzeldinge" in Mitten des Gartens. Aber ich vermute, dass wir mittels der sinnlich vernehmbahren, allso cörperlichen Anderheit der Bäume untereinander und des Gartens als Ganzen zwar nicht umhin können, dies so zu deuten, dies aber keinen Beweis in sich trägt, dass es eigenständig wirklich so sei. Mir ist nämlich eben so wohl zu denken möglich, dass die Bäume und der Garten EINS seien, und die Bäume nur die „Früchte" oder vielleicht besser: lebende Hervorbringungen des einen, großen Gartens sind, so, wie etwa die Haare des Menschen- oder Tiercörpers als „Hervorbringung-en der Haut" erachtet werden mögen, im Geiste der LIEBE aber mit der Haut und dem ganzen Wesen EINS sind."

„Und du bist sicher, dass du gesund bist?", staunte Wolfgang beinahe erschrocken.

Hans lachte köstlich amüsiert und bekannte dann: „Nein, überhaupt nicht! Ein Psychologe könnte mir nun, wenn er wollte, attestieren, ich sei in der Separations- und Individuationsphase, besonders in der Differenzierung, wenn zwischen ‚Subiect' und ‚Obiect' und zwischen ‚innen' und ‚außen' zu scheiden gelernt wird, zu Schaden gekommen und dort stehen geblieben." Und er lachte erneut, bis er wieder ruhig sprechen konnte. „Aber du siehst, wie und in welchem Maße wir unserer Anlage gemäß geneigt sind, unserer trennenden Deutung des Vernommenen so zu vertrauen, als sei sie „keine Deutung", sondern sei etwas, das wir mittels der Namen ‚Wissenschafft' oder gar ‚Erkenntniss' benenn-en mögen, dass wir jemanden, der dies bezweifelt, als „krank" er-achten."

„Anders kann ich mir das auch nicht denken!"

„Jo, Wolfgang, unser Denken ist begrenzt. Du kannst dir so, wie auch ich, Manches nicht denken; verzeih! Dies sage ich nicht als Schmähung wider dich. Vorhin erst konntest du dir nicht denken,

21

dass du der Erste seien mögest, der mit der Bezweifelung des Geld*wertes* für dich beginnen möge. Du erinnerst das?"

„Ja, ich erinnere das. Es stimmt, was du sagst.", bestetigte Wolfgang sachlich und ohne Zorn.

„Wenn du der – aus deiner Sicht – Erste bist, dann weißt du, dass du kein Mitläufer bist, denn *ein Mitläufer ist nie der Erste im Rennen.* Wenn ein Freund zu dir kommt und dich bittet, mit ihm gemeinsamm etwas Gutes zu tuen, fragst du ihn dann: „Warum ausgerechenet ich und als Erster?" Diese Frage käme doch eher aus dem Munde eines falschen oder doch zumindest nicht hilfsbereiten Freundes, nicht? Ich bin vielleicht der Erste, der die übliche Trennungsdenke zwischen Subiect und Obiect und darmit auch zwischen erlebtem „Innen" und „Außen" theoretisch aufhebt und auch nicht darvor zurückschreckt, Aristoteles als „ungeheilten Menschen" in der von ihm zerspaltenen Schöpfung zu erdeuten. Dass nun auch du „der Erste" seien mögest, ergibt sich aber aus dem Unleugbahren, dass du immer als der Erste gefragt bist. Wenn du der Erste bist, mit dem etwas Gutes geteilt wird, dann magst du auch eben so wohl der Erste seien, der etwas Gutes mit seinem Nächsten teilt."

„Das stimmt ja nicht! Ich bin doch nicht der Erste, mit dem etwas Gutes geteilt wird! Immer sind schon Andere vor mir an der Reihe!"

„Und wohnst doch in einem der schönsten Wohngebiete Hamburgs ..."

„Ja, aber nur zu 'r Miete!", unterbrach Wolfgang trocken.

„... und unterhältst ein eigenes Ferienhäuschen am Strande auf Föhr! Der scheele Blick erspäht nie das Erste, sondern immer etwas um die Ecke. Du bist ja nicht der erste gezeugte und gebohrene und nur scheinbahr einzelne Mensch. In der Historie der scheinbahren Zerspaltung der Schöpfung kann Keiner sich als den Ersten finden. Was hindert dich aber, dich als den Ersten hier und nun zu erdeuten? Den Ersten unter Ebenso-Ersten? „Wer ist denn mein Nächster?", fragte ein Pharisäer, der ebenso nicht „der

Erste" zu seien wünschte, der einem Bruder die Hilfe gewährte. Auch du versuchst, dich hinaus zu winden. Wenn du die Hürde bemerkst, dann bist du der Erste, der sie zu überwinden versuchen sollte. Statt dessen versuchst du, dich aus dem rechten und zugewiesenen Platze und sozusagen nicht archimedisch, doch egomanisch aus den Angeln der Schöpfung auszuheben. Das kannst du zwar tuen, aber dann musst du auch lange, lange, lange vergeblich warten, bis du dich am rechten Orte erkennst.", commentierte Hans.

„Archimedes wollte mittels eines festen Puncts aber nicht einen Menschen oder das Ich, sondern den Kósmos aus den Angeln heben können.", gab ich zu bedenken.

„Jo, mein Lieber. Aber du und die Schöpfung sind eins und selbig, auch wenn du denkst, du seiest „innen", und „außen" sei „die Welt". Doch diese Welt und jene Trennungsdenke sind nicht trefflich. Die *Welt ist das, was ein jeder Mensch aus der Schöpfung für sich macht.* Witzig, zu versuchen, kosmetisch gesehene Teile dessen aus den Angeln zu heben."

Dies Wort bewog uns Alle zu einer längeren Stille, denn so hatten wir anderen Dreie das noch nicht gesehen. Und so fragte ich Hans denn: „**Die Welt ist nicht die Schöpfung.** Das gefällt mir wohl, was du sagst, weil die Welt ja vergänglich ist und die Schöpfung ewig. Aber dann sind so viele Welten, wie Menschen sind, hingegen alle Menschen in der einen und einzigen Schöpfung verbleiben. Ist die je eigene Welt aber das Ich? Und denkst du, es sei dies Ich, das die Welt im Innersten zusammenhält, was Doctor Faustus zu suchen bekundete und doch nicht fand?"

Das schien Hans wohl zu gefallen, was ich gesagt hatte, obwohl ich ihm ansah, dass er das zunächst nicht gänzlich so gemeint hatte, und er nickte freudig zustimmend: „Ja! Wunderbahr erhört! Aber im letzten Punct auch: nein. Das Ich ist zwar die erdeutete Mitte der je eigenen Welt, jedoch was Dr. Faust zu suchen vorgab, obwohl das leider im weiteren Verlaufe des Dramas vergessen ward, nämlich was diese im Innersten zusammenhält, das ist die Schuld."

„Die Schuld?", staunte Jan.

Auch Wolfgang fragte ratlos: „Das kannst du aber nicht physikalisch meinen, oder?" Er staunte zunächst nur, bedachte dann den Gedanken und schien derweil innerlich zu ergrimmen, ohne dass mir ersichtlich war, was er in dies Wort namens ‚Schuld' hineingedacht oder bei 'm Hineindenken dort gefunden hatte, dass es ihn nun unwohl stimmte. Vielleicht war er dort auf den Grund gestoßen, wieso er sein Geld als „sein Bestes" *wertete*, weil er nämlich „die Schuld" unbewissentlich hasste und er mittels des Geldes sich aus ihr loszukaufen suchte? Das war ohne das Geld nicht möglich, sodass dies Wolfgangs Bitterniss darüber erclärte, dass alle Leute nur „sein Bestes" ihm abzuluchsen versuchten. „Was die Welt zusammenhält, das ist die Schwerkraft. Ohne diese stöbe hier Alles auseinander", setzte er dogmatisch sich und uns fest und schien allso auch seinerseits doch nicht zu wissen, wieso ihm der Gedanke der Schuld als das, „was die Welt im Innersten zusammenhält", so heikel war. So war er vielleicht auf einen Grund gestoßen, ohne diesen mit Namen zu benennen zu wissen, sodass seine Bitterniss ihm ungeclärt blieb.

„Wenn du unter ‚Welt' das Geseiende, das grobstoffliche All verstehst…", ging Hans ruhig darauf ein, „… dann mögen wir wohl über das mittels des Namens ‚Schwerkraft' benannte Wirkverhalten der Massen zueinander sprechen. Aber *deine Welt* ist das All nicht, denn diese ist der kleine Teil, den du aus dem Kósmos vernimmst, vernommen hast, dir deutend zurechtlegst und zurechtgelegt und in deine Sicht eingefügt hast. Und auf dieser Ebene lebt ein jeder in seiner eigenen Welt, in der die Schwerkraft und die Masse letztlich unbeachtet und ohne Belang bleiben."

„Trotzdem ist doch nicht die Schuld das, was „meine Welt" in ihrem Innersten zusammenhält!", bestand Wolfgang auf seinem Gedanken.

„Sondern was?", fragte Hans ihn. „Vielleicht das Geld?"

24

„Wieso denn das?"

„Weil du schon die ganze Zeit über so darüber sprichst, wie über das Wichtigste deiner ganzen Welt. Vor noch nicht einer Stunde sagtest du noch, das Geld sei „dein Bestes"; erinnerst du das?"

„Ja! Aber das war doch nur eher ein Wortspiel!"

„Das soll mich freuen, Wolfgang; ehrlich. Es klang aber minder spielig, doch eher bitter, ja: verzweifelt, mein Lieber!"

„Nicht privat streiten, Jungens! Nur vor Gericht!", mahnte Jan.

„Und zwar mit mir als Anwalt!"

„Tuen wir ja nie; das weißt du doch wohl.", beteuerten Wolfgang und Hans, jeweils synchron mit der rechten Hand auf je ihrem Herzen. Dann blickten sie einander an und mussten beide lächeln. Die Beiden waren einander wirklich lieb, und das seit vielen Jahren, allen noch so bunten oder irren Weltdeutungsverschiedenheiten zu 'm Trotze.

„Aber dann lasst uns doch den Gedanken in Ruhe und freundlich durchdenken.", riet Jan. „Was ist denn die Schuld, dass sie die Welt im Innersten zusammenhalte? Hans, du meinst das doch tatsächlich nicht physikalisch, sondern irgendwie gedanklich, intellectuell, nicht?"

„So, wie du sagst, meinte ich es.", nickte Hans. „Gedanklich, weil auch die Welt – nicht das All – nur ein Gedankengefüge ist."

„Aber was ist die Schuld denn, wenn wir sie so sehen? Dann meinst du ja auch nicht ,Schuld' im iuristischen Sinne, oder?"

„Nicht iuristisch; richtig."

„Ja, was ist sie denn?"

„Die Schuld ist der wehe Fußabdruck des Nichts.", schmunzelte Hans.

„Ja!", lachte Wolfgang auf. „Nachdem Es uns kraftvoll in den Mors getreten hat!"

Alle lachten.

Und Jan fragte schmunzelnd staunend: „Oh! Inwiefern tritt uns das Nichts denn aber in den Allerwertesten? Ercläre das doch bitte genauer! Ich als Iurist wüsste zu gern, ob hier vielleicht ein Straftatbestand der Cörperverletzung vorliege."

Hans gab ihm die Erclärung, indem er lächelnd sprach: „Ist ja nur symbolisch gemeint. Das Nichts ist ja nicht Nichts, sondern zunächst und mindestens ein Name, nämlich für etwas Gedachtes. Denken wir uns ein Conto bei einer Banc, auf dem Nichts ist. Dies Nichts wird mittels einer Null benannt. Weil das Conto aber Gebühren costet, wird aus dem Nichts spätestens zu 'm nächsten ersten Tage des kommenden Monates eine Schuld. Das Nichts ist allso etwas, nämlich in diesem Beispiele der Boden einer aus ihm erwachsenden Schuld. Im Falle der Schuld im Plural, allso der Schulden auf dieser Banc, soll sie der Contohalter abzahlen; so ist das nächste Nichts eine noch nicht gezahlte Rate oder Summe, allso eine noch zu zahlende Summe, allso ein Etwas, das (noch) nicht dar ist (außer in den Gedanken der sie Fordernden), aber eigenständig dar seien oder werden soll. Und im Falle der Iurisprudentia – nicht, Jan? – ist sie ein ähnliches Soll, denn der als „schuldig" erachtete Täter des „Bösen" soll dies büßen, sprich: bessern, wiedergutmachen, wenn das denn irgend möglich ist. Das wäre dann etwa eine Schadensersatzzahlung. Aber auch die ist (noch) nicht dar und soll es erst werden. Doch ist der wenn auch von Sachverständigen begutachtete und attestierte Schaden ein Etwas? Er ist ja kein Ding und auch kein Geschöpf Gottes, doch lediglich eine *gewertete* Qualität, allso ein Nichts in Tüten sozusagen. Gemeinmenschlich ist die Schuld eine Erfindung, die sich auf den Wahn der Realität des Schadens und des Mangels stützt. Wie viele Menschen denken wie innig zu wissen, dass diese Realität „waar" sei, die diametral entgegengesetzt zu der Waarheit ist, die der Christus ist (Joh 14,6). Und wie viele Menschen denken zu wissen, sie gelaubten an den Christus, der die Waarheit ist, und wissen nicht, was mittels des Namens ‚Gelaube'* trefflich

---

*Buchstabierung, Name, Gedächt, Wort ‚**Gelaube**' wird unter **10. Das Evangelium der Unschuld** ab S. 112 besprochen.

benennen sei? Sie denken, ihr Erachten der Realität des Schadens, des Mangels und der Schuld sei zutreffend, und sie nennen dies Erachten leichtfertig und untrefflich ,gelauben' (dem ein ,e' ausfiel), oder ,wissen'. Und ihre Welt wird insofern im Innersten durch diese Schuld zusammengehalten, weil sonst kein Grund bestände, diese aus nur unvollständig vernommenen Duft-, Licht-, Magnet-, Schallwellen verzerrt erdeutete, tote Welt nicht gegen die einzig lebende Schöpfung gedanklich auszutauschen. Aber sie suchen ein unmögliches Gelück in der vergänglichen Welt und kommen immer nur zu einem wie auch immer gedeuteten Schaden, weil ihre Welt vergeht. Was aber ist der Schaden daran, dass etwas Vergängliches vergeht und vergangen ist? Nur der eitele Traum des Menschen, der das Vergängliche noch für die Erfüllung seines Weltgelückstraumes zu nutzen wünscht, deutet einen Schaden in diesen Vorgang hinein. Allso sind der Schaden und die Vergängniss in der ewigen Waarheit nichts. Das ist das eigentliche Nichts: etwas in der Waarheit Unmögliches. Und dennoch wird uns so weh um unser Herz, wenn etwas Unwaares, weil Unewiges vergangen ist, daran wir unser Herz gehängt haben. Nicht?"

„Mensch, Hans! Du hättest Cancelpraediger werden sollen. So schön wie du hat mir das noch nie jemand erclärt. Ehrlich!", bekannte Wolfgang ohne Spott.

„Oder Anwalt! Du könntest den härtesten Vorsitzenden vor Gericht weichreden!", stimmte Jan bei.

„Das freut mich wirklich! Aber siehe: ,dein Bestes', Wolfgang! Angesichts des unbedingten Scheiterns der vergänglichen Welt ist dein Bestes nicht doch vielleicht etwas Anderes denn der öde, tote Mammon?"

Wolfgang bedachte gutmütig die so gestellte Frage, kam aber zu keiner Antwort. Statt derer blickte er Hans erwartend an.

Dieser sprach darauf: „Dein Bestes ist dein gutes Herz."

„Oh! Ja? Und was nützt mir das gute Herz?"

„Das gute Herz ist wichtiger denn die bunten Scheine, weil es der Sitz der Freude ist. Ohne den Mammon vermagst du dir keine Dinge zu kaufen und die Rechenungen nicht zu begeleichen, hingegen kannst du dich derweil mit deinem guten Herzen dennoch an Liebe und an Freundschafft erfreuen. Mit dem Mammon vermagst du, dir alles begehrte Weltliche zu mieten oder gar zu kaufen, auch gar weibliche Cörper, welche deinen Sinn vielleicht betören oder bis zu 'r Raserei erregen, über die sich jedoch nur dein gutes Herz freuen kann, wenn du mit den Augen des guten Herzens jenseits der Cörper die Seele erschaust. Dein größter Schatz ist eigentlich dein gutes Herz, mein lieber Wolfgang. Weißt du, als deine Mutter deinen Hunger noch mit ihrer Milch stillte, gab sie dir nicht nur die buchstäblich mater-ielle Milch, sondern auch im-mater-ielle Freude. Sie freute sich, dass du dar warst und sie deinen Hunger zu stillen vermochte, dass es dir gut sei. Die Menschen wissen nur unvollkommen, was die LIEBE ist, aber in der unschuldigen Freude, mit jemandem zu Beider Wohl teilen zu können, kommen sie ihr schon recht nahe. Wenn du aber nun nur weibliche Cörper mit üppigen Brüsten wünschtest, deren Freude, ihre Welt mit dir teilen zu können, dir einerlei wäre, dann hättest du in deiner Kinderzeit nur das Materielle, nicht jedoch das gute Herz gewonnen. Wäre das nicht armsälig?"

„Ja, Hans! Wenn du das so schön sagst, dann wird 's ja wohl stimmen", sprach Wolfgang, aber seine trübe Miene heiterte sich dennoch nicht auf.

„Du sagtest nicht, was Jemandem sein gutes Herz nütze, um aus der Schuld zu gelangen, Hans.", erinnerte ich. „Vielleicht dünkt das Geld Wolfgang als „sein Bestes", weil er sehnlichst versucht, sich mit ihm von dem loszukaufen, das die Welt im Innersten als *sein Gefängniss* zusammenhält? Aus der Schuld endlich freizukommen, erschiene mir als das Beseligendste überhaupt, und wenn Geld das Mittel darzu wäre, dann deuchte es auch mich als „das Beste" oder als „mein Bestes"."

Alle bedachten schweigend dies Wort. Nur Wolfgang blickte mich zunächst erstaunt und dann wie erkennend lächelnd an, nachdem er meine Sprechworte in seine Gedächtsprache übersetzt hatte, die allein er kannte und ich nur vermutete.

„Das ist gut, was du sagst, wirklich gut!", lobte Hans. „Du atemest der Sache noch etwas mehr Leben ein und unter. Aber es widerspricht nicht dem schon Gefundenen, nicht? Das Beste ist dennoch Wolfgangs gutes Herz, weil er sich ja doch nicht aus der Schuld freizukaufen vermag, sondern nur freizu*lieben*."

„Oh! Schön, Hans. Aber wie erlöst ihn das gute Herz aus der Schuld?"

„Das weiß ich doch nicht! Aber wenn ihn überhaupt etwas erlöst, dann gewiss nicht ohne sein gutes Herz."

„Einverstanden, Hans. Und es ist nicht schlimm, dass auch du mal etwas nicht weißt, denn auch sich freizuwissen ist eben so wenig möglich wie sich freizureden oder freizukaufen."

„Oh, du schlimmer Schelm! Das treibt mir redlichem Redener doch gerade die Schamesröte in 's Antlitz!", entsetzte Hans sich theatralisch.

„Bist du sicher, dass die Röte nicht vom roten Weine kommt?", witzelte Wolfgang.

„O nein! Eher vom Mangel an Weißwein!", conterte Hans.

„Dann schleunig nachgeschenkt! Kellermeister!"

„Zu 'r Stelle!"

„Walte er seines Amtes!"

„Aber zügig! Ja, wohl, Sire."

Und Jan schenkte uns Allen noch eine Runde ein.

3. Der Heiden Angst

Eines anderen Males kam Jan verspätet zu uns herein und fragte uns brummig: „Habt ihr das schon gehört oder gelesen? Ein Knacki erstach seine Gattinn im Hafturlaube. Und dieser Mann ist natürlich (obwohl das eigentlich nicht „der Natur geleich" seien sollte!) ein Transfinitier, der bei uns schon wegen vorsätzlicher gefäärlicher Cörperverletzung einsitzt. Es ist aber auch wirklich trauerig, dass die erbärmlichsten Ausländer-Clichés so oft und immer wieder so viel Stimmt-Effect aufweisen!"

„Langsamm, langsamm, Jan! Nun setze dich doch erst mal hin, hole tüchtig Luft und erzähle uns dann in aller Ruhe und vom Beginne an!", lud ihn Wolfgang gutmütig ein.

Und Jan setzte sich, atemete tief durch fing allso an: „In der NZ stand zu lesen, dass ein siebenundvierzigjähriger Mann aus Gramdrangbrandograd in Transfinitien, der bereits wegen gefäärlicher Cörperverletzung einsitze, Hafturlaub bekommen habe, um bei der anstehenden Zwangsversteigerung seines Hauses zugegen seien zu können, sei darbei aber in Streit mit seiner vierzigjährigen Gemahlinn geraten sei, die er dann auf offener Straße vor dem noch gemeinsammen Hause erstochen habe. Er habe sich nach der Tat widerstandslos von der von Nachbarn zu Hilfe geholten Polizei festnehmen lassen. Die Frau und er hinterließen acht Kinder zwischen drei und dreiundzwanzig, die nun mehrheitlich in ein Heim kämen, weil er aus dem Knast sich nicht um sie kümmern könne. Die Gemahlinn habe wohl beabsichtigt, ihn und die Kinder eines anderen Mannes halber zu verlassen, sodass er in Zorn geraten sei und die Controlle verloren habe. Aber das ist noch nicht Alles, denn er habe ja schon wegen einer vor zwei Jahren begangenen gefäärlichen Cörperverletzung inhaftiert gesessen. Darmales habe er eine Eisenstange genommen und eben' Falles auf offener Straße so lange auf die Freundinn seines ältesten Sohnes eingehauen, bis hinzugekommene Beamte der Polizei ihn überwältigt hätten. Angeklagt worden sei er vor Gericht zwar wegen versuchten Mordes, was aber nur als ‚gefäärliche Cörperverletzung' durchgekommen sei, weil das Gericht *sich nicht habe vorstellen können*, dass er auf offener Straße jemanden habe töten wollen. Das können sie im jetzt anstehenden Process jedes Falles nicht wieder zu behaupten versuchen."

Wir Alle saßen zunächst unter der Last einer solchen Erzählung bedrückt und ich fragte mich, was der sonst so auf Ausgleich und das Positive am Menschen bedachte Jan uns eigentlich zu bekunden bezweckte? Gedachte er uns zu choquieren? Wohl kaum. Suchte er, bei uns eine Gesinnung pauschal wider die „Ausländer" zu erzeugen? Gewiss nicht. Das wäre auch aussichtslos gewesen, wie er überigens genau wusste. Und Wolfgang nahm mir die allso offene Frage ab, indem er seinerseits äußerte: „Seit wann hast du denn etwas gegen Ausländer? Das wusste ich ja noch gar nicht!"

„Ach, Wolfgang! Natürlich nicht im Allgemeinen oder pauschal. Du müsstest mich doch wohl besser kennen. Verbrecher und Delinquenten sind in allen Nationen zu finden, aber eben so wohl gute Menschen. Ich habe nichts dargegen, wenn oder dass überführte Straftäter aliener Nationen abgeschoben werden. Aber leider bringt das Abschieben eben so wenig wie das so oft geforderte Wegsperren, einerlei welcher Volksanteiligkeit die Verbrecher nun gerade sind."

„Na, dann bin ich ja einiger Maßen beruhigt. Aber wozu denn erzähltest du uns diese böse, ja: widerwärtige Geschichte, Jan?"

„Mich berührte beim Lesen dieser Sache neben den üblichen iuristischen Redewendungen der Gedanke der Angst. Während des Lesens ward mir plötzlich clar, dass Angst noch hinter allen Motiven steckt und wirkt, aber bei den Tätern wie bei den Opfern und den Iuristen. Wenn jemand „Wegsperren der Intensivtäter!" fordert, wie wir dies zuletzt oftmales hörten, dann steckt zuerst nicht eine Bosheit, sondern eine im Untergrunde unerschlossene Angst darhinter. Aber eben so war eine zu verdrängen versuchte Angst der Hintergrund der Erstechung, die ich euch erzählte. Der

Täter war in Angst um seine Kinder und um seine Welt, denke ich. Aber weder der Täter noch die Forderer des Wegsperrens bekennen, dass Angst das zu ihren Taten oder Äußerungen Bewegende war oder ist, sondern kleben an den Obiecten der Tat oder des Forderns. Und so kommen sie nicht zusammen, obwohl sie an der einen und selben Krankheit leiden, nämlich an der Angst."

„Oh, Jan! Das ist aber ein wunderschön tief reichendes Wort! Du rührst an der Angst, von der tatsächlich die meisten Menschen nur durch Weglaufen – auch thematisch, wenn sie die Angst auf die sie ihnen eröffenenden Dinge, Menschen oder Umstände abzuschieben versuchen, indem sie diese als „obiectiv bedrohlich" darzustellen suchen – geheilt zu werden versuchen.", sprach Hans. „Aber leider setzt das Weglaufen keine Heilkraft frei."

„Inwiefern ist es denn ein Weglaufen vor der Angst, wenn jemand den Grund seiner Angst, oder du nanntest dies bemerkens*werter* Weise: den Eröffener seiner Angst thematisch so handelt, als sei dieser Eröffener „obiectiv bedrohlich"? Das will mir auf Anhieb nicht einleuchten. Ist ein gefäärlicher Täter denn keine Bedrohung? Ich meine, das Bedrohliche als „bedrohlich" zu benennen ist doch eine Thematisierung der Angst vor dem Bedrohlichen und allso *gerade kein* Weglaufen darvor, oder? Legst du uns deine Gedanken mal aus?", bat Jan.

„Gern. Ich meine, dass durch das Darstellen eines Dinges, Menschen, Umstandes als „obiectiv bedrohlich" so getan wird, als seien diese „der Grund der Angst", und dieser somit nicht in den die Angst Empfindenden zu suchen. Allso lenken sie von sich als dem Träger und als des Grundes der Angst, nicht des Eröffeners, ab. So laufen sie allso bildlich gesprochen vor dem eigentlichen Grunde der Angst weg und suchen, das letztlich austauschbare Eröffenende der Angst statt als „Angst eröffenenden Anlass" als den „Grund der Angst" darzustellen, der es nicht ist. Und durch diese Projection nach außen bleiben sie in ihrer Angst ungeheilt. Das wäre wie der Versuch, einen Krankheitserreger auszurotten, nur um sich nicht impfen lassen zu müssen. Aber das eigentliche

Problem ist die Ansteckbahrheit des Menschen und nicht der an sich und ohne ansteckbahre Seiende unwirksamme Erreger."

„Gut. Danke."

„Wieso gut?", widersprach Wolfgang. „Denkt ihr Dreie denn wirklich, der Mörder seiner Gemahlinn und der Mutter seiner acht Kinder sei eigentlich „kein Mensch übeler Gesinnung" und habe nur gewisser Maßen aus Versehen, weil gerade zufällig in Angst, und nur ausnahmsweise mit dem Messer gehandelt und zugestochen? Der macht das immer so! Das bewies er uns schon durch seine zuvorige Tat, für die er schon verurteilt worden war."

„Ja. Und wenn? Dann ist er offensichtlich *nicht zufällig* immer in der einen und selben Angst, die durch stets ähnliche oder zumindest vergelechbaren Auslöser eröffenet wird. Und in der Angst wird er so, wie ein kleines Kind, von Abwehrtrieben und Fluchttrieben bewegt, und wenn der Abwehrtrieb von ihm erhört und eine Waffe zu greifen gefunden wird, dann geschieht das so, wie es uns von Jan erzählt worden ist."

„Und was tut so ein erwachsenes Kind gegen die eigens empfundene Angst? Nichts! Und „schuldig" seien nach seinem Dünkel immer die Anderen, und zwar bestens die Jenigen, die er niedersticht oder zerprügelt! Die haben das dann eben verdient, nicht? Das ist doch keine Entschuldigung des Täters, sondern dessen ichgerechte Schuldzuweisung zu den Opfern! Der soll erst mal seinerseits etwas gegen diese seine Angst der Unterbelichteten unternehmen! Es ist ja doch nie nur die Angst, die solch ein krankes Kind von mitteler Weile siebenundvierzig Jahren immer noch zu grausigen Gewalttaten bewegt, sondern offensichtlich auch starre Dummheit! Und gegen belehrungsresistente Dummheit hilft nur Strafe! Solche Dummheit ist unheilbahr und gehört bestraft. So ist das, sage ich euch!"

„Jawoll, Herr Obersturmbannführer! Auch wir plädieren für die Todesstrafe!", caricierte Jan strammen Tones den gewissenhaft gewissenlosen Cadavergehorsamm der Schergen.

„Oha!", entfuhr es Wolfgang. „War ich so schlimm?"

Wir lächelten. „Klang beinahe so. Aber nun ist's ja wieder gut."
„Noch nicht gänzlich, meine Freunde.", bekundete Hans. „Ich finde, dass Wolfgang ja vielleicht etwas stark, aber nicht gänzlich unrichtig sprach. Wir können doch mit unserer Einsicht in die Angst als Beweggrund solcher Täter wie auch der Forderer, jene wegzu-sperren oder gar zu töten, die Sache nicht auf sich beruhen lassen, denn erstens bleibt so der Angstkranke ungeheilt und zweitens bleiben die sich vor ihm Ängstenden eben so ungeheilt, einerlei, ob solche vermeintlichen „Täter" nun weggesperrt werden oder in Sicherungsverwahrung kommen. Die Findung der Angst als erstem Bewegenden soll uns den Stachel nehmen, den Täter und dessen Verurteiler als „nur gefäärlich" oder „böse" zu verurteilen. Aber die Nicht-Verurteilung ist das unumgänglich wichtige erste Wort in dieser Sache, nicht jedoch das eben so wichtige letzte."
Und er legte eine Pause ein, um die Spannung zu erhöhen. Dies gelang ihm, bis endlich Jan erwartungsvoll fragte: „Und welches ist das letzte Wort?"
„Vergebung. Dieser Name nennt mehr denn eine nur sprachliche Verzeihung, eine Fort-Zeihung der Schuld. Wenn wir zudem „eine Löschung des Feuers der Angst" zu der Verzeihung hinzu-denken, dann kommen wir zu der Vergebung. Diese ist allso die doppelte Fort-Gebung der Schuld wie der Angst. Die Angst des Gewalttäters aber vermag ich nicht zu löschen, hingegen zu uns-erer Heilung aus der Angst hinaus ein Wort zu sagen. Zunächst muss der Zusammenhang zwischen Angst und Schuld offenbahr werden. Ist er das?"
Und er blickte forschenden Auges in die traute Runde. Er sah an uns wohl mehr Fragezeichen denn nickendes Wissen, daraufhin er fortfuhr: „Wenn vergeben werden soll, dann muss über die Schuld im iuristischen Sinne gedanklich hinausgegangen werden. Der Iurist stellt Schuld dann fest, wenn ein Gesetz gebrochen ward, sodass ein Straftatbestand vorliegt, und wenn dem Täter dieses Brechens volle Schuldfähigkeit attestiert oder anders gesagt „die

freiwillige Möglichheit des Nicht-Brechens" unterstellt wird, die entweder „fahrlässig" oder „vorsätzlich" nicht genutzt ward. Jan, du als der Iurist unter uns, verbesserst mich bitte, wenn ich irre, ja? – An dieser Feststellung der Schuld muss der Iurist aber nicht emotional beteiligt seien; sie geschieht sachlich an den Facten und den auf sie anzuwendenden Paragraphen des Gesetzestextes. „Verbrecher ist, wer ein Verbrechen begeht. Verbrechen ist der Verbruch bestehender Gesetze." So leidenschafftslos, wie in einem Lexikon. Oft werden Gesetzesbrüche vor Gerichte besprochen, die menschlich gesehen uninteressant sind, ja: menschlich überhaupt nicht als „Verbrechen" angesehen werden, jedoch bestraft werden, weil eben Gesetzesbrüche vorliegen. Dieser Tage ward jemand festgenommen, der nachweislich ohne niedere Beweggründe Euthanasie geleistet hatte. Die Anklage nennt das „Tötung auf Verlangen", was per legem eine strafbahre Handelung ist. Das impliciert, dass der „Täter", obzwar er nicht aus schnöden Motiven wie etwa Habsucht oder Rache, sondern aus Menschenfreundlichheit handelte, dennoch für ein so genanntes ‚Tötungsdelict' verurteilt werden wird, ohne dass wir oder ein Richter ihn deswegen als einen „schlechten" oder „bösen Menschen" erachten müssen. Vielleicht findet gar auch der Vorsitzende des Processes diesen dem Gesetze nach Schuldigen eigentlich im menschlichen Sinne „anständig" und allso „nicht schuldig", und der von ihm sachlich Verurteilte genießt womöglich die Sympathie der Hinterbliebenen und der Mehrheit des Volkes. Gut! Wenn wir nun aber menschlich über einen Gesetzesbruch sprechen, der wie Jans Erzählung die Gemüter erhitzt, dann kommt emotionale Färbung des Falles hinzu. Mit einem Male ist der Verbrecher nicht nur jemand, der eben irgend ein oder welche Gesetze verbrochen hat, sondern er gilt als „ein Scheusal", das man wegsperren oder gar töten solle. Was ist allso hinzugekommen? Die Angst der Betroffenen. Der Raser überfährt ja vielleicht auch meinen besten Freund, der Vergewaltiger nimmt sich als nächste vielleicht meine Tochter, der Dieb bestiehlt vielleicht auch mich, und vor alle Dem sind wir in Angst, besonders dann, wenn der Täter *vorsätzlich* handelte und später *ohne Reue* bleibt. Und aus dieser Angst weisen wir Schuld nicht sachlich iuristisch zu, sondern gewisser Maßen „emotional vergiftet". Wenn wir diese Art der Schuld vergeben wollen, dann müssen wir zuvor unsere Angst mitvergeben."

„Leuchtet ein, Hans. Aber diese Angst in uns ist doch natürlich und nicht illegitim oder gar krank. Niemand kann von uns verlangen, dass wir uns sorglos überfahren oder unsere Töchter vergewaltigen lassen. Was sollen wir dar allso vergeben?"

„Zu verlangen ist das gewiss nicht; ich stimme dir zu, Wolfgang. Aber so meinte ich das auch nicht. Dennoch erachte ich die Angst als „eine Art Krankheit". Und so sind wir hier an der Schwelle zu der Frage, was wir *in Waarheit* seien?"

Die Frage riss mir plötzlich die Coulissen um uns fort, sodass die Weite der Schöpfung offen war. So empfand ich es. So, wie wir Hans kannten, war gerade eine theoretische Enthebelung unserer Welt vorbereitet worden. Die andern Beiden aber waren noch arglos und dachten, sie wüssten, was der Mensch sei.

„Fragst du das ernstlich, Hans? Was sind wir? Was willst du hören? Wir sind Einwohner dieser Stadt, Männer, Menschen, deutsche Staatsbürger, deine Freunde!"

„Jo, Wolfgang. Alles richtig. Aber sagt dir das, wieso du Angst als „legitim" und nicht als „krank" erachtest?"

„Ach, so, auf der Ebene meinst du das. Na, sage du es uns!"

Hans blickte mir in 's Gesicht, sah in meinen Augen geneigte Zustimmung und lächelte. Dann sprach er: „Wir sind die Erfinder unseres Iches und mit diesem auch des Todes, des Mangels, der Angst und der Schuld."

Starker Tobac. Wir schwiegen und warteten der Wörter, die noch kämen. Hans fuhr fort: „Wir denken uns als „Ich". Jeder empfindet sich als „ich" und denkt, er sei „ich" und er vermeint, dies sei die bewiesenste Tatsache, und doch weiß er sie nicht und wissen wir diese Alle nicht. Wir haben Anfangs, nach unserer Gezeugt-

36

werdung, nichts gelernt und beginnen wisslos, zu vernehmen und zu deuten. Und wir vertrauen unseren Erdeutungen, als seien sie Offenbahrungen der Waarheit. Sehen wir uns dies *en détail* an. Der Muslim denkt voller Zweifellosigkeit, der Islam seiner Auslegung (Aleviten sehen die Sache anders denn Schiiten, Sunniten, Wahabiten!) sei „die einzig richtige Religion", derweil der Hindu mit der sonderbahrer Weise selben Zweifellosigkeit denkt, der Hinduismus sei „die einzig richtige Weltdeutungsreligion". Und der Katholik denkt nicht nur, die beiden Anderen seien unwissende oder gar verblendete Narren oder gar irre Blasphemiker, doch zudem, seine vorgeblich heilige katholische Kirche sei „die einzig richtige und echte Religionsgemeinde überhaupt". Aber fragen wir einen Mormonen, dann wird er uns bekennen, dass allein seine Kirche „die einzig richtige" sei. Aber all Diese irrten doch, schwört uns der Zeuge Jehovas, denn allein *seine* Kirche sei die einzig richtige! Fragen wir diese Bekennenden nach Plausibilisierendem, hören wir stets den Verweis auf ein angeblich „heiliges Buch", darinnen „die Waarheit" zu lesen stehe, darauf ihre Gemeinde, Kirche, was auch immer sich stütze. Fragen wir nun aber einen Atheisten, der solche Bücher verlacht, bekommen wir zu hören, dass die Religionen allesammt erfundener Unsinn seien, weil Gott doch nicht existiere und genau dies die eigentliche „Waarheit" sei. Woher er dies nun wiederum wisse, sagt auch er nicht; er verweist auf Feuerbach, Marx, Nietzsche, angebliche Rationalität, eine eingeengt geistlos gedeutete Wissenschafft und seine fünf Sinne. Diese vermitteln zwar keinen Gott, beweisen aber dardurch nicht dessen Non-Existenz, wie sie ja auch kein Erbarmen, keine Freundschafft, keinen Geist, keine Kraft, keine Liebe, keinen Ur-Knall, kein Vertrauen, keine Zukunft, etc. beweisen, deren Seien wir dennoch zu wissen denken. Der Atheist denkt an die Non-Existenz Gottes, so, wie ein Deist, Theist oder Geläubige an dessen Existenz; nur dass diese ihre Denkgebilde, die zu wissen sie denken, mittels des untrefflichen Namens ‚gelauben' benennen. Aber wissen durch spirituelle Erkenntniss tuen dies Beide auf der Ebene nicht. Trotzdem sind alle mit jeweils ihrem Denken stets zweifellos auf der richtigen Seite. Und so auch wir, wenn wir denken, wir seien je „ich". Wie kommen die Menschen zu ihren Denkensinhalten? Es wird ihnen von Menschen, denen sie vertrauen, so gepraedigt; immer und immer wieder. Und wir vernehmen über unseren Gefühlssinn unseren bewegten Cörper, deuten den als „Ich", und vernehmen über den Gesichts- und den Gehörssinn, dass noch mehr bewegte Cörper uns wenn auch nur scheinbahr „außen" umgeben. Daraus schließen wir, dass die Anderen diese bewegten Cörper seien, und zwar jeder einer für sich. Und jeder dieser bewegten Cörper denkt sich als „ich" und im räumlichen Sinne als „innen". Darzu wird dualistisch das Gegenüber „außen" und „die Anderen" erdacht. Das ist schon unsere ganze Wissenschafft über uns. Ist das nicht viel zu wenig, um es ‚Wissen' nennen zu können? Wir wissen nicht, dass dies Denk- und Empfindungsgebilde namens ‚Ich' das Ergebniss einer erdeutenden, bildenden *Wertung* sei, das wir mit dem in unserer Gesellde üblichen Namen benennen. Die *Wertung* grenzt das vermeintlich *Wert*volle gegen das vermeintlich minder *Wert*volle oder das *Wert*lose ab; so entstehen „ich" und „innen" und „Subiect" auf der einen und „ihr" und „außen" und „Obiect" auf der anderen Seite. Woher wissen wir aber, dass wir in Waarheit nicht Alle die Teile eines höheren, cörperlosen Wesens seien, das wir nicht sehen oder fühlen können?"

„Wir wissen dies nicht. Aber das will ich auch gar nicht wissen. Ich kann mich nur an das halten, das ich weiß.", bekannte Wolfgang.

„Allso an Nichts?", bohrte Hans mit theatralisch skeptisch verzogenem Munde und zog derweil eine Augenbraue nach oben.

„So? Aber das, was du sagst, ist doch auch bloß Theorie!"

„Das mag schon seien, lieber Wolfgang. Aber es ist eine Anschauung alias ‚Theorie', um deren Erhalt ich nicht ängste. Du aber bist in steter Angst um deine. Und wenn ich nun sage, dass ich durch denkendes Beten und betendes Denken der Angst auf den Grund gekommen bin, dann nimmt mir das vermutlich niemand ab."

„Abnehmen täten wir das vermutlich recht gern, wenn wir nur erst wüssten, was du darmit meinst, lieber Hans."

„Das Denken verbleibt zunächst in den erlernten Bahnen und ist so nur ein Wiederholen des bereits Gedachten in dessen Gedächtniss. Dann bekommt das Denken Fragen, die nur begrenzt aus dem Erlernten und bereits Gedachten zu beantworten sind. Manches wird aus der Erfahrung erdenklich, Anderes nur aus der Versenkung in die Tiefe der Worte hinein. Dort aber etwas zu finden, ist, wenn es über das bis her Erfahrene und Gefunden hinausreicht, entweder poiätisch ersonnen, dünkelhaft ersponnen oder aber vom Geiste gegeben. So, vom Geiste her, ist es mir geschehen. Die Angst empfand ich zuvor oft und innig und versuchte vergeblich, ihr zu entkommen, sei es durch Flucht, sei es durch Verdrängung, sei es durch Gegenangriff. Dann aber ging ich ohne Abwehr oder Zorn durch sie hindurch und fand ihren Grund, der kein waarer Grund war. **Der Grund der Angst ist das *Werten*, das außerhalb der LIEBE geschieht**; mein deutendes *Werten* am Maßstabe des verletzlichen, ohnmächtigen, bedürftigen Cörpers, der als Träger des Iches „leben" soll, obwohl er es nur auf einer Ebene des Unewigen mag. So geschieht *in dem Grunde, der mich als „Ich" erfand*, ein Deuten, das zu einer Welt gefügt wird, deren Mitte das erfundene Ich einnimmt, das sich vor der geistlichen Waarheit ängstet. Dieser Grund ist unwaar, weil aus ihm nur Unwaares, weil Vergängliches hervorkommt. So erachte ich nun die Angst als ein Geschehen, das meine Vergebung, sprich: die Entthronung des Iches fordert. Auch all die Menschen, die in ihrem Weltdeutungsgefüge keinen Platz der Vergebung einräumen, weil sie auch keiner Waarheit jenseits ihrer Welt ein Wort gewähren, sind in steter Angst und suchen darfür „Gründe" außerhalb ihres Deutens. Sie sind in der Heiden Angst. Und all ihr Zorn wider die Bösen, die Verbrecher und Ungeheuer, ist diese Angst, die sich mit der Kappe der vermeintlich gerechten

Empörung verkappt und gegen Bemerktwerdung zu verbergen sucht, um nur ja nicht in ihrem ungeheilten Denken den Feeler zu finden und dann der Heilung hingeben zu müssen, die ihrem unbewussten Hochmute nicht gefällt."

„Oh, willst du sagen, ich sei hochmütig? Nein, das willst du nicht. Und ich zürne doch auch nicht, lieber Hans! Und ich bin doch nun auch nicht gerade in steter Angst. Jetzt in diesem Moment bin ich ohne Angst."

„Du *empfindest* sie nur nicht, weil sie dir als dem Bewissenden gerade nicht eröffenet worden ist oder wird. Aber sie lauert nur darauf, dich zu packen und zu schütteln und sich in Zorn zu verwandeln. Sollen wir das mal versuchen?"

Und Wolfgang blickte in Hansens Augen, ob er das wohl ernst meine, und sah zwar um die Augen eine ebenmütig freundliche Miene, wollte aber angesichts der zwar lieblichen, jedoch unberechenbahr bodenlosen Tiefe in diesen Augen lieber nichts vom Zaune brechen.

„Nee, danke, besser nicht. Nachher gelingt dir das noch. Jan, schenke mir doch lieber noch mal ein, bitte!"

„Siehst du? So sicher bist du allso nicht, dass die Angst nicht doch stets in dir sei. Und so stets ist auch die Schuld in dir. Sie sind wie Vulcane, die immer wieder ausbrechen. Wer wollte ernstlich bekunden, ein Vulcan sei nur dann dar, wenn er gerade ausbreche? Er ist *immer* dar, auch wenn er lange, lange nicht ausbricht. Aber er wird es. Irgend wann."

„Ja, ja, Hans. Mag seien. Dann trinken wir lieber schnell vorher noch einen!"

„Ja, Wolfgang.", mischte ich mich ein. „Und denn könnten wir vielleicht darbei bedenken, was denn von uns übrig bliebe, wenn wir das Ich, die Angst und die Schuld abzögen? Ich meine darmit, dass es doch nicht so einfach ist, dass wir all unsere Denkfeeler subtrahierten und wir dann als vergeben Habende in heiler Seelenreinheit übrig wären. Diese Vergebung, Hans, ist doch nicht einfach eine wenn auch scharf- und feinsinnig entworfene Theorie. Wie innig träumen wir doch die wenn auch nur vermeintliche Waarheit unserer von „innen" bewegten Cörper! Und wir erfanden doch uns als „Ich" nicht wissentlich. Wenn allso eine Erfindung vorliegt, wer war denn ihr Erfinder? Waren „wir" das? Aber „wir" im Sinne der „Iche" waren doch noch nicht erfunden worden, sondern warden gerade erfunden! Vom wem allso? Wie sollen wir denn aber das auf solch unclarer Grundlage erwachsene Denken an uns als „ich" und bewegten Cörper denn so mal eben vergeben?"

„Na, ja, wenn es klang, als meinte ich es so einfach, dann bitte ich euch um Entschuldigung. Ich legte allerdings nur die theoretische Seite der Sache des zu Vergebenden auf. Aber bevor wir vergeben können, müssen wir doch zuerst wissen, was wir vergeben sollen, nicht?"

„Gut, aber das Wie des Vergeben-Könnens finde ich mindestens eben so wichtig, Hans."

„Ja, einverstanden. Und wie können wir allso vergeben? Weißt du es?"

„Wissen? Na, ja. Aber wir als je „Ich" können nicht vergeben. Wir können, wie du es vorhin so schön differenziertest, ver-zeihen, allso eine zuvorige Anklage fort-zeihen, und immer wieder ein Auge zudrücken, aber ganze Ver-gebung ist aus unserem Ich-Denken allein nicht möglich. Und wir als von etwas in oder vor uns erfundene Iche können das noch weniger. Nur der vornehme Lügenmeister Hieronymus Karl Friedrich Freiherr von Münchhausen vermochte sich aus eigener Kraft aus dem Sumpfe zu ziehen. Wir hingegen vermögen einzig mit unserem Nächsten gemeinsamm aus der Schwerkraft der Welt nach oben hinausgelangen. Mir sagte einst der einzige Christ, den ich kenne, und der erstaunlich liebevoll war und ist, ich möge die Unschuld meines Nächsten schauen und ich erkennte so meine. Aber die Unschuld meines Nächsten könne ich einzig dann *schauen*, wenn ich nicht alleine auf ihn blickte und sähe, sondern in der Hingabe oder Hingegebenheit an die höhere LIEBE schaute, die Alles segene und nichts verurteile. Ihm, meinem Nächsten, solle ich einen Platz in unsrem großen gemeinsammen Werden mit mir gewähren, das trotz all unserer Feeler und Unbotmäßigheiten von der Liebe befehlenden LIEBE feelerlos und feellos getragen werde."

„Der einzige Christ, den du kennst? Bewohnst du diese Erde denn als Eremit? Diese Christen weilen aber doch zu Tausenden all über all hier!", staunte Wolfgang.

„Christen? Oho! Du meinst wohl ‚Katholiken' oder ‚Evangelen' oder ‚Orthodoxe' oder ‚Zeugen Jehovas' oder ‚Mormonen' oder ‚Baptisten' oder ‚Neu-Apostolen' oder ‚Adventisten' oder eine sonstige Trennungskirchanhängerschar? Man kann ein guter Protestant oder ein guter Kathole seien, ohne deswegen zwingend ein Christ zu seien. Du musst dich nur taufen lassen, sonntags in die Kirche gehen und dort alle angesagten Texte kritiklos mit herunterleiern, fein Kirchensteuer zahlen, dich kirchlich vermählen lassen, deine lieben Kinder taufen lassen und keine weltlichen Verbrechen begehen, dann bist du schon ein „guter Katholik" oder „Evangele", aber bist du dann schon jemand, der den Christus *erkennt* und allso weiß, was Waarheit, Vergebung und Unschuld sind? Noch lange nicht! Die Kirchen sind gefüllt mit Leuten, die keine Christen sind, obwohl sie das nicht wissen und im Gegenteile denken, sie seien welche. Hingegen sind die Vergebung und die daraus erwachsene Unschuld von ihnen nicht erschlossen worden. Wir aber möchten bei uns darmit beginnen, wenn wir all dies einsähen und die Vergebung in Seinen Willen einwilligend wollten."

„So habe ich das noch nicht gesehen!", bekannte Wolfgang.

„Ich finde das aber gut. Das ist groß und schön und waar. Lasst uns darauf anstoßen, meine Freunde!", sprach Hans in ungeheuchelter Begeistung und hob sein Glas.

Und Jan schenkte uns Allen noch eine Runde ein.

4. Verursachte Ursachen

„Warum kommst du so spät, Wolfgang?", fragte Jan den zu ungewöhnlich vorgerückter Stunde bei uns eintreffenden Freund.
Dieser gab uns die knappe Antwort: „Die Ampel ist schuld."
„Entschuldige bitte, Wolfgang, aber wie kann denn eine Ampel an
etwas schuld(ig) seien?", hielt Jan grinsend dargegen. „Du weißt,
dass sie im iuristischen Sinne weder als rechts- noch als schuld-
fähig gilt."
„Ja, das weiß ich zwar insofern, als du es mir einst erclärtest, aber
ich kam mit meinem Wagen auf der Tarpenbekstraße nicht fort
noch fürder, weil an der Ecke Nedderfeld die Ampel für meine
Geradeausspuren auf Rot stehen geblieben war und einfach nicht
grün werden wollte. Allso trägt sie die wenn auch nicht iur-
isprudent zugewiesene Schuld für meine Verspätung. Das ist doch
clar."
„Sachte, sachte, Wolfgang! Das hast du zwar schön gesagt, aber
wenn etwas *Ursache* ist, dann muss es deswegen noch lange nicht
Schuld oder schuldig seien! Du wiesest Schuld trotz Schuldunfäh-
igheit zu!"
„Weil und wenn es die Ursache für etwas Schlechtes ist, dann ist
es schon und doch schuldig!"
„Woher weißt du, dass es „schlecht" sei, wenn eine Ampel „rot"
zeigt?", fragte ich und dachte derweil an sein *Werten*, dessen Pro-
ducte er gern als „die Waarheit" ansah. **Alles *Werten* aber ist das
Versuchen, ein Unwissen des gegenteilslos Guten** (= der
LIEBE) **durch ein Erfahren des** (vermeintlichen) „**Gut-Bösen**"
(= außerhalb der LIEBE) **zu ersetzen.**
„Genau! Und wie kommst du darzu, die Ampel als „erste Sache"
sprich: als „Ur-Sache" einer Wirkungskette zu setzen, deren
Grund wir Beide nicht kennen?", setzte Jan hinzu.
„Wir wollen aber doch die Kirche im Dorfe lassen, nicht? Ich
kann und will die Wirkungskette nicht bis zu Adam und den

Trogloduthen zurückverfolgen! Sonst kämen wir vom Hundertsten in 's Tausendste."

„Aber ich muss doch bitten, Wolfgang! Ein einzelner Factor des Werdens wird aus den Tausenden der Factoren von dir willkürlich als „die eine Ur-Sache" eines ebenso willkürlich aus dem großen Geschehen heraus genommenen Teilgeschehens gesetzt; so erweist du deine Causalität als ein gedankliches Wünschelrutengängertum."

Alle lachten, auch Wolfgang.

„Aber, meine Freunde, wie sind tatsächlich die Causalität und die Schuld darinnen zu denken?", fragte Hans, als wir uns beruhigt hatten. „Ihr habt nun wiederum ein brisantes Thema angeschnitten, das ich durchaus untersuchens*wert* finde."

„Och, schon wieder Schuld?", maulte Wolfgang.

„Du fingst doch eigens darmit an! Aber wie schon gesagt: Sie ist als Gedanke sowieso immer in dir, so, wie Angst, Begehr, Ich, Mangel und Tod.", erinnerte Hans. „Aber das wollt ihr ja nicht hören geschweige denn wissen."

„Stimmt! Will sagen: Was du sagst, das stimmt mit meiner Erinnerung überein. Aber als Punct der Causalkette finde ich Schuld nun doch besprechens*wert*, mein Lieber.", mischte sich Jan ein. „Darüber wüsste ich nicht zuletzt als Iurist immer gern mehr."

„Gut, mein Lieber, gut! Du wirst schon sehen, was du darvon hast. Schon zu alter Zeit ward der Gedanke der Ursache mit dem der Schuld als „selbig" gesetzt und der des Urhebers mit dem des Schuldigen. Blicken wir per exemplum in ein hellenisch-deutsches Wörterbuch, finden wir unter ‚aitia' als deutsche Entsprechung: 1. ‚Ursache', 2. ‚Grund', 3. ‚Anlass', 4. ‚Schuld', 5. ‚Beschuldigung', 6. ‚Vorwurf', 7. ‚Anklage', 8. ‚(begründete) Beschwerde'. Eine lange, ja: eine bemerkens*wert* lange Liste, wenn wir bedenken, dass mittels aller acht deutschen Namen eben acht verschiedene Seiende benannt werden, nämlich: 1. die „erste Sache", 2. der „Werdensgrund", 3. der „Ort oder die Weise, wo oder wie etwas veranlasst wird", 4. das „Soll", 5. die „Sollzuweisung", 6. der

„Wurf (etwa des beschädigten Besitzstückes oder der Anklage) vor den vermeinten Täter", 7. die „Wehklage an den es Gewesen-Seienden", 8. das „einen Kläger Beschwerende". Nun könnten wir denken, die guten, alten Hellenen seien aber oberflächlich gewesen, wenn sie so viele Aspecte und Nuancen in ein und selbes Wort steckten. Das wäre aber weit gefeelt, meine Freunde! Wenn wir ‚Ur-Sache' im Gedächte der „ersten Sache" zurückübersetzen, dann wird daraus nicht etwa wieder ‚aitia', sondern ‚Protochrema', das aber auch als ‚Ur-Ding' rückübersetzt werden könnte. ‚Werdensgrund' hingegen wird nicht ‚aitia', sondern ‚gignarchä' oder ‚genetiarchä', zwei Composita, die ich aber nirgends las, doch aus den Bestandteilen willkürlich zusammensetzte. Das zeigt uns, wie ungenau und vage Übersetzungen sind. Besonders bei Abstracta ist eine Eins-zu-eins-Übersetzung eines Namens nahezu unmöglich, weil die Sprecher anderer Sprachen nicht nur andere Namen verwendeten, sondern auch Anderes zu jedem Namen hinzudachten, mithin andere Worte gebrauchten, die aber allso nicht nur auf der Ebene der Laute und Buchstaben anders sind. Nehmen wir aber nun das zu ‚aitia' passende Adiectiv ‚aitios', dann wird uns im Lexikon als deutsche Entsprechungen ‚schuld(ig)', ‚verantwortlich' und als Substantivierung der ‚Schuldige', ‚Urheber', ‚Täter' geboten. Suchen wir aber unter ‚schulden', das im Deutschen ja mit ‚schuldig' verwandt und formgleich mit der Substantivierung der ‚Schuld' im Plural ist, finden wir ‚opheilein', was uns sagt, dass die alten Hellenen eine Geldschuld gedanklich anders herleiteten denn wir vom „(zu büßen oder zahlen) Sollenden". Dies ‚sollen' aber – bedenkt, dass unsere ‚Schuld' eigentlich ein ‚Soll' nennt! – weist nun im Hellenischen keine Verwandtheit mit „opheilein" oder mit ‚aitios' oder ‚aitia' auf, sondern ist ‚chrä', das mit ‚chreos' als Entsprechung für ‚(Geld)Schuld' geboten wird. Die ‚aitia' allso ist nicht so verwoben, wie die deutsche ‚Ursache' in ‚ur-' = „erst" oder ‚er-' und ‚Sache'; zerlegten wir sie in ihre Bestandteile, bekämen wir zu 'm Einen ‚ai', das dreifach denkbahr ist, nämlich erstens als Entsprechung für ‚ach', zweitens als Entsprechung für ‚wenn' oder ‚ob', drittens als aus a-i zusammengesetzt. Zum Anderen bliebe die Endung der ‚aitia', allso die ‚tia' offen. Das Wörtchen ‚tin' entspricht dem deutschen ‚(warum) denn?', obwohl ‚war-um' = ‚um was' als ‚peri' und ‚ti' entsprechend geboten wird. Zu vermuten, dass ‚aitia' entweder eine Construction aus ‚a' und ‚itia' sei, allso aus ‚nicht' und etwas von mir nicht Gekanntem wie ‚itia' als Derivat etwa zu ‚itamos' = ‚unverschämt' oder aber aus ‚ach' und ‚warum' oder aus ‚ach' und ‚was' sei, um auf die Ursache im Sinne der Schuld zu kommen, dünkt mir volksetymologisch, allso unzulässig. Kurzum, wir können nicht entdecken, wie vor drei-, vier-, fünftausend Jahren oder noch darvor ein Sprecher des Hellenischen inhaltlich genau dachte, als er Namen oder Namensteile zu neuen Namen componierte, dass Compostita entstanden, noch als er jemanden als „Urheber einer Tat" oder „Täter", mithin als in unserem Gedächte „Schuldigen" erachtete. Aber dass die Geleichsetzung erfolgte, mögen wir als gewiss annehmen, weil beide Deutungsnuancen des Namens im Lexikon vereint stehen. In manchen Lagen scheint uns dies auch heute noch eindeutig. Ein Augenzeuge vernimmt, wie jemand ein Messer ergreift und in den Bauch eines anderen sticht, daraufhin dieser zu Boden fällt und stirbt. In der Bewegung des Armes mit dem Messer in der Hand auf einen bewegten Cörper zu mit dessen anschließender Stichwunde und Sterben sehen wir so wohl die Ursache des Sterbens als auch die Schuldfrage beantwortet. Oder?"

„Ja. So sehen wir auch heute das.", bestätigte Jan.

„Aber es ist oberflächlich. Wie kam die zu der Tat erforderliche Kraft in den als „Täter" erachteten Menschen hinein? Ist dieser Täter der Quell der Kraft, die zu der Tat führte? Wir wissen dies nicht. Wir sehen lediglich eine Bewegungsfolge und schließen daraus auf die Causa, den Grund der Tat. Oder wir sehen eine vermeintliche Geleichzeitigkeit oder, weil nach Einstein diese ja nicht möglich ist, eine Selbmaligkeit, und deuten uns einen causalen Zusammenhang, etwa, wenn wir jemanden sich über einen

Leichnam beugen sehen und wir sofort vermuten, dieser sich beugende Mensch sei der Mörder. Höchst oberflächlich! Wolfgang, du sagtest vorhin, du wollest nicht zu Adam zurück, um die Wirkungskette zurückzuverfolgen. Aber dass eine Wirkungskette sozusagen am Werke sei, war dir clar?"

„Natürlich!"

„Das Natürliche daran ist aber nicht, dass die Natur causal werke und wirke, sondern scheint mir einzig das zu seien, dass wir Alle unserer natürlichen, will sagen: angebohrenen Anlage getreu in solchen Wirkungsketten deuten und denken, weil wir nicht wissen, warum, wodurch, woraus oder weswegen etwas geschieht. Wenn jemand fragt, weswegen mein Glas zu Boden fällt, wenn ich es in der Luft loslasse, dann wird ihm geantwortet, „wegen der Schwerkraft und der Dünne der Luft". Der Stoff ‚Luft', dies Gasgemisch in diesem Raume, ist nicht genügend stark oder dicht, die Masse des Glases gegen die Anziehung vom Masse-centrum der Erde zu halten, anders als der Tisch, der stark genug ist, sie zu halten, auf dem die Gläser aber auch nur wegen der Schwerkraft stehen, statt etwa in der Luft oberhalb des Tisches zu schweben. Ohne diese Schwerkraft allso bestreiten zu wollen, frage ich aber, wieso diese Antwort uns befriedigt? Weswegen sei denn eine mittels des Namens ‚Massecentrum' benannte Stoffballungsmitte das Bewegende, dass ein anderer Stoff angezogen wird und dardurch erst als „schwer" zu erdeuten ist? Wieso müssen solche Mitten seien, die zu dicht werden mögen, dass sie sogar Licht verschlucken? All dies wissen wir nicht, geben uns aber mit der ‚Schwerkraft' auf die ‚weswegen'-Frage begenügt. Ist die Antwort aber im eigentlichen, nämlich die Unruhe der Frage beruhigenden Sinne eine Antwort? Erfüllt eine solch formale Antwort unsere Suche nach dem inhaltlichen Sinne des großen Ganzen? Nicht im Geringsten. Diese Antwort kann keinen unserem Geiste bedeutsammen Sinn geben, weil sie ohne Geist ist, jedoch ausschließlich stofflich und stoffkraftlich bleibt. Auf diesem Wege ergründen wir nie, wieso ein „Täter" seinen Nächsten niedersticht oder abstach oder auf ihn einstechen wird. Uns genügt aber erstaunlicher Weise, dass wir die stoffkraftliche Bewegung vernehmen, um uns vorzugaukeln, wir wüssten, wer der „Täter" und allso der „Schuldige" sei. Könnt ihr mir folgen und wisst, wohin mein Sprechen zielt?"

„Nee, nicht ganz, aber es ist spannend, wie du uns das darlegst, Hans. Mach' ruhig weiter!", ermutigte ihn Wolfgang.

„Vielleicht habt ihr gelegentlich beobachtet, wie Kinder geradezu suchen, Täter zu seien, wenn sie das vom Täter vermeintlich Erbrachte als „gut" *werten* und vermuten, die *Wert* gebenden Ältern fänden es eben' Falles „gut". Kleine Kinder wünschen sich etwa, im (Omni)Bus auf den Halteknopf zu drücken, weil sie sich erträumen, *sie* hätten das erwünschte Anhalten erwirkt. Somit suggerieren sie sich, sie hätten „Macht". Eben so aber suchen sie, der „Täter" nicht gewesen zu seien, wenn sie Strafe fürchten, allso die vermeintlich erwirkte Tat als „nicht gut" *werten*. Aber sie prahlen gar mit „böser" Täterschafft, wenn sie nur denken, dass diese ihre Spielgenossen oder die Ältern beeindrucken werde, denn diese Beeindruckung wiederum wird als „etwas Gutes" *gewertet*, weil darhinter wiederum Macht vermutet wird. Die Fragen, die mich darbei so bewegen, sind erstens: Woher wissen die Kinder, wie sie *werten* sollen? Sie leiten *wertend* „das Gute" aus dem Gedächte ihres Wünschens her, ohne zu wissen, dass dies Gedächt kein dem Seien innewohnender, sondern ein diesem oder jenem Seienden von ihnen eigens in der Richtung ihres Wünschens zugedachter Sinn ist, und ohne zu wissen, dass dieser ersonnene Sinn etwas Gutes sei. Das *werten* sie einfach, weil kein Tadel folgt, sondern Lob. Und zweitens: Suchen sie womöglich, ihre denkliche Causalität nach der unbewissentlich gegründeten *Wertung* auszurichten? Weil sie gern „Täter des Guten" wären, weil sie nämlich gern „Macht" hätten und darfür zudem gelobt, mithin aufge*wertet* zu werden wünschen, erdeuten sie sich die Täterheit, die allso in eins die Möglichkeit des Täterseiens überhaupt miterdeutet. Und eben so verleugenen sie diese erdichtete Täterheit wieder, wenn ihnen deren Folgen ungenehm sind oder werden."

„Aber wenn wir das als unter Erwachsenen immer noch giltig erachteten, dann wäre ja die ganze Rechtsprechung Unsinn?"

„Nein, *Un*sinn ist es nicht, denn es zielt ja zu einem Sinne, auch wenn der kaum zu erreichen ist, aber es ist letztlich ein einziger *Wahn*sinn. Blicken wir in die Historie! Die schlechten Lebensbedingungen im späten Mittelalter bewogen die Leute, (unwissenschafftlich) causal nach den Ursachen für ihr empfundenes Elend zu suchen, und so fanden sie etwa für das plötzliche Kindssterben die Hexen als vermeintliche Ursachen und deuteten denen an, sie hätten „einen Schadenszauber erwirkt". *Wie* dies functioniere oder überhaupt möglich sei, wussten sie nicht; das war ihnen erstaunlicher Weise gänzlich einerlei, aber sie dachten felsenfest, *dass* es functioniere, denn wichtig für sie war zuallererst, einen Schuldigen zu finden, in den hinein sie ihren Zorn ob ihres verunglückten Darseiens entladen konnten. So folgten sie der ebenso angebohrenen Anlage in ihnen, einen Ausgeleich durch Wiederholung zu erreichen zu versuchen. Dass sie damit das Unrecht verlängerten, war ihnen nicht clar. Und allso ward die „böse Hexe" verbrannt. Das belegt aber, dass die Causalität dem deutenden *Werten* folgt, und Rache eine niedere Art des Versuches des Ausgeleiches ist, der solcher Causalität folgt. Seht ihr allso den Causalwahn? Darhinter steckt aber jedes Falles ein erlebter Urmangel, eine Urangst, eine Urschuld, ein Urtod, nämlich ob der zerstörten Ganzheit, des zerstörten Bedeutes, des zerstörten Gelückes des Seiens. Und das – verzeiht mir! – dumme Ich ist der prüflose und willfährige Träger all dessen."

„Das Ich? Wieso?"

„Das Ich ist eine Erfindung, das legte ich euch ja schon dar. Es ist eine Erfindung aus den frühesten, noch sprachlosen Kindertagen. Etwas in uns trennte uns aus der Schöpfungsganzheit des Lebens aus und machte uns als „**Ich**", sprich: als die Mitte je unserer Welt und erfand durch die Heraustrennung aus dem Leben, welche die ewige Schöpfungsganzheit ist, allso den **Tod**, der in der Schöpfung unmöglich ist und nur als Sterben in der cörperlichen Welt geschieht, das jedoch nur den Cörper zurücklässt, und mit dem Tode als dem Gedanken, das Sterben sei gänzlich und unheilbahr, die **Angst** darvor, den **Mangel** als sein vermeintliches Anzeichen, und die **Schuld** als der Schatten des Unguten, das jemand erwirkt habe. Und dann gärt der Begehr, das sterbliche ungöttliche Ich aufzu*werten*, indem es als „Täter des Guten" dargestellt wird. Im Schatten all dessen aber wird vergessen, dass wir in Waarheit *unsterbliche und unschuldige Seelen ohne Mangel* sind."

„Mann, du redest entweder total irre, oder der Mensch und seine Cultur ist es!", resümierte Jan erschüttert.

„Jo, Jan!", lachte Hans. „Natürlich bin *ich* der Irre. Aber ich finde darüber hinaus, dass die Täterheit und die Möglichheit des Täterseins überhaupt zu erdeuten, nur die eine zu bedenkende Seite der finsteren Médaille der Schulddenke ist. Diese Einsicht allein lässt gänzlich unberücksichtigt, mit welchem Feuer jemand eine *Realität* der Schuld für sein vermeintliches Ungelück wähnt, weil er so innig das Gelück in seiner Welt suchte, dass es ihn schier um den Verstand bringt, es durch etwas zerstört zu sehen, das er als „von einem oder durch einen Täter erwirkte Tat" erdeutet. Und nun sucht er einen Schuldigen, um seine unaushaltbahre Pein in diesen hinein zu entladen. Das ist eine sachlich irrige, ja: ungerechte Anwendung des Causaldenkens, aber das zu wissen hilft ihm in seiner Not nicht und kann so schnell auch nicht von ihm nacherschlossen werden.", fügte Hans hinzu.

„Du suchst nun wohl gute Argumente für die Unschuld, Hans", sprach ich. „Aber wie hätten wir die unselige Erfindung der Schuld umgehen oder verhindern mögen? Die Frage ist ja ohnehin noch offen, *was* wir eigentlich seien, dass wir unserer ererbten Anlage getreu uns als je „Ich" erfinden und mit diesem Ich-Entwurfe auch den Mangel und die Schuld miterfinden? Wir waren ja nie Nicht-Ich, jedes Falles nicht wissentlich oder mit bewusster Erinnerungsmöge."

„Das trifft Alles zu, was du sagst. Aber ich versuche, den Zusammenhang logisch und Namen gebend zu eröffnen, um so einen denkbahren Ausweg aus dem Elende unseres bis her namenlosen Leidens zu finden. Mit den Namen und deren logischer Verbindung wird ein Weg geebenet. Der Versuch ist vielleicht nicht schon im Anfange hilfreich, aber er schadet doch wohl auch nicht."

„Das finde auch ich. Wie aber können wir den Menschen aus ihrem Leiden heilen helfen?", fragte Jan.

„Wieso oder weswegen denkst du, dass die leidenden Menschen aus ihrem Leiden geheilt werden müssen? Wegen deines Mitleidens? Das Leiden ist allgemein das Empfinden ihrer – der Leidenden – Weglosigheit im christlichen Sinne. Wenn du nur das Leiden „fortheiltest" – was nicht möglich ist – dann zögest du ihnen das Empfinden ihres Problems weg, ohne welche sie ihr eigentliches Problem nicht bemerkten. Ihr Leiden würde erst nachmalig geringer, wenn ihr Denken die Leugenung des Geistes aufgäbe und den Weg erschlösse. So kommen denn auch die an ihrer Weltdeutung Kranken zu einem „Psychotherapeuten" alias einem „Seelenhelfer" – hach, welch hochfahrender Name! – und suchen, ihr Leiden durch diesen Helfer zu verringert zu bekommen, ohne jedoch ihr Deuten und das dem nachfolgende Denken ändern zu wollen. Ihr Weltdeutungsgefüge ist natürlich feelerlos, gut und trefflich; das ist ja clar!"

„Wieso ihnen dann aber nicht doch lieber noch all das zuvorige Gesagte clar machen, nämlich dass ihr Causaldenken insofern falsch und für sie ungut ist, als sie und weil sie darmit der Schuld eine Grundlage einräumen, die weder sie noch den allso Beschuldigten begelücke? Das wäre doch ein Ansatz zu 'r Correctur der feelerhaften Gedanken!"

„Das befreite ihn aber nicht aus seinem Wahne einer Waarheit seines Ungelückes. Und dieser Wahn ist es doch, daran er leidet."

„Wie könnte jemand ihn aus diesem Wahne auf die Schnelle befreien? Zu 'r Erbildung dieses Wahnes lebte er doch schon viele,

viele Jahre vor sich hin, ohne in dieser Sache zu lernen. Und das kommt darbei heraus!", sprach Wolfgang.

„So ständest du neben ihm und dächtest kältlich, er sei ja eigens „schuld" an seinem Leiden? Er hätte ja früher mit dem Lernen beginnen können, das ihm die Unhaltbahrheit solches Denkens eröffnet hätte, nicht?"

„Nein, gewiss nicht.", übernahm Jan das Wort. „Aber die Frage bleibt dennoch: Wie könnte jemand einen solchen Menschen trösten? Ich erlebte einst, wie zwei Wagen auf der Sierichstraße ineinander stießen, weil der eine Fahrer, der ein Auswärtiger war, die Umstellzeit der erlaubten Fahrtrichtungen verpasst hatte und dachte, er könne noch südwärts fahren. Ich stand an der Ecke Clärchenstraße und sah den Zusammenstoß. Der Fahrer stieg unverletzt aus und hielt sich nur schuldbewissend den Kopf, hingegen die Fahrerin des anderen Wagens aus stieg und entsetzt brüllte: „Mein schöner Wagen!" und wie irre hin- und hersprang und klagte. Ich versuchte, ihr zu helfen und ging zu ihr. Ich sagte ihr, sie möge doch froh seien, dass sie nicht verletzt worden sei; den Wagen könne man doch reparieren oder ersetzen. „Nein!", kreischte sie zappelnd, den könne man ihr nicht ersetzen. Tja; wie sollte ich ihr helfen?"

„Sie war im Choque, Jan."

„Ja, gewiss war sie das. Aber sie konnte nur choquiert werden, weil sie außerhalb der LIEBE so törig war, einen unermesslichen *Wert* ihres Wagens zu erdenken. Der Choque nicht mindert oder relativiert ihren Verstand, sondern er *beweist* ihren *Un*verstand. Den weisen Allverständigen mag nichts chockieren. Meine Frage aber bleibt offen: Wie sollen wir solchen Toren helfen können?"

„Zunächst mögen wir ihnen praktisch beistehen, jedoch nicht theoretisch belehren. Aber schon vor dem Leiden ist dennoch zu bemerken, das die Zerstückelung des Werdensflusses in causale Einheiten doch nicht mit Absicht geschah oder geschieht, doch in wahlloser Befolgung unserer ererbten Anlage. Diese zeigt uns, dass ein Unwissen des gegenteilslos Guten durch ein *Werten* des

Gut-Bösen ersetzt werden soll. Wir wissen allso nicht nur nicht, was wir sind, dass wir uns als je „Ich" erfinden müssen, das zu begehren als „sinnvoll" erachten muss und ein Nicht-Seien des Begehrten als „Mangel" deuten muss und den vermeintlichen Erwirker eines ebenso vermeintlichen Ungelückes als „schuldig" erachten muss, sondern wir wissen auch nicht, was das gegenteilslos Gute ist oder auch nur seien mag oder möchte. Dies beweist allso zudem unsere Unkenntniss des unsichtbahren Gottes als des ewigen Quelles und sucht Sichtbahres oder Vernehmbahres als „Ersatzquelle" zu erdeuten. Hier aber liegt auch das Heilungsangebot, auch wenn wir das eigentlich nicht wissen: Wird ein Gott als „erste Ursache" erdacht, ist nicht der Weg zu GOTT gefunden worden, sondern nur die Causalität als ererbter Denkweg überhöht worden; wird aber ER als der QUELL angenommen, ist Alles ohne causale Ursache gut."

„Was ist denn der Schied zwischen Gott als „Quell" und Gott als „Ursache"? Ist das nicht einerlei?", fragte Jan.

„Wenn du Gott als „Ursache" denkst, dann trennst du ihn von der Wirkung, weil dies Denken ‚Ursache - Wirkung' trennend oder getrennt, mithin dualistisch ist. So denkst du immer „Erwirker" und „Erwirktes", welche jedoch zwei Ver- oder Geschiedene, allso Getrennte seien. Und so kommen wir zu den Gegenpolen ‚Subiect - Obiect', ‚innen - außen', und so fort. Der Quell aber ist dem Flusse nicht abgeschieden. Der Vater und der Sohn sind eins."

„Das klingt schön!", lobte Hans. „Aber du sagst letzlich auch nur, dass man den Leidenden auf die Schnelle nicht helfen könne. Oder wie können oder mögen wir ihnen helfen?"

„Geduldig seien und sie austoben lassen. Und dennoch ihnen beistehen, sie an der ihnen zu hohen Hürde nicht allein klimmen lassen.", schlug Wolfgang vor.

„Schön. Bei 'm nächsten Male werde ich um diese Fahrerinn hinumtanzen um derweil ausrufen: „Joho! Die Anderen sind in der

Schuld! Nur ich nicht!" Das brächte sie von ihrem Leiden ab. Oder?", feixte Hans.

„Das ist Irrsinn! Du bist ein Narr, Hans.", lachte Jan.

„Jawoll, Jan. Hans ist schuldig des Irrsinnes. Und zu 'r Strafe muss er uns die nächste Runde ausgeben!", bestimmte Wolfgang.

„Urteil einstimmig angenommen!", entschied Jan.

„Aber ich stimmte doch dargegen! Wie kann es allso einstimmig angenommen worden seien?", protestierte Hans.

„Dies ‚einstimmig angenommen' nennt hier, dass Etwas „bei nur *ein*er Gegenstimme angenommen" worden ist, nämlich deiner. Der ganze Rest ist gänzlich irrelevant.", beharrte Wolfgang grinsend.

„Aber habt ihr die ichige Ursache für Hansens Irrsinn bedacht?", wagte ich schmunzelnd noch zu fragen.

„Wir hatten alle Ursache, das bloß und tuentlichst zu unterlassen. Wir verlören hier sonst unergiebig unsere doch so costbahre Zeit.", grinste Jan.

Alle lachten, und wir waren froh, im Kreise der Freunde nie ursächlich verklagt zu werden. Trotzdem war dieses Abendes für die Sache nicht gemeinsamm entschieden worden; der Gedanke einer „Waarheit des Leidens" auf dem Grunde des irrigen Denkens einer „Waarheit des Leibes und der Welt" war zu jener Stunde mehrheitlich noch größer denn die Bereitheit für die Heilung.

Und Jan schenkte uns Allen noch eine Runde ein.

5. Reif für das Eiland

„Sage, Hans! Du warst doch einst auch in der allseits umträumten Südsee, oder? Sprachst du nicht eines Males über Port Vila? Wie war dir diese Reise?"

„Sagenhaft, meine Freunde! Habe ich euch das nicht Alles schon er-zählt? Ich werde euch gern ausführlich Alles nochmales veranschaulichen. Aber dass ich mir den Mund nicht trocken vertelle, muss mir zuvor ein guter Schluck eingeschenkt werden."

Gerne kam Jan, der dies Amt ja stets fleißig ausübte, der Aufforderung nach und schenkte Hans ein, dass er nicht jämmerlich auf dem Trockenen sitze. Auch Wolfgang, mir und sich gönnte Jan einen ordentlichen Tropfen.

Und Hans begann mit lächelnder Miene zu erzählen: „Ich flog von Noumea nach Vanuatu, allso auf die ehemaligen ‚Neuen Hebriden', was ein aus achtzig Eilanden bestehendes Inselgrüppchen ist, das etwa östlich des großen Barrièreriffs, nördlich Neu Caledoniens und westlich der Fidschi-Inseln liegt. Schon von oben aus der Luft hielt ich oberhalb des Archipels unwillkürlich den Atem an. Mein Herz klopfte rege, ohne dass ich es bemerkte. Obwohl ich schon viele Eilande angeflogen hatte und gerade erst von einem kam, war die Sicht über diesen Archipel mir wie eine Offenbahrung der Schönheit dieser unserer Erde. So hoch am Himmel schwebte mein Flieger, dass ich einen schier unermesslich langen, gebogenen Horizont zwischen der blauen See und den weißen Wolken sehen konnte. Mehrere Inseln lagen in beschaulicher Nähe zu einander. Wieso denken wir immer, das Paradies sei „ein Eiland"? Vielleicht, weil es ab der rauen und keines Falles paradiesischen Außenwelt abgetrennt ist. So dachte ich 's und fand es nur wunderschön. Als das Flugzeug auf die Hauptinsel hinunterzog, sah ich allmächlich immer genauer, dass wir einen kleinen Flughafen ansteuerten, der ein wenig außerhalb einer städtisch anmutenden Ansammelung zahlreicher Häuser angelegt war. Das Eiland ist tropisch und von zahllosen Palmen und sonstigen Tropenpflanzen bewachsen. Die Ansiedelung war die Hauptstadt Port Vila, die lieblich an einer hügelumsäumten Bucht gestanden war und ist, deren Meeresanbindung in Mitten durch eine steile, grüne Insel geteilt ward; so ähnlich, wie die Bucht vor San Sebastian alias Donostia.

Ich ließ mich nach gelungener Landung und Zolldurchlassung von meinem Taxichauffeur zu 'm Talimoru-Hotel in der Rue Cornwell bringen. Als ich mich in's Gästebuch eintrug, gewahrte ich zu meinem Erstaunen unmittelbahr über meinem Namen einen deutschen, der seit zahllosen Seiten voller ängelischer, japanischer oder françäsischer Namen der einzige deutsche war. Den darmit benannten Menschen kannte ich später an der Bar aus allen Gästen treffsicher heraus, weil er so ernster Miene war, wie das gemeinhin in der schönsten Zeit, nämlich derweil des Urlaubes, nur Deutsche seien können, es sei denn: nörgelige Übelgelaunte aller Nationen, die das Lachen durch eine Art Krankheit bedingt vermeiden. Wir kamen an der Bar in 's Gespräch; der deutsche Landsmann heiterte auf und eröffenete mir seinen Namen: Jonas Wegener aus Braunschweig. Er war schon seit drei Tagen vor Ort und bot sich an, mir alles Wichtige und Unwichtige zu zeigen, was er bereits erkundet hatte. So gingen wir nächsten Tages gemütlich in die Stadt und gelangten zu 'r Post. Vor dem Gebäude aus alter britisch-françäsischer Condominionzeit warden wir unvermutet von einer Frau auf Deutsch angesprochen, weil wir durch unsere Sprache ihr aufgefallen waren. „Entschuldigen Sie bitte, kommen Sie aus Deutschland? Hach, hier sind so wenige Deutsche!" Wäre ich etwa auf Mallorca, Malta oder Mykonos eher erstaunt gewesen, von jemandem angesprochen zu werden, nur weil ich aus Deutschland komme, fand ich dies auf solch entlegener Stätte durchaus nicht unwillkommen; und so auch Jonas (dieser Mitgast meines Hotels), wie er mir später sagte. Diese nette deutsche Frau, Mutter zweier Jungs, lud uns Beide für den nächsten Tag zu sich und ihrer Familie nach Hause zu 'm Abendessen ein, was wir gern annahmen. Nach der Erclärung des Weges zu ihrer Wohnstätte und einiger Plauderei gelobten wir, pünctlich zu kommen.

Nun, meine Freunde, wir gingen hin und es ward ein netter Abend. Diese Familie kam aus Köln, der Mann arbeitete für den WDR und war gerade für die Unesco auf Vanuatu, um bei dem Aufbau eines dortigen Senders über zwei Jahre lang zu helfen. So hatte er seine Gemahlinn und die beiden jungen Söhne im Grundschulalter einfach mitgenommen. Sie bewohnten einen neuen Bungalow nach australischer Bauart, der hohen deutschen Urlaubererwartungen so, wie etwa auch auf Sri Lanka oder den Malediven, durchaus genügte. Zu dem Abendessen erschien auch noch eine junge deutsche Frau, die sich als Hermine Israel, Schriftstellerinn aus Berlin, vorstellte, und diese Familie schon vor etwa anderthalb Wochen zufällig auf der Insel kennen gelernt hatte. Jonas, mein Mitgast, erwies sich während des Abends als erfahrener und sprachlich wohlgeübter Unterhalter fremder zuhörender Zeitgenossen. Er arbeite als Kellner für die Ikaros Airlines, sagte er uns, und erzählte von seinen vielen Dienstflügen nach Tokio, Toronto, Tahiti. Oder sie führten ihn nach Neu York, Niamey, Nairobi. Oder Sydney, San Francisco, Sao Paolo. Ich weiß es nicht mehr genau; es waren viele wohlklingende, wenn auch austauschbahre Namen. Die Familie aber hing an seinen Lippen und fragte immer fürder und weiter: „Warst du denn auch schon in Delhi?" – „Ja, auch dort war ich." – „Und warst du denn auch schon in Melbourne?" – „Ja, war ich schon." – „Und warst du denn auch schon in Wellington?" – „Ja, auch dort." Fragen und Antworten waren Stereotypen. Die Fragenden warden immer begeisteter, der Antwortende immer knapper und gelangweilter. Auch Hermine, die Schriftstellerinn, wünschte immer mehr des Lebens in der weiten und, wie sich zu ihrem Entzücken erwies: erfliegbahren Welt zu wissen, und versuchte, sich „so ein Leben vorzustellen", wie sie das nannte. So ein Leben? ‚*Solch* ein Leben' wäre sprachlich besser; ‚solch ein *Darseien*' aber dächtlich besser.

Sie deutete allso das Darseien als Ich-Cörperling in der Welt als „ein Leben", dessen dann mehrere, ja Milliarden grobstoffliche Erscheinungen zu beobachten waren. So denken ja viele, aber bei ihr fiel mir das erstmales besonders als „unhaltbahr" auf. Na, ja. Aber Jonas seinerseits gestand aufrichtig, dass er von all den fernen Städten immer nur die überall bis zu annähernder Geleichheit ähnlichen Flughäfen und jeweils ein austauschbahres Hotel gesehen habe, weil er zumeist dort erst je nach Ortszeit abends ankomme und nach Dienstschlusse nur noch schlafen gehen könne, weil er ja am nächsten Morgen, manch Mal noch vor Sonnengesichtung, wieder arbeiten müsse. Er sei allso nicht zu beneiden, denn er sehe von der Erde so viel, wie ein Arbeiter etwa in Berlin, London oder Moskau, der mit der U-Bahn dreißig, vierzig Minuten zu seiner Dienststätte fahre und derweil immer nur den unterirdischen Tunnel und die Stationen zu sehen bekomme. Diese prosaische Darstellung seitens Jonas' bewog die Zuhörenden zu keiner Minderung ihrer fieberähnlichen Begeistung; sie schätzten seine – Jonas' – Reisen als „mehr denn bloße Arbeitswegefahrten oder Dienstreisen" ein, derweil „man" nicht viel der Welt zu sehen bekomme. Sie dünkte die dargestellte Gelderlangungstätigheit „das Gelück schlechthin" zu seien, ich vermute, weil er doch tagtäglich in „die weite Welt" hinaus flog. Nach noch viel Gespräch in guter Stimmung gingen Jonas und ich spät „heim" in unser Hotel. Auf dem Wege durch die lauschige, warme Tropennacht gestand er mir, dass er die jetzige Reise unternehme, weil er AIDS in seinem Cörper trage und bald nicht mehr werde arbeiten oder fliegen können. An Gott gelaube er nicht, antwortete er mir auf meine entsprechende Frage. Der müsste ja, wenn Er denn existierte, ein Stümper oder Sadist seien, dass er die Menschen so erbärmlich leiden lasse. Und so wolle er an „den lieben Gott" lieber als „nicht existent" denn als einen „Sadisten" denken. Aber diesen Sterbenden beträumten die ihm zuvor zugehört Habenden noch immer als „Gelückspilz". Am nächsten Tage flog Jonas ab, fürder nach Australien und Neuseeland, wie er sagte. Ich bin ihm nie wieder begegenet. Hingegen traf ich zwei Tage später in Port Vila Hermine Israel im ‚Gecko‘, einem Straßencafé, wieder. Sie fragte sich vergeblich, wie sie mir offenbahrte, wieso ihr vierwöchiger Aufenthalt auf dem schönen Eilande ihr so „bedeutsamm" und dennoch so „unbestimmt" vorkam. Immer versuchte sie, sich „das Leben" der Reisenden oder der dort arbeitenden oder sonstwie auf der Insel wohnenden Leute vorzustellen, so als suche sie, ein anderer Mensch zu seien oder doch in dessen Welt und Sicht zu gelangen, um so vielleicht einen ihrem Darseien verborgenen Sinn des großen Seiens enträtseln zu können. Und sie fragte sich, wieso man dort auf den Eilanden so lebensfroh sei? Aber in der Tiefe befriedigende Antworten fand sie nicht. Die üblichen Antworten kannte sie durchaus, aber diese sind nur der Gestalt nach Antworten, inhaltlich jedoch so hohl, wie Seifenblasen oder oberflache Wörterfolgen. Wegen eines angekündigten Wirbelsturmes aber kam es zu ihrer – wie ich es empfand – angsthörig eiligen Abreise etwa anderthalb Wochen vor dem gebuchten Tage. Diese bedrückte sie unsagbahr, so als müsse sie aus dem Paradiese fliehen. Sie schrieb darüber später eine Erzählung – wie ich finde: ohne gute Botschafft, denn sie beschrieb immer nur die flache Friedlosigheit der Menschen – Reisenden wie Eilandsbewohnern – und deren Nicht-Ankunft bei dem, das sie sich erträumen und wünschen. Jedoch bot Hermine keinen Trost oder gedankliche Lösungen. Ich sah das Buch später in Harburg „am Sand" und kaufte es mir. Das allso von ihr Geschriebene ist eine Erzählung unter zusätzlichen eines tatsächlich bestverkauften Buches für eine Lesergemeinde geworden, die sich von clärungslosen Darstellungen ihres eigenen, unmöglich gelingenden Welttraumes, allso letztlich ihres Ungelückes unterhalten lässt, ohne den höheren Geist um Hilfe zu bitten. –

Nun, meine Freunde; und nun bin ich aber schon lange wieder hier, wie ihr wisst."

„Das ist trotzdem der sonderbahrste Reisebericht, den ich je hörte.", bekannte ich.

„Wieso?", fragte Hans zurück.

„Du erzählst anfangs begeistet und mit strahlenden Augen. Dann bietest du einen Haufen ungelöster Denkknoten und bist am Ende. Und dann sagst du, zwar trefflich, aber knapp: ‚ohne den höheren Geist um Hilfe zu bitten'. Ja, wie hätten die Menschen oder jene Frau Israel dies unterfangen mögen?"

„Gute Frage, Freund, und wohl hörtest du zu. Ich weiß aber nicht, dies jemandem wie ein Recept oder eine Gebrauchsanweisung zu sagen. Frage mich doch bitte etwas Leichteres.", grinste Hans.

„Lassen wir die Frage doch zunächst offen im Raume stehen.", schlug Jan vor.

Wir stimmten ihm zu. Und Wolfgang fragte: „Wie war denn der Aufenthalt auf der Insel *für dich*, Hans? Ich meine, was bedeutete er *dir*? Bis her erzähltest du nur am Anfange von deinen Empfindungen; dann nur noch über Andere. War dir diese Reise nur *irgend* eine Reise nach zufällig *irgend* wohin?"

„Sie war eine besondere Reise für mich. Die Menschen auf der Insel leben anders denn wir. Dies ist aber nicht allein in ihrem Eilandsdarseien begründet, denn sie leben auch anders denn etwa die friesischen Bewohner unserer Nordseeinseln. Sie leben dort auf Vanuatu in den Tag hinein. Sie gehen zumeist arbeiten, aber wenn nicht, dann ist es auch egal. Stets ist spätertages auch noch genügend früh. Sie scheinen schöner, ruhiger und entspannter zu leben, spielen aber Backgammon mit erstaunlicher Verbissenheit, vermutlich weil ihnen das so wichtig ist, wie hiesigen Kindern das Mensch-ärgere-dich-nicht-Spiel, bei dem sie sich dann doch ärgern. Wir träumen immer des Paradieses, das jedoch kein fernes Eiland ist, obwohl wir dies zumeist mitträumen. Wegen dieses Traumes und Mittraumes fliegen wir urlaubend auf solche Inseln und träumen, dort zu „leben" sei „paradiesisch". Manche Menschen träumen dessen so stark, dass sie hier aussteigen und dorthin ziehen, wenn auch kaum nach Vanuatu. Aber sei so das Gelück zu finden? Ich denke dies nicht, es sei denn, es gelinge, auf

den Eilanden etwas *in sich* zu finden, das zwar auch hier oder wo-
anders in uns ist, jedoch unfindbahr bleibt, weil hier der Geldver-
diendruck übermäßig geistverdeckend wirkt. Unbestritten findest
du dort auf den Inseln nur die Schönheit, die aber endlich ist, weil
du ja alsbald wieder abreisen musst."

„Aber dass dem Eilandsreisenden dort lediglich sinnlich ein ver-
nommenes Wunschbild als eine Entsprechung für seinen zuvorig-
en, sinnlich ausgerichteten Vernehmenswunschtraum geboten
ward, offenbahrte ihm keine Waarheit.", gab ich zu bedenken.

„Richtig! Das sagte ich ja. Ich fand Schönheit, aber keine Waarheit, ein nur optisches Paradies, keine Erlösung. Aber ich suchte
ja vielleicht dort auch keine Waarheit, sondern nur die Erfüllung
eines letztlich leeren Welttraumes, der eigentlich ich noch war,
obwohl ich dies darmales noch nicht bemerkte, denn ich erachtete
mich als „den wichtigsten Darbeiseienden der Welt", dem *sie* sich
offenbahre. Dieser Welttraum, der als *„ich" personificiert* auf der
Erde wohnte, war eine Zeugung und Gebährung von den Ältern
namens ,Ichtraum' und ,Gelücksidee', die wiederum die Nach-
kommen der sündigen Großältern namens ,Cörperwahn' und
,Todesangst' väterlicherseits und des ,Mangelwahnes' und der
,Schulddenke' mütterlicherseits waren. Diese ist eine bemerkens-
*wert*e Sippe!", dichtete Hans lächelnd.

„Eine desto bemerkens*wert*ere Poiäsie von dir!", bekundete ich.

„Aber weswegen war diese Reise denn nun so besonders, Hans?
In der Schönheit der Insel allein kann das doch nicht gelegen
haben, denn alle Eilande des Südsee sind so schön, wie die Inseln
unter und über dem Winde in der Karibik, wie Neu Caledonien
oder wie die schönen Eilande des Indischen Oceans, oder?"

„Weswegen ich zunächst solch großes Gelück angesichts des Eilandes empfand, wusste und weiß ich nicht zu sagen. Ich stimme
dir zu, auch andere Inseln sind genauso schön oder gar schöner
und sind allso mit einander austauschbahr. Aber ich bemerkte all
dies nicht, denn ich dachte, ich empfände solch großes Gelück,
weil eben dies Eiland so schön sei und weil ich nun endlich, end-

lich auf diesem gelungenen Fleckchen Erde heil angekommen sei und ich erstmales sozusagen „unbeschränkt" die Zeit hätte, dies in launiger Ruhe eine große Weile lang zu genießen. Alle zuvorigen Reisen waren zeitlich kurz gefasst, wisst ihr, immer nur zwei, drei Wochen höchstens. Gegen das End hingedacht, wird die Empfindung der Schönheit vom Beginne an von der sich nähernden Abreise überschattet. Und dort, auf Vanuatu, war mir diese Empfindung des nahen Abreisens zunächst nicht, kam dann später aber doch. Zeit ist allso auch dar nicht zu „haben", weil sie eigenständig fürderfließt. Aber dass Zeit nicht zu haben ist und auch nie war, bedachte ich vor jener Zeit auf den Inseln noch nicht; alle Leute reden doch immer, dass sie entweder Zeit hätten oder nicht hätten. Aber auch die Jenigen, die bekundeten, sie hätten gerade keine Zeit, dachten dennoch grundsätzlich eine Habbahrheit der Zeit!"

„Wohl beobachtet, Hans! Aber Un-zu-habend-heit der Zeit hin und Schönheit des Eilandes her: Was suchen die Menschen auf den beträumten Eilanden? Ist die Reise dorthin eine Art der Flucht oder des Auszuges aus dem grauen Alltage hinein in die Sinnenschönheit ohne geistliches Inwendiges? Die Terminlosigheit ihres Zeitplanes, sodass sie endlich eines Males in Ruhe am Strande oder im Schatten der Palmen weilen mögen? Hier oder anderswo ist es doch eben so schön. Wichtig ist doch die Gesinnung:

„Raum ist in der kleinsten Hütte
 Für ein g'lücklich liebend' Paar."

Und so sage ich mit Schiller, leicht verwandelt: Schön ist's auf der schmalsten Scholle für ein g'lücklich liebend' Herz."
„Dass das Seien an sich schön ist, siehst du aber nicht, wenn du voller Sorge um 's Geld oder die die Gesundheit oder um deine Kinder oder um die Zukunft bist. Die meisten Menschen wohnen in Zwangsarbeitslagern oder Sorgenknästen; für diese ist das *Seien*

an sich nicht zu empfinden, sondern stets nur das Seien in Schufterei und Sorge. Allso können sie des Seiens Schönheit nicht erschauen.", sprach Wolfgang.

„Die Schönheit wird von uns gesucht, weil sie als die „Erscheinung der Liebe" von uns empfunden wird. So wird das Gelück angesichts der gefundenen Schönheit von uns erlebt. Und der heiße Wunsch zu dieser Schönheit und zu ihr zu reisen, ist unser innigster Versuch, den Weg zu der LIEBE zu finden und zu begehen. Diese Deutung und Versuchung beweisen unsere Kindheit aus der LIEBE und auch unsere Verlorenheit ihrer. O welch ein bitteres Liebesbekenntniss ist unser innigster Wunsch nach der größten Schönheit! Und welch sonderbare Welt, in der wir wohnen, ohne dort heim zu seien.", bekundete ich feierlichen Tones.

„Das Seien ist trotzdem wunderschön, aber das zeigt es dir erst dann, wenn dein feueriger Traum der Welt erlischt, weil dieser die Angst, den Begehr, den Mangel, die Schuld, den Tod als schwer wiegende Implicationes in sich behrt. Nach diesem Erleschen erst wird die liebsamme Fülle der lebigen Unschuld gewahrt, die sorglos und schuldlos zu gewärtigen ist.", sprach Hans.

„Und wann erlischt der Traum der Welt?", fragte Jan skeptisch.

„Wenn du nicht mehr begehrst, der Macher zu seien, sprich: dem durch Ego hindurch entworfenen Täter-Ideal zu entsprechen. Das besprachen wir doch alles schon: Causalität aus dem Wunsche, ein *wert*voller Täter des als „gut" *Gewerteten* zu seien, gebiert den Wahn des Verdienstes wie den der Schuld, denn mit dem Täter des Guten wird auch der Täter des Bösen gebohren und das Werden ist erstens nicht mehr ein Alleingänger und zweitens so gespalten, dass Angst, Mangel und Sorge um es gedeihen. Vergebung ist allso auch, nicht länger Macher oder Täter seien zu wollen. Und dann erlischt auch aller Mangel, meine Freunde."

„Wenn ich das höre, dann könnte ich vermuten, es sei zu begehren, dass der Begehr verlesche. Wäre das aber nicht so oder so ein Erreichen durch den Begehr, Hans?"

„Doch, das wäre es. Aber wie sonst?"

„Vielleicht durch die Bereitheit aus tiefer Einsicht in den Unsinn des Begehres oder die Unmöglichheit des Gelückes durch den Begehr, diesen aussichtslosen Begehr ohne Hinterbegehr zu entlassen?"

„Das klingt wohl, Freund. Aber sprich: Nach o wie vielem Leiden wird diese tiefe Einsicht gewonnen seien?"

„Ich wage es nicht zu sagen."

„Dann würde ich sagen: Lasse uns der LIEBE, die uns trägt, ohne Sorge, doch geistlich vertrauen."

„Einverstanden, Hans! Und Jan, was denkst du nun? Wir ließen ja auf dein Wort hin die Frage noch offen, wie der höhere Geist um Hilfe zu bitten sei. Baten wir in diesem Gespräche den Geist um Hilfe?"

"Ich will mich nicht übernehmen oder vermessen, aber ich finde, wir baten Ihn um Hilfe."

„Woran bemerkst oder bemisst du das?", fragte Wolfgang.

„Schwerlich zu sagen. Ich urteilte aber nicht und sprach nicht etwa bestimmend: ‚es war so', sondern ich sagte vorsichtig, ich fände, wir hätten ihn um Hilfe gebeten."

„Ja, so äußertest du es, Jan. Aber ich fragte dich doch auch nur, woran du dies bemerktest? Anders gefragt: Wie kam es, dass du dies fandest? Du musst dich nicht verteidigen."

„Ja, woran bemerkte ich es? Vielleicht an der sanften Einigheit, mir der wir sprachen und mit den Reisenden und den Suchenden mitempfanden. In diesem Mitempfinden ist doch schon viel Gemeinschafft, sodass Keiner allein gegen die großen Sorgen des Darseiens fechten und bangen muss. Und ich versuche, den Geist wenn schon nicht als den uns in concreter Form Helfenden, dann wenigstens als den uns Gemeinschafft Gebenden zu erachten."

„Schön gesagt!", unterstrich Hans dies Bekenntniss.

„Gut, Jungens, so isses. Macht euch keine Sorgen, denn uns ist noch genug des Weines und der Unschuld unter uns."

Und Jan schenkte uns Allen noch eine Runde ein.

6. Was ist Waarheit?

„Habt ihr das Befragungsgespräch in der NZ mit dem buddhist-ischen Historiker gelesen?", fragte Jan, als er zu uns hereinkam.
„Nein. Erzähle, wenn es Interessantes enthält!"
„Inter-essantes? Was ist das? Die meisten Leute nennen etwas ,interessant', das ihnen zu hoch ist und sie deswegen eigentlich *nicht* interessiert. Dann sprechen sie: „Hach, das ist ja inter-essant!" oder gar „hoch-inter-essant", und gehen dann schleunig zu anderen Gesprächsthemen über, die für sie allso offensichtlich inter-essanter sind. „Darzwischenseiender"! Aber bitte! Dieser buddhistische Historiker, ein Israeli namens Jojakim Benjamin Rabbiman, äußerte sich zu 'm Holocaust, aber nicht so ankläger-isch grau, wie wir das kennen, sondern erstaunlich anders."
„Ein israelischer Buddhist?", fragte Wolfgang.
„Ja. Warum nicht? Müssen alle Buddhisten in Indien oder Tibet wohnen?"
„Hast recht! Hast recht gedacht und gesprochen! Meine Frage war dumm. Ach, immer diese Clichés!"
Wir lachten und Jan fuhr fort: „Dieser Rabbiman sagte, er erachte die historische Tatsache, dass von 1933 bis 1945 in den deutschen KL Millionen Menschen gestorben seien, nicht als „die Waarheit". Zunächst dachte ich, er sei ein tumber Anhänger der Auschwitz-Lügen-Lüge, aber das war voreilig, denn auch der ihn befragende Journalist fragte unverzüglich genau dies nach: „Denken Sie etwa, dass der Völkermord an den Juden und den anderen ethischen Gruppen in deutschen KL eine bloße Erfindung, allso „eine Lüge" sei, wie es die Neonacis nennen?" Nein, versicherte der Israeli, er sehe den Genocid durchaus als „historische Realität", allso als „verbürgte Tatsache", mithin als eine „durchfahrene, durchword-ene, ja: durchlittene Wirklichkeit" an, aber eben nicht als „Waar-heit". Nun begann die Sache, für mich und auch für den ihn Befragenden erst eigentlich interessant zu werden. *Inter*-essant

nämlich in dem ursprünglichen Sinne, dass *zwischen* dem Gesagten und mir und offenmerklich auch dem Journalisten Etwas war, weil dort eine große Spannung knisterte, was der Befragte nämlich meine und wie er es plausibilisiere. Und dort war als das uns Spannende die Erwartung, dass eine große Frage nun eigentlich größlich beantwortet werden müsse und vielleicht auch werde. Dieser buddhistische Historiker staunte zu unserem Erstaunen nämlich seinerseits, indem er die Frage stellte: „Wie können Sie und die vielen Millionen in Europa und America, die den Christus als „die Waarheit" denken, ernstlich mit dem selben Atem denken, ein Genocid sei „Waarheit"?"

Und Jan blickte in die Runde, um sich an unseren erstaunten und fragenden Mienen genüsslich zu weiden. „Ja, so ging das auch mir, als ich das hörte. Wie denn das Eine mit dem Anderen zu verbinden sei, fragte ich mich. Na, ihr könnt euch denken, dass auch der Journalist sozusagen baff war. Dieser Rabbiman schien das nicht zu beachten und führte seinen Gedanken aus, indem er beinahe naiv sagte: „Wenn euer Christus, an den ihr Europäer euch zumeist gewöhnt habt, wenn ihr schon nicht spirituell an Ihn gelaubt, die Waarheit, die Auferstehung und das ewige Leben (Joh 11,23; 14,6) ist, dann kann ein Mord im Sinne einer Lebensbeendigung nicht eben so waar seien, oder? Wenn Sie allso ernstlich an den Christus gelauben, dann denken Sie, dass die Waarheit das ewige Leben sei; dann können Sie nicht auch denken, ein Mord sei „waar", denn ein Mord nähme oder beendete das Leben, welches allso nicht ewig wäre.". Na, Jungens, was sagt ihr darzu?"

„Ja, so formallogisch ist das wohl richtig. Aber es sind ja mehrere Waarheiten hier und nicht nur der Christus. Oder will dieser Buddhist die These behaupten, das, was in der Welt jedes Tages geschieht, sei „nicht waar"?", warf Wolfgang ein.

„Und inwiefern sei die Wirklichkeit nicht das Selbe wie die Waarheit? Und wieso sei der Christus denn überhaupt die Waarheit? Die kann man ja vielleicht *sagen*, aber wie kann denn Einer *sie seien*? Ich denke, der Christus sei der Sohn Gottes?", stimmte ihm Jan nickend bei. „Ihr seht, ich nicht nur *war*, sondern ich *bin* immer noch nicht aus dem Staunen hinausgekommen."

„In Joh 14,6 spricht Jesus, er (als Christus) *sei* die Waarheit; dass *er* der Sohn Gottes sei, sagt er jedoch an keiner Stelle unumstritten.", erclärte ich. „Die kritische Bibelforschung erachtet solche Stellen (etwa Joh 5,37; 10,36) als verfälschende Nachträge."

„Aber Jesus spricht doch immer über Gott „der oder unser Vater im Himmel" oder er spricht „Mein Vater im Himmel"; allso ist er doch „der Sohn", oder?"

„Ja, schon. Aber der Vater im Himmel ist doch auch *unser* Vater, nicht? Oder bist du eines anderen Vaters Sohn? Und wer sollte dieser seien? Des Teufels Söhne sind nur die gottlosen Iche, nicht der waare Mensch. Allso sind wir als Seelen allesammt der Herkunft nach Gottes Söhne, nicht nur der liebe Jesus, unser großer Bruder sozusagen."

„Gut; wenn du es so nimmst, dann bitte. Aber wie kann denn einer die Waarheit *seien*? Jemand kann sie aussprechen, sagen, verkünden, aber doch nicht sie seien!", protestierte Wolfgang.

„Wenn du den Christus zu einer „Person" zu simplificieren versuchst, dann kommst du zu keiner Waarheit im spirituellen Sinne. Wenn der Christus der Weinstock ist und wir die Reben (Joh 15,5), dann wird aber deutlich, dass er sich nicht als „Person" zu erkennen gab oder giebt, sondern eher als „ein uns nährendes Etwas". Dass wir, die Reben, gespeist werden und nicht uns aus eigener Kraft ernähren, ist die Waarheit gegenüber dem Traume, wir seien „Täter" und „unsere eigenen Nährer und Führer". Ohne Ihn verdorren wir."

„Ach, so? Ja, warum legen wir dann nicht einfach die Hände in den Schoß und warten wie im Schlaraffenlande darauf, dass uns die gebratenen Tauben in 's Maul fliegen?"

„Wir werden bewegt, indem wir uns bewegen lassen und der Bewegung gemäß handeln. Was du sagst, ist Bewegtwerdens- und Handelnsverweigerung. Das ist die Haltung des Fallobstes, das

vom Baume fiel und nun faulend faul harrt, dass höher ent-
wickelte Seiende etwas mit ihm beginnen."

„Junge, was du alles weißt! Aber der größte Teil der Menschheit
denkt so, wie ich das sagte. Oder siehst du das anders?"

„Nein, du sagst das schon trefflich. Aber so kommen wir der
Waarheit ab und zu 'r Politik hin, denn dort wird die Menschheit
als „in Milliarden Cörperlinge zerspaltet" erachtet. Die Waarheit
aber ist ja nicht einfach so der Christus oder umgekehrt; die
Waarheit soll als etwas dargestellt werden, das höchste Vertrau-
enswürdigkeit bedeutet. Eine weltlich gedeutete Waarheit wäre
„eine Übereinstimmung einer Benennung mit einem Benannten
oder einer Aussage mit ihrem Gegenstande". Dieser Gegenstand,
dies Benannte, ist eine Tatsache, ein Seiendes, ein Ding oder eine
Dinglage, die heute so ausfällt und morgen anders und am Ende
sich gar widerspricht. Einer solchen „Waarheit" aber ist letztlich
nicht zu trauen. Sie ist bitter, tückisch, grausamm, denn sie zeigt
sich uns heute als warmes schönes Wetter und morgen als kaltes,
zerstörerisches Unwetter, diesjährig als „guter Freund", nächst-
jährig jedoch vielleicht als „böser Feind", weil die Gutheit nur
dem Augenblicke galt und später in Bösheit umschlug. Oder sie
zeigt sich heute als freundlicher Nachbar, der aber morgen vielleicht unsere Kinder ver- oder entführt oder misshandelt. Oder
etwas scheint ein getrenntes Ding für sich zu seien und ist eines
Tages nicht mehr dort, weil sich zeigt, dass es vernichtet worden
ist. Dies ist die unwaare „Waarheit" der Welt, welche ohne Bestand ist. Aber die Waarheit jenes Weinstockes ist anders, weil sie
unwandelbahr und stets die eine Selbe ist, weil dieser Weinstock
zudem auch der gute Hirte ist, das Brot des Lebens, ja: die Auferstehung des im gedachten Tode darbenden Menschen ist. Die
Welt mag noch so irre gewandelt werden, diese Waarheit bleibt
immer ungewandelt selbig und aus aller Irre der einzige Ausweg
hinaus. Aber mir scheint, dass immer mehr Menschen das nicht
wissen und auch nicht zu wissen wünschen. Sie begehren statt-
dessen vornehmlich Geld, um dem Dünkel, ein „Täter" zu seien,

besser weil erfolgreicher frönen zu können. Und die Kirchenober-
en rennen hinter diesen Heiden der Gesinnung nach her und versuchen, durch Zuwendung zu politischen Themen, *Wertungen*,
Verurteilungen und Forderungen den Leuten nach dem Munde zu
reden, um sie als ihre Mitglieder nicht zu verlieren."

„Stimmt! Und je politischer eine Kirche ist oder auftritt, desto
mehr ihrer Mitglieder denken geistarm, die vergängliche Welt sei
„die Waarheit". Das ist auch mir schon so aufgefallen."

„Aber wie können sie das, wenn die Welt nicht waar ist, und
politische Forderung immer nur die Welt betrifft?"

„Die meisten Menschen *nicht* wissen, was waar ist, und verwechseln die Wörter ‚waar' mit ‚Wahr' (!), ‚echt', ‚real', ‚tatsächlich' und mit ‚wirklich'."

„Oha! Jetzt kommt 's! Was ist der genaue Unterschied unter den
sechs Wörtern?"

„Zunächst muss geclärt werden, dass dar zwei ebenlautige Namen
sind: ‚waar' mit doppeltem ‚a' und ‚Wahr' mit ‚ah'. Mittels des
nhd. Namen ‚waar' mit ‚aa' wird „vertrauenswürdig" benannt,
mittels des nhd. Namens ‚Wahr' mit ‚ah' das „aufmerksame
Vernehmen".

Der gemeine Sprecher ist allein die Schreibweise mit ‚ah' gewohnt,
die ihn verleitet, eine Selbigkeit mit dem in ‚wahrnehmen' vor-
liegenden ‚wahr' zu erachten. Die heute übliche Form ‚wahrnehmen' mit der Vereinzelung ‚nimmt wahr' ist Überrest der
einstigen Namenfolge ‚in Wahr nehmen'. Der Hauptname ‚**Wahr**'
ist der Stamm der Zusammensetzung ‚Be-wahr-ung', in ‚ge-wahr-
en', ‚Ver-wahr-los-ung' et c. und ist mit dem lateinischen ‚vereri'
verwandt. Der Name ‚Wahr' ist demnach zu verwenden, um Ähnliches wie die ‚Acht', ‚Aufmerke', ‚Beaufsicht' zu benennen. Das
alte ‚**in Wahr nehmen**' war allso der Nennleistung wie etwa ‚in
Acht nehmen' oder ‚in Beaufsicht nehmen'. Nimmt aber heute jemand etwas (über die Sinne) wahr, scheint dies als „wahr", denn
es wird ja so buchstabiert. Doch stammt der neuhochdeutsche
Name ‚**Wahr**' aus dem germanischen ‚war-o', hingegen der Name

,**Waarheit**' mit dem Adiectiv ,**waar**' alias ,wahr' aus dem vordeutschem ,waera'. Dies ist mit dem lateinischen ,verus' verwandt; jenes mit lat. ,vereri' = „gewahren, sich fürchtend umschauen".

Der nhd. Name ,**echt**' (mnd. ,echt') ist aus ,ehaft' zusammengezogen worden. Mittels des ,e' vor der Nachsilbe ,-haft', das ein eigenes Substantiv war, ward so viel benannt, wie heute etwa mittels des Namens ,Vertrag' benannt wird. Die ,**Echtheit** einer Vereinbahrung' ist allso als die „Vertraglichheit der Vereinbahrung" zu denken.

Der neuhochdeutsche (= nhd.) Name ,**Realität**' gründet in der lateinischen ,realitas', einer Substantivbildung zu dem Adiectiv ,realis'. Dies ist dem Substantiv ,res' abgeleitet. Wenn mittels des Namens ,res' etwa „Sache, Ding" genannt ward (zu ,werden, ward, geworden') oder wird, dann mittels ,realis' etwa „sächlich, dinglich". Somit wäre die Nennleistung der Namen ,realitas' und der ,Realität' etwa „Sächlichheit, Dinglichheit".

Der nhd. Name ,**Tatsache**' ist eine Lehnübersetzung der ängelischen Namenfolge ,matter of fact', welche ihrerseits eine Lehnübersetzung aus der lateinischen ,res facti'; demgemäß ist die Nennleistung „Sache der Tat" mit dem Gedächte etwa: „Gegenteil zu den ,res cogitati', durch geschehene Tat erwiesen".

Der nhd. Name ,**Wirklichheit**' ist aus dem Stamme ,wirk' und den Nachsilben ,-lich' und ,-heit' zusammengesetzt. Dies ,wirk' ist der selbe Stamm wie in ,wirken'. Das zu einer Nachsilbe erstarrte mhd. Adiectiv ,lich' ist verwandt mit ,g(e)leich' und ,Leiche'. Es erstarrte vor der Zeit der Lautverschiebung von ,i' zu ,ei'. Die einstige Nennleistung war etwa „Gestalt zeigend, als Gestalt erscheinend", sodass ,g'leich' als ursprüngliches ,ge-leich' etwa als „genau so erscheinend" zu denken möglich ist. Somit wäre ,wirklich' als „dem Wirken geleich" zu denken. Die heute übliche Verwechselung der Adiective ,real' und ,wirklich' ist durch Unterscheidungsunterlassung im Gefolge des allgemeinen Geistvermeidungsbestrebens zu erachten. Die Nachsilbe ,-heit' ist mit ,-keit' selbig, das durch den Auslautungsirrtum erfunden ward, ,-ig' wie ‚-ich' auszulauten. Die ‚Wirk-lichheit' ist der ‚Wirk-sammheit' näher denn der ‚Ding-lich-heit' alias ‚Real-ität'.

Kurz: ‚echt' ist „ungefälscht, vertragsgemäß", ‚tatsächlich' ist „in der Tat erwiesen", ‚wirklich' nennt das, „was wirkt", und ‚real' nennt „dinglich", meine Freunde.", sprach Hans leichthin.

„Könntest du diese Unterscheidung plausibilisieren und vertiefen, bitte?"

„Gern. Nur einem waaren Freunde ist zu trauen, sonst tut er so, als sei er Freund, und ist es doch nicht. Und er ist einzig dann ein waarer Freund, wenn er unwandelbahr treu bleibt. Eine Lüge hingegen ist nicht waar und nicht die Waarheit, kann jedoch in Wahr genommen werden und durchaus wirklich seien, indem sie als vermeintliche Waarheit wirkt und so noch Wirklichheit nach sich ziehen mag, weil per exemplum jemand sie vielleicht als „waar" erachtet und auf sie hin etwas Wirkliches tut, aber sie wird durch dies Erachten und die nachfolgende wirkliche Tat dennoch nicht zu 'r Waarheit. Und das lateinische Adiectiv ‚realis' ist so, wie auch das Adverb ‚realiter', der ‚res' abgeleitet, die ursprünglich einen „Schatz" nannte, jedoch später nur mehr das „Ding" oder die „Sache" nannte; ergo entspricht ‚real' dem ‚dinglich' oder ‚sächlich' und demgemäß die ‚Realität' der ‚Dinglichheit'."

„Bemerkens*wert*! Aber wieso wissen die Kirchenleute all diese Unterschiede nicht? Studierte Theologen, bedenke!"

„Gar viele Sprachwissenschafftler, allso nicht die Sprachwissenschaffter, sondern die Jenigen, welche nur oberflächlich wissenschaffteln, hängen ihr Fähnlein nach dem Winde und bekunden, die „Bedeutungen der Wörter" hätten sich verändert, so als könnten diese angeblichen Bedeutungen sich aus eigener Kraft verändern. Darbei ist clar, dass die Veränderung zumeist durch jene Sprecher geschieht, die die Sprache nur feelerhaft und unvollständig erlernten und dann diese Feeler so lange wiederholen, bis die Mehrheit der Sprecher sie mitmacht und dann als „neue Norm" und mit dieser als „richtig" ausgiebt. Darzu weiß ich schlimme Fälle zu benennen. Eine Leserinn der Monatszeitung eines deutschen Sprachvereines hatte bemerkt, dass immer mehr Leute sprechen: „Ich entschuldige mich" und fragte an, ob dies nicht eigenherrlich sei und es besser sei zu sprechen: „Ich bitte um Entschuldigung"? Die Antwort der Frauen und Herren Sprachwissenschafftler verwies darauf, dass „man" das früher so gesprochen habe, es aber heute auch anders üblich sei und man könne das allso heute ruhig so „sagen". Das klingt mir so, als wenn ein Ethikwissenschafftler uns verkündete: „Zu lügen war früher verboten; heute ist es aber auch üblich zu lügen. Sie können allso ruhig auch lügen. Die Sitte hat sich eben aus eigenem Vermögen heraus eigentätig geändert." Oder was wohl die Beamteten des Fiscus dächten und sprächen, wenn heutige Wirtschafftwissenschafftler sprächen: „Eine gerechte, ungefälschte Steuererclärung gab man früher ab; heute aber ist es durchaus üblich, auch verfälschte Steuererclärungen abzugeben. Sie können allso ruhig den Fiscus zu betrügen versuchen."

Wir lachten!

„Ja", fuhr Hans fort, „Warum soll man denn, wenn man gar die eigene Sprache und mit ihr das eigene Denken verfälschen mag, nicht auch das Amt und den Staat betrügen, nicht? Darbei wäre das ja überigens schön bequem, wenn ich mich mal eben sozusagen einseitig und *eigenmächtig* zu entschuldigen vermöchte, wenn ich denn bei jemandem tatsächlich in Schuld stände. Ich könnte allso arrogant bleiben und müsste niemanden erst bitten, dass er mir die Schuld, in der ich bei ihm stehe, vergebe, nein, ich machte das einfach in eigener Sache nur mit mir ab; das gefiele dem durch Ego hindurch, mithin außerhalb der LIEBE *Wertenden* wohl. Wenn ich auch in Schuld stehe oder schuldig bin, na, gut, dann entschuldige ich mich eben aus eigener Genade; oder was? Ist etwa zu denken, dass echte Wissenschaffter solche Oberflächlichheit nicht bemerkten? Denkt euch einen Bancier, bei dem ihr im Soll, sprich: in Schuld steht. Was denkt ihr, dächte dieser, wenn ihr hinginget und ihm sagtet, ihr entschuldiget euch, und zwar ohne Gabe an ihn, dass darmit euere Schuld bei ihm erloschen sei? Ihr seid erst dann entschuldigt, wenn *er* es euch sagt, und dass er es sage, müsst ihr ihn bitten oder mit Geld bestechen. Oder ich nenne noch einen Fall: Ich habe ein Lichtbild aus einer Tageszeitung ausgeschnitten, auf dem zu sehen ist, wie ein Deutschlehrer in einem Privatgymnasium in oder bei Hannover während des Deutschunterrichtes die Vergangenheitsform ercläre (so steht das unter dem Photo in der Zeitung). Auf der Photographie ist eine Tafel in einem Unterrichtszimmer zu sehen, auf der denn auch tatsächlich „Vergangenheit" zu lesen steht, und darunter: „Perfekt: wenn man über Vergangenes redet", wobei das ‚redet' unterstrichen ist. Darzu zwei Sätze mit „ist gelaufen" und „hat gelacht". Dass ‚Perfect' (gemeint ist eigentlich „Präsens Perfect" im Unterschiede zu „Futur Perfect" alias „Futur II" und zu dem „Plusquamperfect") aber auf Deutsch die vollendete Gegenwart und nicht die Verginge oder Vergangenheit alias „Präteritum" benennt, stellte dieser Lehrer zumindest für das gesprochene – er schrieb: „das geredete" – Wort unredlich in Abrede. Dass die meisten Sprecher des Deutschen so sprechen, nämlich immer wie kleine Kinder zu erzählen: „Erst hab' ich das gemacht, dann hab' ich das gemacht, und dann ist der Peter gekommenen und hat das gemacht.", will ich nicht bezweifeln, aber das ist simples Kinderdeutsch, welches bezeugt, dass Kinder das Vergehen und mit ihr die Verginge und das Vergängniss gedanklich noch nicht erschlossen haben. Dass man nun aus diesem feelerhaften Sprechen ein richtiges Deutsch zu machen versucht, indem man es einfach als ‚nicht feelerhaft' declariert, anstatt die Feeler zu berichtigen und somit das Denkvermögen steigert, ist armsälig, das ich mit ‚ä' schreibe, weil es – nebenbei gesagt – mit ‚selig' gewiss nicht verwandt ist, sondern mit ‚Armsal'. Kurz, diese beiden Fälle mögen euch belegen, wie erbärmlich wenig die Sprache auch den Sprachwissenschafflern gilt. Sie wird als „ein wandelbahres Obiect" geachtet, das sie sich von ihren mangelhaft lernenden Zöglingen widerspruchslos verwandeln lassen und hernach das Gewandelte als „das Richtige" ausgeben, weil das

Verwandelte sich ja von allein gewandelt habe. Eine schöne Wissenschafft! Aber zurück zu den Wörtern, die angeblich ihre Bedeutungen geändert hätten, obwohl sie das nicht haben und nicht haben *können*. Kein Wort verfügt nämlich über ein Eigenänderungsvermögen. Allso nicht *haben* sich, sondern *werden* und zwar nicht die *Bedeutungen*, doch die *Nennleistungen* und zwar nicht der *Worte*, doch der *Namen* verändert, nämlich von den jenigen Sprechern, die ohne gedankliche Unterscheidung oder feeldeutend nachlauten oder gar geistlos quatschen statt gewissenhaft zu sprechen und sich in Folge ihrer nur zahlenmäßigen Überlegenheit gegen gewissenhaftere Sprecher durchsetzen. Zu beachten ist, dass kein Wort etwas bedeute, sondern mittels eines Namens wird etwas benannt. Zu dem Namen bildet, denkt, empfindet, *wertet* der Nennende etwas hinzu. Erst der Name und das Hinzugedachte erbilden das Wort als verschmolzene Einheit. Hingegen könnte dem Namen eine Nennleistung alias ‚Benennungsfunction' zugedacht werden, die fälschlich und oberflächlich mit ‚Bedeutung' verwechselt wird, denn wie oft bedeutet das Benannte oder das Hinzugedachte uns nichts? Ist es sinnvoll zu sprechen: „Müll bedeutet Abfall", wenn der Abfall nichts bedeutet? Mittels des Namens ‚Müll' wird der „Abfall" benannt, der mir nichts bedeutet. Das ist clare Sprache! Und die Leute der Kirche (die mit den arroganten Titeln wie ‚Theologe' = „Gottkundiger, Gottlehrer" oder ‚geistlicher Rat' oder ‚Mon-signore' alias „mein Herr" (der ja wohl nur unser Vater im Himmel seien mag, nicht?) oder als ‚Cardinal' gar „Eminenz", weil er ja *eminent* höher steht denn seine Brüder in Christo) gefallen sich leichthin darin, angeblich „das Wort Gottes" zu lehren, jedoch das Wort ihrer Sprache nicht zu achten, mittels dessen sie doch jenes Wort zu lehren suchen. Wer aber nicht in das Wort der Sprache hineinsinnt, um dort dem Geiste zu begegenen, der findet in der Bibel nur Buchstabenwörter ohne Geist, und allso gelangt er nicht in das Wort Gottes hinein, denn der Buchstabe tötet, aber der Geist giebt Leben (2.Kor 3,6)."

„Mein lieber Mann! So habe ich das noch nicht gehört und nicht gesehen. Im Worte kann man dem Geiste begegenen? Vor dir muss man sich übrigens in Acht nehmen. Hört ihr, Jungens? In seiner Gegenwart sollten wir Alle nur mehr höchst bedachtsamm sprechen.", merkte Jan an, ohne dass clar ward, ob er das buchstäblich oder ironisch oder eher bewundernd meinte.

„Das lobe ich, mein Lieber!", schmunzelte Hans gutmütig. „Aber ihr tut dies schon lange, meine Freunde."

„Aber lasst uns doch nochmales zu ‚waar', und ‚wirklich' et c. zurückkehren. Was nennst du nun ‚waar', wenn du den Völkermord ‚nicht waar' nennst? ‚Real' im Sinne des ‚dinglich' ist er doch auch nicht zu nennen, oder?"

„Richtig. Die KL waren und sind, sofern sie noch stehen, real, der Rassenwahn war wirklich und wirkte allso, aber waar mit dem Gedächt „Christus" kann auch das zahlenmäßig größte Verbrechen an der Mensch(lich)heit nicht seien, weil sie in Gott und in Christo, oder per Christum, wenn ihr so wollt, nicht ermordet werden können und allso alle leben. „Unser GOTT ist kein Gott der Toten, doch der Lebenden, denn IHM leben sie Alle." (Lk 20,38.) Das aber ist die große Hürde für uns: Wir vermögen einen Mord nicht als unmöglich zu sehen, weil wir das Leben an dem von „innen" bewegten Cörper zu greifen suchen, dieser jedoch nach dem „Morden" nicht länger von „innen" bewegt ist. Und wo sei das Leben dann geblieben? Es ist fort, scheint es. Aber sei es fort, nur weil wir es nicht zu greifen vermögen? Aber streng genommen war es nie greifbar dort, denn zwar war der bewegte Cörper greifbahr, jedoch nicht das ihn Bewegende! Allso ist Ungreifbahrheit kein Beweis für Abwesenheit. Wenn aber das Leben nicht fort ist, nur den Cörper nicht länger von „innen" bewegt, sei dann der Mord als gewaltsame Beendigung des Lebens zu deuten? Iuristisch, ja. Aber im spirituellen Sinne ist dies nicht möglich."

„Gemordet worden sind nach deiner Sichtweise die Juden und ihre Leidensgeschwister allso nur cörperlich und zwar tatsächlich und wirklich, jedoch nicht geistlich in Waarheit, denn die Waarheit sei demnach etwas nicht Dingliches, nicht Cörperliches?"

„Ja, so sehe ich es."

„Aber dann wäre ja die Waarheit nur Geistiges oder Geistliches, oder wie du sagst: Spirituelles?"

„Ja. Spricht etwas darwider?"

„Aber die ganze Welt besteht in erster Linie aus wenn auch toten, concreten Dingen und realen Zusammenhängen; das Geistliche ist doch nur zweitrangig.", constatierte Wolfgang.

„Das ist die Frage! Wir vernehmen das Geistliche ja nicht; mittels unseres Vernehmens über die Sinne gemessen ist allso das Geistliche quasi inexistent. Aber sei unser Vernehmen die Pforte zu der Waarheit? Kannst du sehen oder hören, dass deine Ältern dich aus Liebe zeugten und gebahren? Das ist zu vermuten oder auch nicht, aber so, wie du aufwuchsest, ist die Hauptsache doch nicht, dass du immer genug des Essens und des Trinkens bekamst und in einem warmen Bettchen schliefst, sondern die Hauptsache ist, dass du geliebt wardest und Liebe empfingst."

„Das ist gut, was du sagst, Hans."

„Allso nennen wir mittels ‚waar' und ‚geistlich' Selbiges, das die ‚Inconcretion' impliciert. Anders gesagt: das Concrete und Reale ist nicht waar, das Wirkliche hingegen nur in begrenztem Maße."

„Hier fällt mir die kühne These wieder ein, dass die Einzeldinge vielleicht nicht einzeln und nicht Dinge seien. Erinnert auch Ihr das?", fragte ich.

„Aber ja! Diesen Anfall von Wahnsinn bei Hans können wir nicht vergessen!", beteuerte Wolfgang.

„Was? Wieso Wahnsinn?", spielte Hans den Empörten. „Ihr seid die Wahnsinnigen, die ihr die Einzelheit des von euch in Gedanken abgeteilten Seienden als „waar" wähnt, indem ihr sie als ‚concret' und ‚real' benennt und aus der Ganzheit der inconcreten und nonrealen Schöpfung herausnehmt. Dann denkt ihr, sie seien so, wie sie von euch erdeutet worden sind, weswegen sie wirklich werden. Darnach verdrängt ihr, dass ihr sie so deutet und setzt statt dessen euer Erdeutetes als „die Waarheit". Dies ist der größt mögliche Eigenbetrug!"

„O Mann, Hans! Jetzt machst du mich gänzlich irre! Erst dachte ich, du sprechest wiedermales absichtlich „geistreichen Unsinn". Aber jetzt klingt das ja so, als dächtest du das tatsächlich, was du uns sagst. Wie ist das denn nun?", fragte Jan.

„Aber was ist denn so beirrigend an dem, das ich euch darlege?", staunte Hans lächelnd.

„Wie sollen wir denn unsere Welt und uns darinnen verstehen, wenn du uns die Einzelheit wegnimmst? Wenn das trefflich wäre, was du sagst, dann wären wir ja nur willenlose Grashalme auf einer Einheitsprärie und die Bäume und Büffel und Blesshühner auf ihr ständen oder liefen dort nicht als einzeln bewegte Cörper für sich dort hin oder wider, sondern wären alle nur Grieskörner im selben Brei. Wo blieben denn all die Ecksteine unserer Welt?"

„Sie bleiben dort, dar sie schon immer waren: in je deiner Welt, welche ein Erdeutungsgefüge ist, das aber nicht selbig mit der Schöpfung seien mag."

„Aber das zerreißt mir meine ganze Realität und mich als concreten Menschen noch mit!", widerredete Wolfgang.

„Jo. Aber dies Zerreißen ist so wenig real wie dein Deuten waar ist, Wolfgang. Es ist dein Ausgang. **Der Weg zu 'r Waarheit ist dein Ausweg aus dem Dilemma der vergänglichen Welt.**"

„Es ist trotzdem schlimm für mich!"

„Ich kann durchaus nachempfinden, dass du – weil außerhalb der LIEBE – dies so *wertest*. Aber siehe, Freund: Nicht ich nehme dir durch meine Worte die Welt, sondern das Geschehen wird sie dir nehmen, vielleicht durch einen Nächsten, den du dann als „Verbrecher" erachten wirst, vielleicht bei oder in deinem Sterben. Bereitest du dich darauf vor, wird es minder schlimm für dich seien. Und nur so wirst du vergeben. Ich reiche also keine Bedrohung, doch eine Tröstung. Diese aber muss niemand annehmen."

„Dann sage doch mal, wie die Waarheit ist, wenn gerade keine Waarheit geschieht! Ich meine, wenn eine Lüge und ein Mord keine Waarheit sind, was geschieht denn derweil? Nichts oder etwas Anderes?"

„Eine gute Frage. Ich denke, die **Waarheit ist die geschehende Nächstenliebe.** Und wenn ein Mord geschieht, dann geschieht durch den Mörder hindurch gerade keine Nächstenliebe, aber vielleicht doch durch den Ermordeten hindurch, wenn er seinem Nächsten keine Schuld zuweist, weil er ihn so unschuldig liebt, wie Jeschua einst seine Creuciger. Oder die Nächstenliebe geschieht vielleicht durch den Freund, der die Hinterbliebenen des Ermordeten oder des gefangenen und bestraften Mörders tröstet. Oder die Nächstenliebe geschieht nebenan zwischen nur scheinbahr anderen Menschen, und das ist genau so gut, wie nicht nebenan, denn der Raum oder der räumliche Abstand der Menschen abeinander ist keine Waarheit. Wo immer aber zweie oder dreie in seinem liebenden Geiste zusammenkommen, dar ist die Waarheit *die Mitte* unter ihnen. Und diese Mitte ist unsere waare Heimat."

„Schön, Hans", stimmte ich ihm bei. „**Die Waarheit ist unsere Heimat,** auch wenn wir in unseren Deutungen in der Fremde wohnen und an diese als „waar" erachten. Aber die Waarheit als der Christus ist ja keine nackte Tatsächlichheit, weil der Christus ja auch der uns Reben nährende Weinstock ist. Er wird es uns nicht übel nehmen, wenn wir vom Sturme gepeitscht unsere Trauben verlieren und derweil nicht Seiner gedenken. Aber eines Stündchens verweht der Sturm, und das Gedenken kehrt wieder in uns ein. Zu 'r rechten Zeit, zu unserer größten und freudigsten Feier."

„Allso ohne Hetze zu 'r Eile?"

„Ohne Hetze, ohne Schuldmöglichheit, Wolfgang."

„Das finde ich gut. Dann bin ich darbei."

„So, Jungens. Der Wein hier ist real und wirklich gut. Und Waarheit ist ja eben so darinnen. In vino veritas. Wohlseien!"

Alle Mienen heiterten sich auf.

Und Jan schenkte uns Allen noch eine Runde ein.

78

7. Schuldsucht und Heilung

Und Hans erzählte uns eines Tages die ungewöhnlichste Geschichte, die wir je gehört hatten: „Jedes Tages ward es mir einst, vor langer Zeit, derweil des Fahrens mit meinem Ipsemobil (man könnte es auch ‚Autokinet' nennen, aber ‚Automobil' ist eine hellenisch-lateinische Stilverbeulung) durch die enge, steinerne Stadt arg und ärger. So unermesslich viele Leute mit auffallend mangelhaft entwickeltem Verständnisse für den Bewegungsreigen und das bewegte Miteinander auf Straßen, Curven und Creucungen hatten sich eine eigene Motorkutsche gekauft oder geliehen oder geleihkauft und mussten sie nun jedes Falles über allen Orten, in allen Städten, zu jeder Stunde, auf dem ganzen Lande mehrheitlich genadenlos gebrauchen.

Und jeder hatte eine amtliche Erlaubniss, dies zu tuen. Gemeinhin nannten sie dies anders, nämlich sie seien zu fahren berechtigt. Aber ob sie deswegen auch recht zu fahren wussten, war ich betreffs die meisten ihrer in großem, wenn nicht größtem Zweifel. Die meisten Fahrer sahen das allerdings anders und dünkten sich als gute oder gar hervorragende Chauffeure; das allgemeine Unvermögen bei eben so allgemeinem Dünkel, vermögend zu seien, war und ist ja nicht zu leugnen. Der eine Fahrer fuhr in Folge seines Leichtsinnes zu schleunig und eröffnete Radfahrern und Fußgängern Angst; der andere Fahrer fuhr auf Grunde der Trägheit seines Intellectes übermäßig langsamm und provocierte Auffahrunfälle. Die meisten Fahrerinnen waren zu angsthörig, um zu überholen, und zockelten wie Schäfchen und Kühe hinter dem Hirtentrecker darein, was schier endlose Colonnen hervorbrachte. Diese wiederum verlockten so manche ungeduldige, übereilige oder abenteuerlustige Fahrer zu gewagten Überholungen, die nicht selten zu einem Zusammenstoße mit den Wagen des Gegenverkehres führten, weswegen die männlichen Fahrer in der Knallstatistik als „die schlechteren Fahrer" *gewertet* warden denn die weiblichen, wobei diese Knälle nicht geschehen wären, wenn das angsthörige Fahrverhalten der Fahrerinnen nicht gewesen wäre, die in der Statistik aber als „die Guten" dar standen, weil sie ja in keinen Knall oder Unfall verwickelt worden waren. Oder diese Fahrerinnen vermochten die Ausmaße ihres Wagens gedanklich nicht zu erschließen: weil sie mangels eines Gossenfensters den rechten unteren Rand nicht sehen konnten, wähnten sie, ihre Carre sei nach rechts hin mindestens anderthalb Meter breiter als nach links, wo sie durch die Scheibe den Rand sichtlich ermessen mochten. Ein nächster Fahrer war gehirnlich zu bequem, den Blinker zu betätigen, als sei seine Fahrtrichtung allein seine Sache; der vierte Fahrer blinkte erst dann, wenn er schon in der Abbiege war, weil er das Blinken nicht als Mitteilungsfunction an andere Verkehrsteilnehmer verstand, sondern ein geistlos gelerntes Verhalten nur mehr verstümmelt reproducierte. Der fünfte Fahrer war übermäßig lustig oder sonstwie pervers verstiegen darauf, seine Hupe zu verwenden, um andere Verkehrsteilnehmer zu disciplinieren oder doch zumindest akustisch zu züchtigen oder schuldig zu heißen.

Ah, ja, die Hupe! Besonders gern ward dies Instrument zu 'r Warnsignalgabe eigensinniger Weise und zweckentfremdet eingesetzt, nämlich um Schuld zuzuweisen. Ein kraftvoller ausdauernder Druck auf die stärkst und schrillst möglich tönende Schuldhupe machte einem jedem Hörer clar, wer gerade in seinem hohen Amte als Straßenverkehrsbeurteiler wen als schändlichen Verkehrsverbrecher für „schuldig" befand und auf der Ebene des Gehöres bestrafte.

Eines fronlos freien Tages aber, auf einer Bank am Rande eines öffentlichen Parcs sitzend, von der aus eine große Straßen-creucung und der Verkehr darauf ruhig zu überblicken waren, bemerkte ich mit einer Empfindung, als sei plötzlich das Licht in meinem düsteren Seienszimmer angeknipst worden, dass ich derweil meines sonstigen Fahrens – wenn ich denn fuhr – unablässig in einer schuldhaften Causalität dachte und empfand. Strahlend clar war es mir mit einem Male, dass ich immerzu Alles schuldhaft *wertete*, nämlich das gesammte Fahren meiner und der anderen Fahrer oder auch der Fußgänger, der auf den Gehwegen spielenden Kinder, der Radeler, der Rollstuhlfahrer. Alle waren in steter Bringschuld, den Verkehr nicht zu unterbrechen oder Jemanden zu belästigen, zu behindern, zu gefäärden. Und wie schnell verwandelte sich die unschlimme Bringschuld in eine kaum zu ertragende Verbrechensschuld! Verwandelte *sich*? Nein, verwandelte *ich*, der irre, trostlose Hans! Ich verwandelte die Erscheinungsart der Schuld von zumeist unbewusster *Bring-* zu kräftig gedachter *Verbrechens*schuld um. Und als Maßstab für solche Verwandelung diente mir: ich, zweifellos und stets: ich als das mir wichtigste Rädchen im Verkehrsgetriebe. Und ebenso ichig bremsten, hupten, *werteten*, klagten an, verurteilten, hassten auch die anderen Fahrenden nach jeweils ihrem Maßstabe so, wie ich von meinen Ungenaden es tat.

Auch nach dem Aussteigen aus dem Autokinet betrieb ich die Schulddenke fürder. Oder betrieb sie mich? Auch an jenem Tage nun, auf der Bank sitzend, war ein jeder Passant mir bringschuldig, nämlich Ruhe und höfliche Manieren und ein genehmes Äußeres zu bringen. Tat ein Passant dies nicht, ward er unverzüglich *schuldig* gesprochen, wenn auch ohne Ton, allso *schuldig gedacht*: „Ah, ein Prolet, der (wenn auch ohne zu rechenen) ausgerechenet vor meiner Bank den Rotz aus seinem Schlunde widerlich hervorspeit!" Oder ich urteilte: „Ein geschmacksverirrtes Weibchen, dass es solch flirren Fummel trägt!" Vielleicht *wertete* ich aber auch: „Welch ein irregeführter Blinder, der solch niedergeistig übeles, balleriges Rumms-Dumm-Bumms-Getön über seinen Kopfhörer erhorcht, um die graue Ödniss seines Gemütes ablenksamm zu übertönen!"

Es war wie eine Zwangsneurose. Ohne Unterbrechung *musste* ich Alles und Jeden außerhalb der LIEBE *werten*! Ohne zu *werten* vermochte ich nicht eine Minute still zu sitzen. Auch dann, als ich einst zu meditieren und in die Ruhe zu finden versuchte, *wertete* ich, nämlich die vor meiner Stube vorbeifahrenden Wagen und den durch sie mir er-brachten Krach und Lärm. Dieser hindere mich zu meditieren, legte ich dies mir zurecht, der ich ohne den Lärm aber in jener Stunde auch nicht in das mediale Ruhen gefunden hätte, weil ich voller weitweltlichem Gelücksbegehren war, das mich zu ruhelosen, hastvollen Vernehmensträumen trieb. War *werten* zu müssen nicht allso wirklich zwanghaft? Und war das allso ernstlich ‚gesund' zu nennen? Oder klang dies nicht eher nach einem durch den Willen niederbeugende Sucht bestimmten Müssensverhalten? Ich war *schuldsüchtig*, gestand ich mir er-schrocken und auch stölzlich fasciniert ein (obwohl dies nichts Besonderes war, darauf stolz zu seien einen plausibelen Grund bot, denn alle Menschen litten und leiden unter dieser Sucht). Die *Sucht* aber ist das *Siech*tum; die Schuldsucht war allso das Siechen des Denkens und Deutens in Schuld. Darbei war Schuld etwas, das ich von anderen Sprechern nicht zugewiesen zu bekommen wünschte! Diese oberflächlich denkenden Menschen, die sich ein-bildeten, sie seien urteilsvermögend, mich schuldig zu sprechen! Das sollten sie lassen! Dies Soll war allso ihre Bringschuld. Und wenn sie diese nicht erbrächten, allso das Mich-schuldig-Sprechen nicht unterließen, dann wären sie von sich aus schuld daran, dass ich sie als eines Verbrechens schuldig zu beurteilen hätte, ja: müsste. Dies ungeheure Wort gab mir gewichtig zu denken, sodass ich es bedachtsamm repetierte und bei ‚von *sich* aus schuld' stockte. Was sagte ‚von *sich* aus schuld' mir? Sagte es, dass jene von mir bedachten Menschen nicht erst durch meine Schuldig-sprechung, doch durch ihr Tuen sozusagen *von allein* schuldig geworden seien? Und zeigte dies allso die Obiectivität der Schuld? Oder zeigte diese Wortfolge den Wahn, mein unablässig-es Schuldigdenken und -sprechen seien nicht von mir, sondern von den allso waarhaftig Schuldigen hervorgebracht worden? So wähnte ich allso, meine Deutung des Geschehens sei keine von mir gemachte Deutung, sondern die Waarheit? Und – die Waar-heit war das Stichwort, das mir einen anderen Denk eröffenete –

aus dieser irren Schuldsiechheit habe uns Alle der Christus erlöst? Das war doch nicht so! – Dies, was ich euch gerade erzähle, geschah allso noch lange, lange vor unserem zuletzt Besprochenen, nämlich was die Waarheit sei, ihr versteht?"

Wir nickten und waren auf die Fortführung dieser abgründigen Erzählung begierig.

Hans fuhr allso fort: „Und ich erinnerte ein Geschehniss, das mein Darseien bestimmend widerspiegelte. Ich saß im zweiten Waggon eines Zuges auf der Reise nach Dorthin. Mein Vater saß aus dem Grunde des Platzmangels im Waggon vor mir. Auf dem Perron eines Bahnhofes, in dem der Zug hielt, war etwas Außergewöhnliches geschehen, sodass der Zugführer vergebens aus seiner Locomotive nach dem Abfahrtssignal ausblickte. Der Bahnsteigschaffener lief unruhig herum. Mein Vater stieg aus dem vorderen Waggon aus und kam an den zweiten Waggon, darinnen er aus dem geöffeneten Fenster zu dem Anlasse der Aufregung hinaus suchte. Als mein Vater mich sah und bemerkte, dass ich ja im Zuge und allso nicht der den Zug aufhaltende Aufreger war, erleichterte sich seine Miene und er sprach zu mir: „Und ich dachte schon, du seiest schon wieder und wie üblich (!) an dem Schlamassel schuld!" Ich war allso schon immer schuldig gewesen, auch wenn ich keinerlei Feelen begangen hatte."

Hans brach an dieser Stelle seine Erzählung ab, als sei sie schon vollendet worden.

„Eine bemerkenswert tiefsinnige Geschichte, Hans! Dass *Alles* so *auf Schuld hin gesehen* wird, habe *sogar ich als Iurist* noch nicht gesehen. Aber die Geschichte ist noch nicht am Ende angelangt, oder?", fragte Jan behutsamm an.

„Du sprichst trefflich, Freund. Ich wollte erst, bevor ich dies Merkwürdige fürder erzähle, clären, ob ihr jemales zuvor *die Allgegenwart und Denkbestimmungswirkung der Schuld* so innig bewusstet wie nun? Mir geschah das nämlich nie zuvor, und es war wie eine Offenbahrung für mich, die Schuld als das zu bemerken, dass meine Welt im Innersten *zertrennerisch* zusammenhielt."

„Das ist es auch für mich. Auch ich habe noch nie die Schuld so bewusst wie du.", bekannte ich.

Auch Jan und Wolfgang nickten zustimmend.

„Nun, wohl; so werde ich fortfahren. Ich schlenderte nämlich nachdenksamm durch den Parc. Abseits der lärmigen Wege stand eine zumeist unbeachtete Bank im Halbschatten, auf der ein Mann unbestimmten Alters in entspannter und dennoch concentrierter Weise saß. Ich erblickte ihn zunächst ohne Teilnahme, doch empfand ich mich mit einem Male als von diesem Menschen unsagbahr angezogen und ging zu ihm. Friede strahlte aus seinem Antlitze in alle Richtungen aus, und namenlose Sympathie lächelte mir von ihm gewissheitsvoll entgegen. Ich grüßte erwartend und setzte mich neben den Menschen auf die wunderbahr situierte Bank, von der dem sie Besitzenden ein erhebender Ausblick über das schier endlose Gartengelände geboten war.

Dieser anziehende Mensch neben mir aber fragte mich sänftlich und höchst erstaunlich: „Was suchst du?"

Verwundert ob solcher Frage zu 'r Begrüßung antwortete ich nach kurzem Bedenken: „Den Frieden. Ich suche Frieden in der Welt ohne die vielen geistarmen Ichlinge und Hartköpfe, und ich wünsche einen ruhigen Ablauf des Geschehens in dieser Stadt und in meinem Seien hier."

Der Weise lächelte verständig und fragte fürder: „Du bist ohne Frieden? Wer ist der Gegener im Campfe?"

Verwunderter denn zuvor entgegenete ich nach einem Weilchen des Wirkenlassens der Wörter der Frage: „Eine Legion irrsinniger, widerwärtiger Menschen, Strömungen und Umstände!"

„Soso. Und was lastest du ihnen an?"

„Schuld. Sie sind allesammt und immer schuldig!"

„Ah? Aber du weißt doch schon, dass deren Schuld nur eine Erfindung aus deiner Schuldsucht heraus und allso keine Waarheit ist. Wie mögen oder möchten sie dann widerwärtig bleiben, wenn du die Schuld von ihnen abziehst oder abzögest? Allso nochmales: Wer ist der Gegener?"

„So gesehen: allein ich!", antwortete ich staunend.

„Gut. Wessen Gegener aber ist dieser Gegener?"

„Meiner. Oder nicht?"

„Nicht gut. Du bist nicht der Gegener und auch des Gegeners Gegenüber. Besinne dich!"

„Oha! Du gehst aber zügig in die Tiefe, mein lieber Mann!"

Dieser sprach: „Mit dir ist dies ja möglich", und lächelte in aller Ruhe. Und ich bedachte staunend die Frage. Wessen Gegener war ‚mein Gegener', wenn nicht einfach ‚meiner'?

„Diese Wessen-Gegener-Frage ist eine gute Frage!", bekundete ich.

„Das sagst du nur, weil dir nicht so ohne Weiteres eine Antwort einfällt?"

„Nein, weil ich ihre Tiefe bemerke!"

„Schön! Sonst sagst du darzu aber nichts?"

„Das kann ich nicht ergründen. Wenn meine Gedanken meine Gegener sind, dann sind sie aber doch in mir als des Gegeners Gegenüber."

„Nun, gut. Du bist allso kein unteilbahres Ich, doch zerspaltet. Wer bist du allso? Oder was? Nicht etwa eben' Falles eine Legion irrer, widerinniger Denkungen, Denkströmungen und Denkumstände?"

„Oho! Waren diese nicht meine eigenen ähnlichen Worte in Bezug auf die Leute?"

„Fragst du mich das? Oder erinnerst du es?"

„Ich erinnere es. Ich bin allso eine Ego-Legion, die größten Teiles wider mich ist und versucht und wirkt. Frieden suchend ist allso nur ein kleiner Teil in mir, dem die unfriedliche Legion gegenübersteht."

„Gut. Und willst du diese Legion besiegen?"

„Wenn ich dies wollte, dann müsste ich gegen eine Übermacht fechten. Könnte ich auf solchem Wege siegen?"

Der Weise lächelte und schwieg.

„Angenommen, ich ließe die streitende Legion hinter mir?"

„Dann käme sie hinter dir her."

„Außer, wenn ich wohin entkäme, darhin sie mir nicht zu folgen vermag."

„Wo möchte dies seien?"

„Wenn sie eine kriegerische Legion ist, die nur zu 'm Kriegen taugt, dann vermag sie mir nicht in den Frieden zu folgen."

„Bravo!"

„Aber wie komme ich dorthin?"

„Vielleicht bist du schon dort und bemerkst es nur nicht."

„Das kommt auf das Selbe hinaus. Wenn ich schon dort wäre, ohne es zu wissen, dann käme ich durch das Bemerken dorthin, so widersprüchlich dies klingen mag."

Des lächelnden Weisen Lächeln nahm zu, sodass er geradezu entzückt schien, blieb aber schweigend.

„Na, gut.", fuhr ich fort. „Ich möge es allso bemerken. Vielleicht ist der erste Schritt zu diesem Bemerken das Beausfindigen des Gedankens des Friedens, der weder mit der Legion noch gegen sie zu streiten wünscht."

„Beausfindigen? Das klingt aber fremd.", commentierte der Weise unentwegt freudig lächelnd.

„Lustig machen ist belustigen; leidig machen ist beleidigen; ausfindig machen demgemäß be-ausfindig-en."

„Gut. Du sprichst als ein Meister der Sprache, Und nun hast du den Gedanken zu 'm Frieden gefunden. Und dann?"

„Dann müsste ich vielleicht herausfinden, dass ich in Waarheit nur dieser Gedanke bin, nicht jedoch die anderen Gedanken, die zu 'm Kriege drängen oder schon er sind."

„Gut. Aber nun fängt das Entscheidende erst an."

„Das Ent-scheiden-de? Ist der Gedanke nicht schon aus den überigen abge- oder unter-schieden? Ah, ich darf noch das bereits Ent-schiedene wählen. Wenn ich nun aber wähle, der Friedensdenk zu seien, und nachhin bedroht werde, oder: angegriffen von autokritiklosen, Paragraphen fletschenden Vorschriftsvollstreck-

86

ungssadisten werde, dann kommen Gedanken des Krieges auf den Bewissensplan und übernehmen die Wegführung."

„Ja? Wieso?"

„Sie drohn, mir mit staatlicher Legitimierung Geld zu stehlen."

„Das nennst du eine Drohung? Dem Süchtigen den Suchtstoff zu entreißen?" Und der Alte lachte wie ein köstlich Amüsierter.

„Oh, ich bin allso nicht nur schuldsüchtig, doch auch geldsüchtig?!"

„Nein?", lachte der Alte stärker.

„Ach! Es trifft ja zu, was du sagst! Ich weiß es.", gestand ich resigniert ein. „Wieso aber sind die wenn auch nur scheinbahr Drohenden mächtiger denn der Gedanke des Friedens?"

„Sind sie nicht. Macht erzeugt Leben; jene aber drohn, es zu knechten oder zu morden. Das gelingt ihnen nicht, höchstens cörperlich. Wenn aber du nur der Gedanke des Friedens im Gedächte des bloßen Nichtkriegwollens bist, dann bleibst du im Falle des Angegriffenwerdens nicht sicher. So räumst du ihnen eine scheinbahre „Macht" ein. Allso aber musst du noch ein zusätzlicher Gedanke seien, wenn du ihre Macht als Prahlerei ersiehst."

„Der der Unmöglichheit, angegriffen zu werden."

„Das wird immer besser, mein Lieber."

„Wenn ich weiß, dass ich unangreifbahr bin, dann bin ich auf der Ebene des Wissens kein Cörper und kein Dingbesitzer, denn Cörper und besessene Dinge möchten angegriffen werden."

„Und wenn du unangreifbahr wärest, bliebe dann noch Raum für die Schuld?"

„Nein. **Schuld ist eine *Wertung* derer, die, weil außerhalb der LIEBE, noch denken, dass sie angreifbahr seien.**"

„Wunderbahr, mein Goldjunge! Schuld ist die Rückseite der Médaille des Gelückstraumes in der vergänglichen Welt, der sich auf Dinge und Cörper stützt. Aber *was* das Gelück sei, wird nicht erliebt noch gewusst, doch *gewertet*. Die Dinge und Cörper sollen nützen, nämlich der Erlangung des Gelückes, und so werden sie stets und immerzu mit dem begierigen Auge auf den Nutzen hin angeblickt und entweder als „nützlich" oder als „unnütz" gesehen. Der goldene Reichtum der unsichtbahren Fülle des Geistes wird so jedoch nicht geschaut. Allso verhindert das *Werten* die Bedeutsammheit des Seienden, weil es nicht einfach so geschaut wird, wie es erstrahlt, sondern nach der faden Nützlichheit untersucht und allso durch die Mangelbrille gesehen wird, nicht durch das Aug der LIEBE, das die Fülle schaut und Nützlichheit nicht bedeutsamm findet. Das *Werten* alias ‚Schulddenken' ist die graue Wolke, in der wir wandeln und durch die wir Alles als bedeutlosgraugiltig sehen. Gegenteilslose Unschuld aber ist nicht etwa das Gegenteil zu 'r Schuld (das wäre mittels des Namens ‚Nicht-Schuld' zu benennen), sondern zu dieser Namenfolge ‚gegenteilslose Unschuld' ist „der dynamische Zustand der Genade" hinzuzudenken, in dem eine Seelenschuld trotz iuristisch erwiesener Verbrechensschuld nicht möglich ist! Diese Unschuld zu erreichen ist der Sinn der Torah, der Weisung, der erfüllt werden soll an des Buchstabens Statt, der nur für Moralisten taugt, die am Ende nur die Schuld zu vermeiden suchen und ihre Nächsten zu dem Nämlichen aufheißen, nicht jedoch die Unschuld ihres moralbrüchigen Nächsten schauen!"

Ich bedachte all Dies und kam mir so vor, wie ein Erleuchteter.

„Aber die Menschen wollen all Dessen nichts wissen. Sie träumen eines Gelückes ohne Geist, ohne gedankliche Clärung ihres Seiens, und staunen bestürzt, wenn sie mal wieder – immer wieder! – bemerken, das dies nichts wird."

„Du sagst es. Die Leute fliehen all ihre Fragen so, wie kleine Kinder den Zahnarzt, und jammern derweil aber ob des Zahnschmerzes; so ist das. – Ich erzähle dir ein Geleichniss:

Dutzende Leute gingen tagtäglich zu dem stadtbekannten Amuletten-Anton in dessen Laden, darinnen er mannigfach „esoterisches" Kramgut zu verschenken anbot, weil er so geldreich geworden war, dass er nichts (zu) verhökern (be)durfte. Die gierigen Mangelgedächtigen suchten sich immer die teuersten Kästchen mit den Pillen für die Gesundheit darinnen und die prallen Beutelchen Münzgeldes für die Begehrerfüllung und den Schuldfreikauf aus und wünschten, sie mit zu nehmen. Aber als Anton ihnen lieblich lächelnd anbot, ob sie nicht lieber das Säckchen Geldes und das Kästchen Cörperheilgiftes gegen ein unfassbahres Quäntchen ewigen Geistes einzutauschen geneigt seien, verlachten sie ihn, nannten sie ihn einen Narren und zeigten ihm schläulich grinsend mit dem Zeigefinger an ihre Stirne und lehnten dies Wahlangebot ab. Darmit könne man doch nichts anfangen, blökten sie und verließen mit ihren ergatterten Mischungen aus Heilgaukelpulver und Legierungen aus Begelückungsgaukelmetallen zufrieden den Laden."

„Oh, im Dünkel wird aus Umnachtung Schläue.", äußerte ich bedenklich.

„Und dies ist nicht allein in der Schulddenke zu bemerken. Wie ist 's mit der Krankheit? Die Krankenhäuser sind überfüllt mit Krankheitswähnigen."

„Ah! Bin ich auch noch krankheitssüchtig?"

„Nein, aber cörpersüchtig. Und diese Sucht behrt die Krankheit in sich mit."

„Cörpersüchtig? So, wie ich denke, Geld und Schuld seien als Elemente für mein oder das Denken unverzichtbahr, sei es auch der von „innen" bewegte Cörper? Also ist er doch nur das Gefährt für unsere Reise durch die Zeit auf der Erde? Und wenn das Gelück dieser Reise misslingt, dann dämmert die Schuld am Abendhimmel…"

„Nun übertrage die Schuld auf die Krankheit!"

„Mit fällt erinnerlich ein: ,Was ist leichter? Jemandem die Schuld zu vergeben oder zu sagen, nimm Dein Bett, steh auf und geh!' Beide, Schuld wie Krankheit, sind allso zu vergebende Feeldächte und Abergelauben."

„So ist es. Die Krankheit ist allein des irdischen Cörpers und des cörperlichen Denkens und Erachtens; sie kann nicht obsiegen, wenn der Lichtleib der Seele heil ist und das Bewissen stellt. Die krank sind, bewissen ihren Lichtleib nicht und wähnen, sie seien der Stoffcörper, darinnen der Lichtleib eine Zeit lang durch die Zeit der Erde reist. Dieser Stoffleib ist stofflichen Angriffen ausgesetzt wie etwa durch Bakterien und Viren oder sonstige in Stoff verwandelte Gedanken ohne Geist."

„So will ich denn hingehen und all dies in der Stille des weiten Landes außerhalb der steinernen Stadt bedenken."

„Du weißt schon Alles. Du musst nur noch die Worte deines gedanklichen und empfindenden Darbeiseiens bei allem Seienden aneinanderfügen und so durchgeisten, dass die Schuld aus ihnen hinausvergeben wird, dann lebt dein Wissen dir. Gehe und lebe wohl, mein Freund!"

Und erst nach einer stillen Weile des Nachklingens seiner Erzählung fragte Hans uns:

„Seid ihr immer noch mit mir, meine Freunde?"

„Aber ja, Hans! Unermesslich spannend!"

„Ich finde das eher abgefahren.", meint Wolfgang.

„Aber ab wo, Wolfgang? Ich meine das nun nicht sarkastisch oder spitzfindig, sondern finde dein Wort gerade passend, denn Hans und seine Darstellung der Schuldsache sind mit dem schon besungenen ‚Zuge nach nirgendwo' abgefahren. Dies Nirgendwo meine ich weltlich-räumlich, denn so, wie wir denken, ist immer Welt und mit ihr Schuld. Und Hans ist nun schon auf dem Wege zu diesem Nirgendwo, dar kein Cörper wohnt und allso keine Angst, kein Mangel, keine Schuld, kein Tod. Lasst ihn doch fürdererzählen!"

Hans schaute uns Alle fragend an; wir nickten allesammt. So sprach er denn: „Und ich ging nachdenksamm heim, nahm des nächsten Tages mein Fahrrad und fuhr darmit unter heiterem Himmel auf das weite, schöne Land Schleswig-Holsteins zu einer lauschigen Stelle, dar ein mir nicht namentlich gekannter Bach unter überhangenden Bäumen und Sträuchern endlos und friedlich vor sich hinfloss. Ich setzte mich am Ufer in 's weiche Moos nieder und versank in die Beschau des glucksenden und plätsch-

ernden Wassers. Nach langer Weile, die mir nicht als „langweilig"
vorkam, empfand ich zunächst, „ein Teil des dort Seienden" zu
seien. Später bemerkte ich tiefer empfindend, dass ich „ein unge-
trennter Mit-Teil dessen" sei. Dann ersah ich innerlich, dass ich
das, was ich als „Umgebung" meiner sah, erfunden hatte. Auch
den vermeintlichen Zwischenraum hatte ich so erdichtet, wie auch
ich als „Hans" erfunden worden war; das, was dort von sich aus
war, war nicht so zu sehen, wie ich es immer sah, sondern strahlte
mehr und war minder stofflich. Ich lüftete den Schleier meines
gewohnheitlichen Mangelblickes und hob somit den blassen,
grauen, das Licht verhüllenden Farbton auf: das Wasser des Bach-
es strahlte wie eine Lichtquelle und als ich es kostete, schmackte
es mir wie köstlichster Wein.
Und ich ward allso eins mit allem Seienden, aber nicht cörperlich,
sondern bedeutlich. Eine unsagbahre Bedeutsammheit war mir
offen und ich erinnerte selig staunend, dass ich dies früher schon
gewusst hatte, dass Alles so waarhaftig bedeutsamm ist. Die
Öffenung geschah erstaunlich leichthin, als ich nämlich in einer
liebenden Schwebe bei 'm Schauen in das bewegte, strahlende
Wasser bereit war, die mit Angstgift besetzte Wichtigerachtung
meines Wissens um die Zergrenzungen der Schöpfung in tausend-
erlei Scherben mit je eigenem Namen einfach fahren zu lassen.
Als ich allso seligen Lächelns und Erinnerns EINS geworden war,
schaute ich das Wasser nicht mehr als bewegte Stoffmasse, doch
als lebend, versteht ihr? Es war von sich aus lebend, aber nicht als
Leben für sich, sondern als Teil des einen LEBENS, sodass mir
aller Mangel so erlosch, wie eine nutzlose Kerze. Die Angst ward
mit einem Male unsinnig, die Schuld unmöglich, der Tod mochte
als „Zustand *vor* der Erkenntniss des LEBENS" empfunden
werden. Ich war nun gänzlich „ich" als „ungetrenntes Selbst", das
allso dem Selbst meines nächsten – tja, wie soll ich es nennen?
Meines nächsten Dinges? Nein, das klänge so tot; sagen wir lieber: das *dem Selbst meines nächsten Seienden nicht unselbig* war, und
schaute in seiner Umgebung keinerlei Obiect, dem ich als Subiect

gegenüber stand, sondern das Heil ohne Grenzen oder inneren Zergrenzungen.

Staunend und selig wandelte ich durch dies Heil hindurch. Dann begegenete ich auf einem ansonsten leeren Feldwege meinem nächsten Menschen und schaute in diesem die heilige Unschuld und erkannte derweil in ihm einen nicht leiblich-familiären Bruder, dass er des einen und selben Vaters im Geiste sei. Heilung war geschehen und blieb atemend und strahlend hier und nun."

Nach langem Schweigen fragte Jan so leise, als wolle er niemandes Gebet stören: „Und was tust du dann noch hier bei uns?"

„Der letzte Teil der Geschichte ist ja nur erdichtet. Ich bin bei euch, meinen Freunden, wie immer und trinke einen Schoppen Weines mit euch. Die Heilung, einerlei wie weit sie gedeiht, ist doch kein Ego-Privatvergenügen. Ich bin mehr denn je immer euer Freund."

Wolfgang schwieg mit glänzenden Augen. Jan aber sprach eben so berührt: „Dann bin ich ja beruhigt, mein Lieber!"

„Und die Heilung ist nicht nur kein Privatvergnügen, sondern es führt auch kein eigener Weg zu ihr hin. Hans, jenseits des Randes der Peripherie deines weiten Wissens schwingen keine isolierten Lungenflügel durch die erlöste Luft, sondern wird dein Wissen so vom Lichte verschlungen wie dürres Holz vom claren Wasser des Lebens."

„O ja, Wasser des Lebens, das ist ‚aqua vitae' auf Latein. Jan, hast du mal noch 'ne Runde Aquavit für uns? Mich dürstet unter diesen Wissenden und Weisen so erbärmlich!", klagte Wolfgang.

Und Jan schenkte uns Allen noch eine Runde ein.

8. Das reine Gewissen des Sisyphos

„Heute sprach ich mit einem wirklich und erstaunlich sympathischen Bettelmanne vor „Planten un Blomen", der mir ernstlich sagte, er könne es mit seinem Gewissen nicht vereinbahren, früh morgens aufzustehen, nur um sich zu einer öden Arbeitstätte zu schleppen. Ist das nicht köstlich?"
„Doch, Jan! Erzähle es uns ausführlich!"
„Gerne. Heute war ich frei und nutzte das schöne Wetter, um endlich mal wieder gemütlich durch „Planten un Blomen" zu schlendern. An einer Stelle im warmen Sonnenlichte stand ein Mann abgerissener Kleidung, der mich anblickte und mir auf Anhieb sympathisch war. Dann lächelte er mir zu, aber nicht mit einem Pennergrinsen oder einem versoffenen Schnapsgrinsen, sondern clar und wirklich freundlich. Und er sprach bemerkenswerter Weise zu mir: „Bekenne: für Geld tust du Alles. Sogar arbeiten!"
Ich musste lachen, denn er sprach ja nicht unsinnig. Aber so hatte ich das noch nie gesehen! Und als ich es ihm lachend bestetigte, sprach er den schon citierten Satz, dass *er* es mit seinem Gewissen nicht in Einklang bringen könne, morgens früh aufzustehen und zu einer Arbeitstätte zu schlurfen. Ich hielt dargegen, das komme darauf an, ob diese Arbeit legal oder illegal sei oder doch zumindest moralisch gut oder nicht gut. Er conterte, ob legal oder nicht, sei ihm egal, was er wie „legal" aussprach, nur ohne l; er sprach aber: „leegal" und dann eben „eegal". Das klang köstlich! Dann setzte er noch nach, ob moralisch oder ethisch oder sittlich sei einerlei, denn er sehe Arbeit als „Beschaffungscriminalität" an, ob römisch moralisch oder hellenisch ethisch oder germanisch sittlich. Er verfügte allso über gewisse Sprachkenntnisse; aber ich deutete ja schon an, dass er zwar ein Bettelmann, jedoch kein versoffener Penner war. Ich fragte nach, ob er Arbeit *jedes Falles* als Beschaffungscriminalität ansehe. Er bejahte dies mit einer

Miene, die sein Erstaunen darüber mir zeigte, dass ich so schwer nachgefragt hatte, und er sprach dann: „Oder kennst du das Wort vielleicht nicht?" Und als ich mit „Doch! Selbstverfreilich!", grinsend geantwortet hatte, sprach er: „Siehst du! Die Süchtigen bedürfen Stoff und tuen Alles, um daran zu kommen. Und du tust das doch auch nicht anders. Hast du schon zugegeben."

„Habe ich das zugegeben?" „Ja, als du nämlich sagtest, für Geld tuest du Alles, sogar arbeiten, bestetigtest du mir, dass du *süchtig* nach Geld bist und nun Alles tust, um an diesen Stoff zu kommen." Ich konnte nicht anders denn lachen. Köstliche Logik! Oder wie findet ihr das?"

„Is' richtich, Jan. Ein guter Wortwitz. Vielleicht war der früher Rechts- oder Linksanwalt, so, wie du, und versteht sich von darher auf geschickte Wortverdreherei?", stichelte Wolfgang belustigt grinsend.

„Allah peinige dich und streue dir Reißzwecken auf deinen Sitz!"

„Oh! Aua! Sollte ich allso eines schlechten Gewissens leiden?"

„Und ob!"

Und Wolfgang blickte so zerknirscht darein, wie möglich.

„Aber das ist das Stichwort, denn so ging das Gespräch fürder. Mich fragte nämlich der Mann, ob ich denn kein schlechtes Gewissen hätte, wenn ich so ungeheilt geldsüchtig zu 'r Arbeit ginge. Und ich fragte amüsiert zurück: „Wieso denn ein schlechtes Gewissen?" „Na, würdest du jemand Unschuldigen zu 'm Sterben schicken?" „Nö." „Na, siehst du, auch ich nicht. Und ich empfand mich immer so, als müsse ich zu 'm Sterben gehen, wenn ich zu einer Stätte geistloser Arbeit schlich. Dort schleppten die Stunden sich so zäh und schwer, dass ich immer dachte und empfand, so müsse das Sterben seien, so elendig und erbärmlich. Und deswegen hatte ich immer ein so schlechtes Gewissen, dass ich mir am Ende einen Ruck gab und die Zwangsneurose des Zu-einer-Arbeit-gehen-Müssens zu 'r freien Heilung hingab."

„Ah, so? Und nun bist du gesund?"

„Nee, leider doch noch nicht gänzlich."

„Wieso?"

„Jetzt leide ich an der Psychose, mir mangele Geld. Und ich höre immer solch obscure Stimmen wie: „Wann zahlen Sie endlich Ihre Schulden?!" oder „Geben Sie uns endlich Ihr Geld!" Tja. Lange Rede, gar kein Sinn: Hast *du* mal einen Euro für mich?"

Jungens, ich musste mich ausschütten vor Lachen!"

Wir anderen Dreie lachten gern mit.

„Und gabst du ihm einen?"

„Nein; aber ich lud ihn zu 'm Essen ein und sagte ihm, ich wolle mit ihm derweil über unsere gemeinsame Psychose reden, denn am Geldmangel sei auch ich leidend. Er grummelte, Bargeld sei ihm aber lieber, doch ich duldete keinen Einspruch, wollte ja nicht auf die Gesellschafft dieses köstlichen Kerls verzichten. Und so gingen wir denn in 's Schanzenviertel und speisten dort in aller Ruhe. Er fragte mich, ob ich den unwitzigen Kern seiner Witze sähe, was ich bejate. Alle Menschen seien *bedarfskrank, allso süchtig.* Und das Geld sei der größte und verbreitetste Suchtstoff, der zudem gänzlich legal gehandelt werde. Ob ich aber ein Mittel aus dieser Sucht hinaus außer dem wisse, das alle Leute als „Heilmittel" erachten? Darmit meinte er wiederum „das Geld". Ich verneinte. Daraufhin sagte er: „Siehst du! Auch ich nicht. Aber es müsste etwas Geistiges oder Geistliches seien, das ist mal sicher. Alles Andere welkt so schnell darhin und lässt die Augen der Sehnsucht überquellen vor Gram…! Und guck dir doch mal das Darseien der wohlhabenden Leute an: Deren Geldbeutel und Kühlschränke sind voll, aber ihre Herzen bleiben leer. Und in den Köpfen sind nur der Suchtstoff und tausend Gedanken, wie sie diesen mehren könnten. Und eines Stündchens eröffenet ihnen der Arzt, in nur noch drei Monaten höchstens sei Schluss mit ihrem Cörper. Dann sind sie bodenlos erschüttert, ratlos, zornig. Dann sterben sie und das war 's. Ist das nicht eine sonderbahre Religion mit einem unewigen Göttchen, der diese Leute huldigen? Und ist das nicht menschlich viel zu wenig?"

So sprach dieser Bettelmann, den ich als reicher empfand denn so manchen feisten Geldsack. Oder was sagt ihr?"

„Jo, Jan", sprach Hans. „Das trifft ja wohl zu. Die Menschen rackern sich ab wie Sisyphos und immer rollt der Felsblock der Schuld oder des Mangels wieder nach unten. Und sie steigen wieder hinter ihm in die Niederung, um die Arbeit der Schuldbeseitigung unter dem Pesthauche der Vergeblichheit neuerlich auszuführen. Und sie tuen das anscheinend ohne das schlechte Gewissen, das dein edeler Bettelmann darbei empfand. Schon Camus nahm ja die hellenische Mythos-Gestalt zu 'm Thema seines „Versuchs über das Absurde"= („Essai sur l'absurde"). Seine Deutung war, den seit classischer Zeit als „ungelücklich" *gewerteten* Sisyphos zu einem „gelücklichen Menschen" umzudeuten („Il faut imaginer Sisyphe heureux"), indem er die Freiheit des Verdammten derweil seines Abstieges hinter dem hinunter gerollten Felsbrocken in die Niederung betonte. Die Freiheit eines geistlosen Malochers zu Dienstschluss, auf dem Heimwege, verschönt durch Sonn- und Feiertage oder gar Urlaub. Aber auch Camus war ungelücklich; vordergründig, weil er kein Geld hatte, hintergründig, weil er aus der Misere des Mangels keinen waarhaften Ausweg wusste, außer dem, den alle Leute „wissen", nämlich mit genug des Geldes wohlhabend dümmlich vor sich hin zu leben und keinen Mangel zu leiden. Die Umdeutung des Elendes zu „Gelück" zwischen den Schüben des grauen Grimmes ist eine *dualistisch* bleibende Beschönigungsdenke im Sinne des ‚positiven Denkens', wodurch aber keine Heilung eröffenet oder gar eingeleitet wird. Wie aber finden wir nun Alle aus der Lage hinaus? Kann uns mittels Geldes geholfen werden? Wie kommen wir überhaupt zu der allgemeinen und legalen, weil unbemerkten Geldsucht, die jener Bettelmann so köstlich als „unser Aller Krankheit" diagnostierte? Als Kind beginnt unsere größte und schwerste Krankheit: die des Wünschens, aus Schuldsucht und *Wertung* gebohren. Wir leiden wie die Dürstenden, die das Wasser sehen, jedoch nicht erreichen können, und als größtes Gelück wird empfunden, wenn ein Wunschtröpflein erlangt wird. Und das Geld wird schleunig als Mittel der Wunscherfüllung entdeckt. Allso müsse – so schließt das Kind – Geld gelücklich machen, weil Wunscherfüllung es begelücke. Aber dies Gelück ist ohne Tiefgang, sodass schnell ein neuer Wunsch aufkommt, der eben so heiß und drängend nach Erfüllung lechzt. Und immer größer wird das Leiden, wenn dieser neue Wunsch nicht erfüllt wird. Und dennoch wird schon wieder ein anderer Wunsch gebohren, und das Wehgeschrei der Unerfüllung wird immer erbärmlicher und der Wiederholungszwang immer dringlicher. Der *Wiederholungszwang ist Merkmal der Sucht.* Alle Kinder sind zumindest eine Weile lang wunscherfüllungssüchtig. Aber die meisten Menschen bleiben mindestens bis zu 'm Sterben in dieser Sucht befangen und jammern und flehen und darben immerzu nach Wunscherfüllung. Und was geschieht, wenn genug des Geldes gegeben ist, all diese unsinnigen Wünschlein zu erfüllen? Der Mensch pervertiert zu 'm gecken Snob, zu einem feisten Prasser oder zu 'm seellosen Menschenverächter, sofern diese von ihm verachteten Mitmenschen ohne Geld darben; und dies ist bei den meisten so. Das Geld ist allso nicht Allen und nicht immer eine Hilfe, weil im Geldaustauschgefüge nicht Alle vereint reich seien können. Das Geld ist nur der einen Gruppe im zweigeteilten Lager der Mangel Leidenden ein geistloses Hilfsmittel. Und so ist das Geld auch kein Heilmittel, weil es den Grund der Sucht nicht erreicht. Auch der Reiche leidet den Mangel, der ihm durch Krankheit oder Alter oder durch Diebstahl eröffenet wird. Mittels Geld übertünchen die Süchtigen nur die Fassade des Mangels, helfen aber den an oder unter ihm Leidenden nicht."

„Das stimmt zwar, hilft aber nicht! Das Einzige, was gegen den Mangel hilft, ist Sterben.", bekundete Wolfgang. „Der Cörper des Menschen ist stets bedürftig. Und wenn der Bedarf nicht gedeckt werden kann, dann ist der Mangel dar. Grundsätzlich gesprochen hilft dargegen nur das Sterben."

„Allso denn, Brüder: Auf ein baldiges Ableben!", hob ich mein Glas und prostete Allen zu.

„Komödiant, du!", grinste Jan. „Aber stimmt denn das, was Wolfgang sagte, nicht mit den Tatsachen überein? Bedarf ist stetig, und wenn er nicht gedeckt wird, kippt er in Mangel um."

„Aber der Bedarf ist obiectiv festzustellen; der Mangel hingegen ist lediglich eine Erdeutung.", gab Hans zu bedenken.

„Nur eine Erdeutung? Sozusagen eine unter zahllosen möglichen Erdeutungen, aber jedes Falles ohne Realität?"

„Ja, richtig. Siehe das doch mal so: Ist ‚Mangel' der Name für das bloße Nicht-Seien eines Dinges?"

„Hm! Du willst mich schon wieder vorführen!", knurrte Wolfgang misstrauisch.

„Nein!", lachte Hans. „Wir wollen die Sache clären. Allso nehmen wir per exemplum dein Ferienhäuschen mit Garten auf Föhr. Hinter diesem Garten steht kein Kernkraftwerk, sondern liegt die See. Das ist allso ein Nicht-Seien, nämlich das des Kraftwerkes. Ist aber dies Nicht-Seien dir ein Mangel?"

„Natürlich nicht! Das feelte noch! Ein Kernkraftwerk bei mir hinter 'm Garten!", ereiferte sich Wolfgang.

„Siehst du!", schmunzelte Hans. Ein Nicht-Seien ist noch kein Mangel. Wenn du aber zu 'r Verschönerung der Aussicht hinter deinem Garten dir eine Autobahn oder ein Kernkraftwerk oder einen Braunkohleförderbagger wünschtest, diese Dinge jedoch nicht dort wären, dann littest du Mangel."

„Das würde ich nie im Leben!", bekannte Wolfgang in schwörendem Tone."

„Natürlich nicht. Aber denke dir dennoch, was für den Mangel erforderlich ist: Ein Nicht-Seien allein ist kein Mangel. Erst ein Seienswunsch erhebt das Nicht-Seien des Gewünschten zu 'm Mangel."

„Ach! Wenn ich allso kein Geld habe, die Miete nicht zu zahlen vermag, die Telephonrechenung, die Versicherungen, den Sprit für meinen Wagen, und, und, dann ist das noch lange kein

Mangel! Nein, das ist ein bloßes Nicht-Seien. Erst, weil ich den Feeler begehe, mir dies Geld zu wünschen, die Schuld zu tilgen, um nicht von den Blutsaugern ausgelaugt und von den Aasgeiern zerfleischt zu werden, entsteht der Mangel?! Alles nur mein Feeler!", höhnte Wolfgang.

„Jo, Wolfgang. Du hast es erfasst. Aber nun wollen wir die Sache mal ohne den Stachel sehen, der dich so sticht, dass du so polemisch, allso cämpferisch sprichst, ohne das Besprochene zuinnerst zu eröffnen. Welches Recht haben die Forderer, dein Geld zu verlangen?"

„Recht? Das frage doch lieber Jan!"

„Wenn du Güter beziehst, dann gehst du mit dem Höker ein Vertragsverhältniss ein. Du nimmst und acceptierst allso den von ihm verlangten Preis. Allso hat er das Recht, diesen von dir zu verlangen.", belehrte uns Jan.

„Aber das ist nicht der Stachel, der Wolfgang so stach. Der Stachel ist nicht, dass Wolfgang nicht das Recht der Forderer sah, sondern dass die vielfache Forderung von allen Seiten immer erneuert wird, was er als „nicht recht" erachtete. Oder, Wolfgang?"

„Du meinst dies ‚nicht recht' allso nicht im iuristischen Sinne?", fragte Jan.

„Genau. Ich meine dies im menschlichen Sinne. Dass die Forderer im iuristischen Sinne ein Recht haben, den abgemachten Preis zu verlangen, ist clar und von dir, Jan, gerade bestetigt worden. Trotzdem bleibt dieser Stachel. Allso ist er ein Empfinden des Nicht-Rechtes auf non-iuristischer Ebene. Nun, Wolfgang? Was denkst du?"

„Es stimmt so, wie du es sagst. Aber wieso empfinde ich diese Forderung als „menschlich nicht recht", obwohl die Forderer iuristisch im Rechte sind, und ich das weiß? Vielleicht empfinde ich es als „nicht recht", dass ich das, was sie fordern, nicht so im Überflusse habe, es mir allso schwer ist, es zu geben?"

„Wir kommen dem Grunde näher. Wolfgang, du wohnst hier zwar zu 'r Miete, bist aber doch wohlhabend, nicht?"

„Doch, so könnte man das nennen."

„Und dennoch empfindest du, des Geforderten nicht so im Überflusse zu haben, obwohl du wohlhabend bist. Wie kommt allso diese Empfindung auf? Lechzt hinter dieser Empfindung womöglich der Wunsch, noch mehr zu haben?"

„Du suchst aber doch nicht, Wolfgang maßlose Gier zu unterstellen?", fragte Jan Hans.

„Nein, keines Weges. Und auch wenn diese Gier in ihm wäre, kämen wir mit ihr doch nicht auf den Grund der Empfindung. Diesen sehe ich darin, dass Wolfgang im Innersten weiß, dass im ganzen Gefüge des Arbeitens und Kaufens und Verkaufens etwas nicht stimmt."

„Was soll denn daran aber nicht stimmen?", fragte Jan. „Das Schlaraffenland ohne Arbeit und Verkauf ist als Outopie ein alter Hut. Und sie bringt uns überhaupt nichts."

„Das sehe auch ich so. Das Schlaraffenland ist ein Traumbild faulender Ego-Höriger. Die in den Willen der schöpfenden LIEBE nicht Einwilligenden genießen dennoch deren Früchte. Das bringt uns allerdings nichts; so, wie du sagtest, Jan. Aber ich frage dennoch, ob das Werden innerhalb der LIEBE so egoistisch verweltlicht seien müsse? Dies „jeder für sich" ist lieblos und zudem unbefriedigend; das beweisen die vielen gescheiterten Mitmenschen, die im Lieben keine mitliebenden Mit-Menschen, sondern unnütze Iche unter nützlicheren und erfolgreicheren Ichen sind."

„Hm. Aber wie sollen wir das ändern?"

„Wie wäre es als Erstes mit mehr Besinnung auf unsere gemeinsame Mitmenschlichkeit?", fragte ich.

„Na, ja, die wäre schön. Aber was brächte sie?"

„Immerhin den guten Anfang. Der ist bekanntlich schwer, aber wenn er schon gemacht worden ist, dann läuft das Weitere minder schwer.", sagte Jan.

„Na, gut. Ist mir aber etwas zu wenig, um darmit friedlich nach Hause gehen zu können.", bekannte Wolfgang.

„Darum sollt ihr euch nicht sorgen und zweifelnd fragen: ‚Was sollen wir essen? Was werden wir trinken? Wie können wir uns bekleiden? Wovon sollen wir das Alles bezahlen?' All dies begehren sorgenvoll die Heiden, doch unser Vater weiß, was ihr bedürft. Sinnet zu allererst nach dem Himmelreiche. Alles Andere wird euch zufallen", citierte ich Mt 6,31-33.

„Was meinst du nun darmit? Dass wir ruhig Alle die Hände in den Schoß legen können?"

Die Antwort nahm mir mal wieder Hans ab, indem er nämlich sprach: „Nein. Aber weil wir die Causalität ohnehin nur erfunden haben, um uns mit Lob für vermeintlich geleistete Taten zu überhäufen, können wir sie getrost fahren lassen. Wenn wir guten Willens sind, mitzuwerken und mitzutuen an dem großen Werden, dann ist Sorge unnütz. Die Sorge begehrt etwas, das nicht zu haben ist, nämlich so viel des Geldes, dass man eigentlich nicht mehr mittuen müsste. Und das täte man denn auch, sobald diese Menge Geldes vorläge. Wozu aber etwas begehren, das schon gegeben ist? Darhinter lechzt und geifert der ichige Traum des Sondergelückes ohne den Mitmenschen. Dessen Gunst bedarf ja „Ich" nicht, wenn „Ich" allein gelücklich werden könnte. Und wenn „Ich" dessen Gunst nicht bedarf, dann ist dem Iche auch des Mitmenschen Gelück einerlei. Hauptsache, „Ich" ist gelücklich. Das aber ist nur ohne Besinnung möglich. Wenn wir uns auf unser Mitmenschentum besinnen, dann wird uns clar, dass kein liebevolles Gelück ohne Mitmenschen möglich ist. Darum allso lasst uns Alle freudig mittuen, meine Freunde!"

„Das klingt wohl. So lasst uns denn unser Mittuen mit einem Mittrinken beginnen, Jungens!"

Und Jan schenkte uns Allen noch eine Runde ein.

9. Die Evangelien der Schuld

„Habt Ihr die NZ gelesen?", eröffenete Hans eines Abendes die Gesprächsrunde. „Wiederum sei ein islamistischer Hasspraediger festgenommen worden, dem jetzt die Zwangsausreise in sein mehrheitlich muslimisches Heimatland namens ‚Dschehennistan' bevorstehe. Dieser Mann empfinde sich jedoch als gänzlich unschuldig; er habe lediglich der Religionsfreiheit gemäß im Rahmen seiner Religion gegen das Sittenverdörbniss der Ungeläubigen gepraedigt, für die Allah sowieso die Hölle als Gefängniss bestimmt und schmerzliche Strafe bereitet habe (Quran 17:8,10). Ich sage euch allso, Jungens: Die meisten vorgeblich „frohen" Botschafften alias ‚Evangelien' sind solche der Schuld."

„Per exemplum?", fragte Jan.

„Das erste, das ich durch die Kunde aus der NZ ja schon vorweg nahm, ist der politisch ausgelegte Quran alias ‚Koran', wenn er allso der Barmherzigheit Allahs zuwider missbraucht wird, culturell missliebige Mitmenschen unbarmherzig zu behandeln. Zahllose Europäer fürchten sich vor dem von ihnen nicht gelesenen, geschweige denn durchgearbeiteten Quran und vermuten, der Hass jener Praediger wie der des eingangs genannten Mannes sei dem Quran entnommen. Dies trifft jedoch nicht zu. Eben so wohl könnte man die Bibel als ‚Hassbuch' benennen, was eben so untrefflich wäre. Jede Sure im Quran wird im Namen Allahs, des Barmherzigen, gelesen. Und Allah liebe die Menschen, die gut zu den anderen Menschen sind. Das ist auch für gutwillige Heiden durchaus acceptabel. Allerdings finden wir im Quran auch gewisse Stellen, in denen kein Frieden zu lesen ist, etwa: „Allah verheißt den Heuchelern und Ungeläubigen das Feuer der Hölle" (9:68) oder „O du Prophät, ficht gegen die Ungeläubigen und die Heucheler und sei streng mit ihnen" (9:73). Aber Ähnliches steht auch in der Bibel, gar im Neuen Testament, etwa: „Diese meine Feinde, die nicht wollten, dass ich ihr König werde, bringt sie her und macht sie vor mir nieder" (Lk 19,27) oder: „Wehe euch, Schriftgelehrte und Pharisäer, ihr Heuchler! (…) Wie wollt ihr der höllischen Verdammniss entrinnen?" (Mt 23,15/33). Welcher Praediger, einerlei ob für Jeschua oder für Muhammad, diese Verse zu 'r Rechtfertigung seines Hasses verwendet, der versucht, die Bibel oder den Quran als „Evangelium der Schuld" zu deuten und einzusetzen, denn die Zuweisung (angeblicher!) Schuld gewisser Menschen oder Gruppen soll der eigenen Erlösung dienen, ohne sie jedoch durch Barmherzigkeit oder durch gutherzige Vergebung zu Gunsten der LIEBE zu gewinnen, sondern durch die Vernichtung des vermeintlich schuldigen Bruders. Als schärfstes Exempel aber nenne ich die Botschafft eines Mannes aus Braunau am Inn, der den angeblich überlegenen Arier germanischen Gepräges als den „idealen Menschen" propagierte, der „Lebensraum im Osten" bedürfe. Nun nannte dieser Mann sein Buch nicht „Evangelium" oder „Frohe Botschafft", sondern „Mein Campf" (zu lat. ‚campus'), aber dies Buch ist das Zeugniss eines Mannes, der zu 'm Gelücke strebte und zu wissen vermeinte, das Gelück sei dardurch zu erlangen, dass man die nach seiner Sicht Schuldigen genadenlos vernichtete. Ich reihe es nun allso dennoch in die Reihe der „Evangelien der Schuld" ein, weil es wie eine „Frohe Botschafft" als Grundlage des Praedigens genommen wird, so nach dem Motto: ‚Seht, hier ist das Paradies! Und wir gelangen hinein, wenn und indem wir diese oder jene Schuldigen vernichten!' Diese Praedigt enthält die Aufzeigung eines als „Missstand" gedeuteten Zustandes, enthüllt die für diesen Missstand als „schuldig" Gedeuteten und weist die Methode auf, diese Schuldigen zu beseitigen, auf dass so mit den Übeltätern auch das angeblich von denen erwirkte Übel beseitigt werde, wodurch dann das Paradies offen stehe. Den Helfern und Mitarbeitern in dieser Sache wird Erhebung und Heil versprochen. Schuld ward in „Mein Campf" den Juden, den Bolschewiken, den (Social-)Demokraten, Christen, et c. zugewiesen. Allso mussten – nach jenes Cämpfenden liebloser Logik – sie beseitigt werden. Wer dieser Lehre diene, der – dies suggerierten ihm die Demagogen – werde dardurch *wert*voller, reicher, reiner, bekomme Land, Ehre und Gelück."

„Aber wer Wind sät, wird Sturm ernten", citierte ich Hos 8,7.

„Oh, ja! Nicht nur der Hamburger Feuersturm ist unvergessen, auch wenn er vor unserer Zeit über die Stadt hereinbrach.", bekundete Wolfgang bitter.

„So ist es! Mögen oder wollen wir nie wieder auf eine solche verkappte Botschafft der Erlösung durch Schuldigenvernichtung hereinfallen, Jungens!", gemahnte Jan.

„Ja, das ist recht! – Und welche Pseudo-Evangelien sind noch zu nennen?"

„Das ist eine lange Liste. In beinahe allen Büchern, auch denen der großen Weltlitteratur, wird unablässig des Menschen Arglist, Blödigkeit, Dummheit, ego-hörige Eitelkeit, Feigheit, Geistvermeidung, Habsucht, Ichsucht, Jähzorn, Knauserei, Lüge, Mordlust, Neugier, Ohnherz, Prahlsucht, Quällust, Raffgier, Streitlust, Tücke, Unvernunft, Verstocktheit, Wahnsinn und Zerstörungssucht beschrieben. Aber all Dies wird nicht sachlich oder iuristisch ne-uteral aufgeführt, sondern anklagend, schuldig sprechend, verdammend – oder als legitimes, weil unterhaltendes Mittel der Spannung eingesetzt. Zudem ward all Das so dar gestellt, als sei Schuldigsprechung der rechte Weg zu 'm Heile, die Verdammung allso das letztlich Heil Bringende. Allso sind all diese Bücher Evangelien, halt, nein: Pseudo-Evangelien der Schuld."

„Wüsstest du gewisse dieser Pseudo-Euaggelia namentlich zu concretisieren?"

„Aber gewiss; zu Dutzenden! Die Liste reicht vom ‚Alten Testament' über ‚Ben Hur', ‚Communistisches Manifest', ‚Das Capital', ‚In Stahlgewittern', ‚Jedermann – Das Spiel vom Sterben des reichen Mannes', ‚L'évangile selon Pilate', ‚Quo vadis?', ‚Robinson Crusoe' bis hin zu ‚Schuld und Sühne', in dem keine solche geschieht, nicht geschehen kann, weil nicht gefunden wird, was Sühne noch was Schuld ist. Bei einiger Besinnung wäre diese Liste leicht zu vervielfachen."

„Mein lieber Mann! Wieso sprichst du nicht einfach: ‚Alle Bücher, die wir kennen'?"

„Das träfe nicht zu, wenn ich das spräche! Ich nannte ja lediglich die jenigen Bücher, in denen mit der Schuld den Leser bannende Spannung aufgebaut wird, die jedoch unvergeben bleibt. In all diesen Büchern ist die Schuld das letzte Wort, auch wenn dies offen beklagt wird. In ‚Ben Hur' beispielsweise wird ja nicht etwa offen oder gar hetzerisch allen Römern Schuld zugesprochen, sondern der Missstand der Unterdrückung und Verdammung genannt, aber der schuldgedächtige Leser wird nach nur jener Darstellung kaum umhinkönnen, den Römer Messala und mit ihm die meisten Römer als „schuldig" zu denken."

„Aber inwiefern sei etwa ‚Jedermann' von Hugo von Hofmannsthal ein Pseudo-Euaggelion alias ‚Falsch-Evangelium'?"

„In dem Schauspiel wird die Angst vor der Hölle als „Schuldverbrennungsanlage" als „Quelle der Liebe" dargestellt. Der sterben sollende Jenseitsverweigerer namens ‚Jedermann' wird aus Angst vor der Hölle plötzlich mal eben ein gott- und jenseitsgeläubiger, guter Mensch. Wen soll das überzeugen? Nur solche Denktypen, die auch wähnen, brutale Verbrecher seien durch härtere Strafen zu bessern oder zu milderem Denken zu bewegen. Welch ein Unsinn! Du liebst doch deine Kinder nicht aus Angst vor Strafe! Du bist doch nicht aus Angst vor Bestrafung ein milde denkender Mensch. Die Liebe ist nicht aus Angst oder Schuld zu fördern. Die Saat der Liebe gedeiht auf Felsen nicht, auch wenn dem Felsen Strafe angedroht oder vollstreckt wird. Die Saat der Liebe gedeiht allein auf gutem Boden, dar keine Dornen des fiesen Alltages unter lieblosen Menschen die frischen Pflanzen ersticken."

„Hm! Und inwiefern sei ‚Quo vadis' ein Pseudo-Evangelium?"

„Im Buche namens ‚Quo vadis' von Henryk Sienkiewicz wird die den Römern von frühen, jedoch non-inspirierten Christen zugewiesene Schuld nicht vergeben, sondern diese Pseudo-Christen fechten wider die Römer bis auf 's Blut. Der Autor beschreibt in seinem Buche den Untergang der Christen-Idee unter den Dornen des Alltags im heidnischen Rom. Der war überigens nicht viel anders denn der heutige Alltag in Deutschland oder Frankreich oder Polen. Aber der Autor beabsichtigte, den *Sieg* des angeblichen Christentumes über die Heidenrömer darzustellen. Allso ein Pseudo-Euaggelion, denn die Aussage ist nicht ‚Vergieb im LICHTE der Unschuld zu Gunsten des ewigen LEBENS und der ewigen LIEBE!', sondern ‚Cämpfe, siege, töte im Namen Christi um den Erhalt deines Cörpers, bis du mit ihm stirbst und mit ihm zu Tode kommst!'. Welch ein Missverständniss! Aber Bücher ohne Schuld-Evangelium sind dennoch geschrieben worden, beispielsweise ‚A Course in Miracles', ‚Das Buch der Ketzer', ‚Große Unheilige', ‚Mirjam', ‚Siddharta', ‚To Kill a Mockingbird', et c."

„Und erachtest du die üblichen Praedigten der Theologen als Botschafften der Schuld oder der Unschuld??", fragte Jan.

„Eine tiefsinnige Frage! Auch die Botschafften der Trennungskirchen gegen andere Kirche(n) sind in meinen Ohren größten Teiles solche Pseudo-Evangelien. Die jeweils „anderen" Kirchen seien nämlich alle „unrichtig". Und du wirst durch Mitgliedschafft zu der einzigen, allein waaren Kirche über und gegen alle anderen Irrenden alias Minder*wert*igen erhoben und kommst als einer der wenigen Auserwählten in das Paradies, hingegen die Anhänger der falschen Kirchen zwangsläufig in die Hölle kommen müssen!"

„Und welche sei die einzig waare Kirche?"

„Die große Kirche der Aus-der-Kirche-Ausgetretenen!", lachte Wolfgang.

„Stimmt! Jede Kirche nämlich ist die einzig waare Kirche. Das sagen jedes Falles ihre jeweils überzeugten Mitglieder. So, wie der Fußballverein, dessen Mitglied man zufällig ist, zweifellos der „beste Verein" der ganzen Erde ist, wie die Fans allesammt und immer wieder bezeugen. Oder der dorfansässige Schützenverein. Aber das ist doch nicht der Punct, um den es darbei geht. Dieser ist nämlich, dass um das Gelück in der Welt geträumt, gebangt, gecämpft wird, und welche Kirche oder welcher Verein den Weg darzu bietet, die oder der ist die/der einzig waare."

„Das einzig Waare ist doch ein gewisses Bier aus dem Sauerlande, nicht?", lachte Wolfgang, der das Alles nicht ernst nahm.

„Aber der crasseste Fall war eindeutig der des Mitlaufens, ja: Mitströmens im Strome der Nacis.", führte Jan zu unserem Thema zurück.

„Ja. Nie zuvor warden so viele Leute so lang und so besinnungslos getäuscht und ließen sich täuschen. Wie kam das? Der Mensch sucht mehrheitlich, dumm zu bleiben und dass es ihm abgenommen werde, sich mit Denken und Lernen zu belasten! Auch heute noch. Statt zu erwachen, träumt der Mensch gern in gerade modischen Strömungen mit. Diese Strömung ist die „einzig waare Kirche der Mitströmlinge", wobei der Strom erstaunlicher Weise austauschbahr ist. Liefen sie früher „Judenschwein!" rufend mit, laufen sie heute „Nacischwein!" rufend mit. Diese Rufenden sind eben so austauschbahre Mitströmlinge, wie der Strom der Zeit, in dem sie mitschwimmen."

„Moment, bitte! Willst du ernstlich die heutigen aufgeclärten Nacigegener mit den früheren Nacimitläufern in eine Katägorie setzen?", staunte Jan.

„Nicht in moralisch *wertendem* Sinne, sondern in vergeleichend verhaltenswissenschafftlichem Sinne. Und ich meine auch nicht alle Nacigegener, aber die große Mehrheit derer, weil die vermeintliche Aufgeclärtheit nur eine andersherum gepolte Condicioniertheit ist. Ein wirklich aufgeclärter Nacigegener kann doch unmöglich etwa bei der Verkehrspolizei arbeiten und sich mit einer Radarpistole im Gebüsche verstecken, um den jüdischen Schnellfahrern an Stellen aufzulauern, an denen noch nie ein nennens*wert*er Unfall geschehen ist, aber eine hohe Geschwindigkeitsgrenzüberfahrung möglich, mithin die Geldeintreibe efficient ist. Dieser Mensch missbraucht seine Staatsuniform, um ein Gesetz *über* den Menschen zu stellen und um den Buchstaben des Gesetzes genadenlos gegen den Menschen zu vollstrecken. Das ist

Nacitum ohne braune Uniform, viel subtiler zwar, jedoch dardurch viel grausammer denn das geistlose „Heil-Hitler!"-Gestammel gewisser unbelehrbahrer Schwachköpfe, welche aber vielleicht tatenlos bleiben."

„Und du denkst, die meisten Nacigegener seien einfach nur willenlos condicioniert? Denkst du, die Menschen seien allesammt nur Gesinnungs- und Modemarionetten?"

„Ach, du lieber Vertreter des Traumes der Willensfreiheit der Kinder und der Geistesarmen! Alle Menschen sind condicioniert. Auch du und ich. Die Frage ist nur, inwiefern und ob wir und sie es bemerken. Die meisten bemerken es nicht und denken derweil ego-hörig dünkelhaft, sie seien „freien Willens", und sie sind empört, wenn du diesen in Frage stellst. Aber sie wissen nicht, was der Name ‚Wille' nennt und denken, er nenne das, was sie unter den Namen ‚Wünschen' und ‚Begehren' zwar kennen, jedoch in Folge ihrer Condicioniertheit nur im besonderen Falle verwenden. Ein Nacigegener (wohlgemerkt, nicht ein friedlicher Nicht-Naci oder der das Nacitum schlichtweg Ablehnende, doch der tätlich cämpfende Gegener) sucht sich einen Nächsten als einen „Schuldigen", um ihn zu becämpfen, und sucht sich darfür Jemanden aus, der durch öffentliche *Wertungs*vorgabe (Naci = böse = darf verfolgt werden) darzu als „tauglich" erscheint, dass dies mit Erlaubniss des Gesetzes mit ihm getan werde. Dies aber nicht zu bemerken, weil die *Wertungs*vorgabe ja eingehalten wird, beweist prüflose, weil unbemerkte Condicioniertheit."

„Auch das ist schon Condicionierung, wenn wir deine Wortverdrehungen zwar gewohnt sind, jedoch nicht wissen, wie du das immer meinst, und wir uns dann darüber immer eingeübter Weise verwundern? „Es macht mich starr vor Furcht und Staunen!", citierte Wolfgang theat'ralisch. „Auch wir sind condicioniert? Wir Alle? Und, Hans, auch du?", wobei unclar blieb, ob Wolfgang die Frage ernst meine.

„Nein, nein", dehnte Hans. „Ich natürlich nicht. Nur du und alle Anderen!"

Genarrt, ob er das wirklich so denke, blickten wir zunächst verblüfft darein. Schließlich löste ein zunehmendes Gelächter die
Spannung. Und Hans sprach: „Aber gewiss sind wir Alle von vorn
bis hinten condicioniert. Und wie du sagtest, auch sprachlich. du
lernst und wir lernen die Sprache ja nicht wissenschafftlich, doch
volksmündlich. Und die unwissenschafftliche Mutter fragt das
Kind: „*Willst* du ein Eis?" Und das Kind entnimmt dieser Frage,
dass es mit der Option gefragt werde, eines zu bekommen. Und
der Wunsch zu einem Eisbecher oder einer Eiswaffel ist, weil alle
Kinder zuckersüchtig sind, sofort entflammt und es antwortet,
die ihm vorgegeben Namen wiederholend: „Au ja, Mami, ich *will*
ein Eis!" Schon denkt es, zu dem Namen ‚will(st)' sei sein „empfundenes Wünschen" hinzuzudenken, hingegen es den Namen
‚wünschen' erst kennen lernt, wenn die Erfüllung des Wunsches
für „später" angesetzt ist, was überigens ein schwer wiegendes
Wörtchen ist. Aber hiezu *später* mehr. Allso ‚wünscht' das Kind
etwas zu Weihnachten oder zu seinem Geburtstage und denkt un-
ausgesprochen, ‚wollen' sei für „jetzt" und ‚wünschen' sei für
„später". Und dann gewöhnt sich das Kind daran und denkt, das,
daran es sich prüflos gewöhnt habe, sei „sein Wissen" oder gar
„die Waarheit". Kinderleicht, nicht? Und die meisten cörperlich
erwachsenen Kinder sprechen immer noch so, wie sie es einst
prüflos lernten. Das ist allerdings Condicioniertheit. Allso Ge-
wöhnung an voreilige, ungeprüfte Schlüsse mit prüfloser Erhebung des nachmalig Gewohnten zu 'r felsenfesten Wissenschafft.
Und dann kommt solch ein Ketzer wie der böse Hans und rüttelt
an diesen Felsen wie einst der an sie geschmiedete Prometheus."
„Oh, ja! Schlimm, dieser Irre!", witzelte Wolfgang.
„Lasst mich noch zu Ende kommen, meine Freunde!", bat Hans.
„Auch die Nacigegenerei ist Mode geworden. Keine Kleidungs-
mode, die ‚Anziehsachenmode' zu nennen jetzt gerade Sprechmode ist, doch eine Verhaltensmode. Die Mode ist der „Modus" à
la mode française, der gerade angesagt wird, und bei dem alle
mittuen, die außer ihrer Gewohnheit keinen Weg und keine Weise

kennen, etwas zu tuen. Und Modehörigheit ist ein Merkmal der reflexionslosen Condicioniertheit. Und so sage ich über die Mitläufer, die immer nur ohne moralische *Wertung* mitlaufen, sie riefen früher prüflos „Heil!" zu den Nacis und rufen heuer prüflos „Schuld!" zu ihnen. Brüllen sie heute: „Tor!", riefen sie einst: "Hurra!", als etwa anno 1914 dem benachbarten Frankreich der Krieg erclärt worden war, obdoch kaum Jemand genau wusste, weswegen. Sie Alle suchen eigenweglos das Gelück der Welt und wähnen, solche bebrüllten Geschehnisse seien das Tor zu diesem Gelücke."

„Dass du Fußballvereine und Kirchen und Politparteien in einen Topf wirfst, gefällt mir zwar.", schmunzelte Wolfgang. „Ich denke aber, dass Kirchgänger darüber sich empören werden. Oder was denkst du?"

„Das denke auch ich. Aber das zeigt nur, welchen Anspruch die Mitläufer solcher Gruppen erheben. Ich setze ja lediglich die Kirche als Organisation mit anderen Organisationen geleich. Die Sache Christi setze ich keines Falles mit der Sache des Fußballes geleich. Hingegen erachte ich die Sache des Fußballes als der Sache des non-inspirierten Mitströmens einer Kirchgemeinde geleich, wenn also die Sache Christi nicht erschlossen worden ist, sondern weltliches Wohlergehen, ein gelungenes Gemeindefest, Gemeindevorstandswahlen, eine schöne Vermählungsfeier („Och, das Brautkleid war aber hinreißend schön!"), eine – hach! – so wichtige Renovierung des Weihwasserbeckens, der Bericht des Cassenwartes, et cetera, im Vordergrunde stehen. Das ist auch im Fußballvereine nicht anders. Und Dies ist mit der Sache Christi nicht verbunden. Menschen, denen dieser eitele Tand wichtig ist, suchen das Gelück allein in der Welt, allso nicht in Christo, der die Überwindung der Welt durch ihre Vergebung ist (Joh 16,33)."

„Und wenn ich dich richtig verstehe, dann ist diese Suche des Gelückes der Welt der Grund für die Schuld, wenn nämlich causal gedacht wird, jemand sei die Ursache für das Misslingen der Suche oder des Gelückes?"

„Ja, wohl, Jan. Du hast es getroffen. Und erinnert ihr, dass der Name ‚Schuld' eigentlich nur ‚Soll' nennt? Die Heftigkeit aber, mir der einem als Täter erachteten Menschen oder als Urheber erlittener Pein erachteten Naturgewalt die Schuld zugewiesen wird, zeigt, dass wir zu dem ursprünglichen „Soll" des Namens ‚Schuld' noch etwas hinzudenken und -empfinden, dass allso das Wort als größer werden lässt denn der Name gründet. Und dies Hinzugedachte ist auch mit ‚Anklage' nicht benannt, obwohl auch diese mit darinnen steckt. In der Klage aber steckt das Weh, das als erster Bestandteil des Namens ‚Wehklage' ausgelassen wird. Und das Weh nennt nicht einfach einen Schmerz oder einen Gram oder eine Pein, sondern auch den Zorn ob des Scheiterns des Welttraumes. Und der unsagbahre, abgrundtiefe Wehzorn über dies Scheitern und über die eigene Ohnmacht, die im Grunde mit diesem Scheitern selbig ist, steckt in der Schuldzuweisung voller Wehklage und bezeigt das Schicksal, in der Suche des Gelückes geradezu verzweifelt diesseitig ausgerichtet zu bleiben und allso zu scheitern!"

„Aber lächelt uns dort nicht auch die Erlösung heiter entgegen?", fragte ich nach einer Pause.

„Wo genau?", lächelte Hans.

„Im Bemerken der Selbigkeit des Scheiterns und der eigenen Ohnmacht. Diese ist des Iches, das zu seien wir wähnen, das jedoch in unser ererbten Anlage und unbewissentlich entworfen und gemacht ward. In der Besinnung auf das, was wir ohne Ich in Waarheit seien, liegt der Schlüssel zu der Pforte hinaus aus dem grässlichen Gefängnisse der Sucht unter der Schuld, dem Mangel, dem Tode. Wir wesen in Waarheit jenseits des Iches."

„Schön gesehen und gesagt, mein Lieber! Das könnte beinahe von mir seien."

„Vielleicht ist es ja von uns Beiden gemeinsamm?"

„Das befürworte ich!", stimmte Jan ein.

„Und auch ich.", schloss sich Wolfgang an.

Und Jan schenkte uns Allen noch eine Runde ein.

10. Das Evangelium der Unschuld

„Dieses Males habe wiederum ich den Knüller des Tages für uns darbei, meine Freunde!", strahlte Hans eines anderen Males. „Ein neues Evangelium ist erschienen!"

„Unsinn! Eine neue ,Frohe Botschafft'? Soll denn die alte etwa aufgehoben oder fortgelegt werden oder was?"

„Nein, aber berichtigt worden ist sie!"

„Oha, berichtigt? War die alte allso falsch? Ah, Hilfe!", spielte Wolfgang den Hofnarren.

„Jo, Wolfgang. Dein Gefeixe ist eine echte Hilfe! Dies Buch enthält einen Evangeliumstext, der dem Leser in Stil und Art geläufig vorkommt, halt so, wie man es aus den vier Evangeliumsschriften der Bibel kennt."

„Warte einen Moment, bitte, Hans. In der Bibel stehen meines Wissens vier Evangelien, oder? Was meinst du allso mit den ,vier Evangeliumsschriften'?"

„Du beweist schon wieder eine Condicioniertheit, mein Lieber, denn dein Wissen ist gewohnheitlich ungeprüfte Sprachmode. Wir Alle sind dessen nicht frei, unser Gewohntes als „Wissen" und als „richtig" zu erachten; dies Wissen ist allso kein geprüftes und ohne Geist. Heuer ist es Mode zu sprechen, in der Bibel seien vier Evangelien. Aber nur *ein* Evangelium ist in der ganzen Bibel, das allerdings in mehreren, verschiedentlich geworteten Schriften verborgen ist, deren viere Wichtigste ich ,Evangeliumsschriften' nenne, weil sie es immerhin in sich und ihrem Namen tragen. Diese Viere sind die dir geläufigen Schriften namens ,Das Evangelium nach Mt', das ,nach Mk', jenes ,nach Lk', und viertens das ,Euaggelion nach Joh'. Aber in der ganzen Bibel ist und atemet dennoch nur eine einzige frohe Botschafft."

„Nun, gut, Hans. So gesehen sind auch noch Evangeliumsschriften nach Schaul Paulus in der Bibel, denn an einer Stelle schrieb er ,tò euaggélion mou', allso „mein Evangelium" (Röm 2,16) und er müsse das Evangelium praedigen (1. Kor 9,16), oder es sei ihm „anvertraut, das Evangelium an die Heiden" (Gal 2,7); et cetera. Aber warum das so genau nehmen?"

„Um zu bewissen zu geben, dass eine Evangeliumsschrift ein Text ist, jedoch nicht ein oder gar *das* Evangelium. Eine Evangeliumsschrift enthält wenige Worte der frohen Botschafft und viele zahllose Wörter der (angeblichen, erfundenen?) Geschehnisse um jenen Jeschua. Die Selbigachtung der Legenden um den cörperlich erschienenen Jesus mit dessen geistlicher Botschafft ist irrig und irreführend, denn die frohe Botschafft ist doch nicht, dass Jesus angeblich in Bethlehem entbunden ward oder mal in Nazareth, mal in Kefarnachum, oder in Betsaida oder mal in Jeruschalajim war oder mal mit einem Zöllner, mal mit einem Schriftgelehrten, mal mit diesem oder jenem Menschen sprach oder gar vor einer Menschenmenge, dann wiederum wider Pharisäer lehrte, noch dass er gebohren, getauft, gegeißelt, gecreucigt, gestorben, begraben ward. Dies sind austauschbahre Legenden ohne die eine und einzige gute ‚Frohe Botschafft'. Diese oberflache, unsinnige Geleichsetzung führte überigens zu gar manchen sonderbahren Büchern, in einem derer von einem heidnischen Schriftsteller ungeniert die Passionsgeschichte Jesu – aus Sicht des Pontius Pilatus nacherzählt – auch als „Das Evangelium nach Pilatus" verkauft ward (im Original auf Französisch: ‚L'évangile selon Pilate'). Also mag ein Sprecher eine Leidenslegende mit einem Male als ein „Evangelium" erachten und benennen. Perverser ist kaum möglich. Aber um zu clären, was eigentlich das Evangelium sei, müssen zuerst das verfälschte Legendenwerk um Jeschua und die Wortlehre Christi einander geschieden werden."

„Ach, das muss man aber auch nicht Alles so genau nehmen.", empfahl Wolfgang. „Sieh doch, wie das gar mit der Philosophie ist. War sie früher eine „schwere Wissenschafft", hat jetzt jeder denkvermeidende Schwachkopf „seine eigene Philosophie". Austauschbahre Firmen haben eine angeblich „eigene Verkaufsphilosophie" ohne Ethos, Modallogik oder Katägorientafeln, und auch schon halb betrunkene Skatspieler „philosophieren" ja angeblich schon, wenn sie sich nur fragen, ob Herzkönig oder Pik-As schon gespielt worden sei oder nicht und welche Implicationen oder Consequenzen das für den fürderen Spielverlauf habe. Wozu sich darüber aufregen?"

„Aufregung verdient das gewiss nicht, Wolfgang; insofern stimme ich dir gern zu. Aber die Unterscheidung, die Differenzierung, ist eine Furche im Acker der Denkcultur. In ihr wird der Same des lebenden Denkens gesät. Aus diesem Samen gedeiht die Begegenung des Denkenden mit dem Unvernehmlichen, das nicht als Eigenständiges anwest, doch eine Handreichung des Denkenden an den Geist ist, die dieser beantwortet oder nicht, je nachdem, ob diese Handreichung in Seinem Sinne geschieht oder nicht. Der schriftlich überlieferte Gedanke eines Menschen wird nicht dardurch neubelebt, dass jemand die Buchstabenfolge auswendig lernt und buchstäblich citiert, sondern dardurch, dass dieser Jemand sein Denken inwendig in diese Buchstabenfolge einfließen lässt. Ein unbewohntes Haus wird nicht dardurch neubewohnt, dass man es von außen ansieht, sondern indem jemand dort neuerlich und innen wohnt. Die überlieferten Buchstabengruppen sehen zwar so aus wie Wörter, werden aber erst durch Neubedenkung zu Worten. Und nun sind viele Wörter überliefert worden, die Ähnliches nennen, das jedoch undinglich ist und erst gedanklich erschlossen werden muss. Seien aber etwa ‚wollen' und ‚wünschen' Selbiges? Oder wie ist's mit ‚Buße', ‚Strafe', ‚Sühne'? Der Polizist spricht des Bußgeldes für übermäßig schnelles Fahren etwa, das keinerlei Schaden mit sich brachte, den auszubessern oder wieder gut zu machen alias zu büßen sinnvoll wäre, und nur insofern übermäßig schnell war, als die gemessenen 84 mehr sind als die erlaubten 70 Kilometer pro hora. Aber das sollst du büßen! Der Polizist weiß nicht, dass ‚Buße' der Name für „Ausbesserung" ist, wie der ‚Lückenbüßer' die Lücke büßt, sprich: ausbessert. Er nimmt dir ein Strafgeld ab, nennt es aber ‚Bußgeld'. Das mag dir suggerieren, du habest etwas Auszu*bessern*des beschädigt und müssest dich *bessern*, obwohl die staatlichen Einnahmen durch solche „Buß"-Gelder schon vor deinem Falle fest eingeplant waren und sind und die Staatscasse immense, nich zu büßende Lücken bekäme, wenn die Leute allesammt gebessert führen und allso nicht mehr zahlen müssten. Du siehst allso, wenn du ein Bußgeld zahlen darfst, dann zu 'm Lückenbüßen der dürftigen Staatscasse, wobei du dann dein Geld vermeintlich „einbüßest", obdoch du es nur bußlos *verlierst*. Das sagt dir aber der Polizist nicht, der von der Richtigheit und Trefflichheit der ihm dogmatisch vorgelegten Wörter überzeugt ist und dir im Gegenteile noch eine Strafpraedigt obendarein giebt, weil er in unmöglicher Causalität, in Schmerzpädagogik und in einer nur gewähnten Waarheit eines Schadens durch Geschwindigheitsübertretung denkt, der nicht geschehen ist, weil du niemanden an- oder gar überfuhrst. Aber den eigentlichen Sinn der *Buße* gewinnst du so nicht. Und so deutet und denkt denn auch mancher Sprecher, Buße zu tuen sei etwa: Schmerzen zu erleiden oder Geld zu verlieren. Aber was wird durch Schmerzen oder Verluste *gebüßt*, sprich: *besser*? Nichts. Allso ist der Gedanke Unsinn! Und zu der Sühne, wenn du sie als „Strafe" auffasst, gelangst du so erst recht nicht, weil mittels des Namens ‚Sühne' letzlich eine „Entsündung" benannt wird, die jeder tätlichen Gewalt, allso auch der Strafgewalt abhold ist; sie ist aber die Entsündigung in vollem Maße. Wer wollte dies gedanklich erschließen, der nicht in das Gedächt der Worte hineindenkt, die er hört, liest, schreibt und spricht? Wie dem aber auch sei, kannst du erst dann eine frohe Botschafft dir im seelischen Sinne aneignen, wenn du weißt, was sie ist. Wie lang du sie mit unfrohen, verfälschten Legenden oder historischen Zerstörungstatsachen verwechselst, so lang kann sie sich dir nicht als „froh" erweisen."

„Einverstanden, Hans.", schmunzelte Wolfgang. „Ich wusste bis her noch nicht, dass man solch große Reden über solch geringe Unterscheidungen halten könne. Aber ich bekenne, dass mir Das wohl gefällt und auch einleuchtet, was du sagst, Was aber ist denn allso nun eigentlich und waarhaftig das Frohe an der Frohen Bot-schafft?"

„Gute Frage; wohl gefragt! Die Ewigheit des Lebens, allso *die gegenteilslose Ewe* als heilsammes Gegenmittel gegen die Angst vor dem Tode ist der erste Aspect des Frohen. *Die gegenteilslose Unschuld* als heilsammes Gegenstück zu der Angst vor der Schuld ist der zweite Aspect des Frohen. Und *die gegenteilslose* LIEBE als heilsammes Gegenüber zu der Angst vor dem Mangel ist der dritte Aspect des Frohen der Frohbotschafft."

„Klingt schematisch.", commentierte Jan.

„Richtig! Und so höre ich das zu 'm ersten Male überhaupt! Allso Ewe oder Ewigheit, Unschuld, LIEBE, diese drei, ja? Und zwar gegenteilslos! War das bei Paulus nicht anders?"

„Ja, wenn auch nur leicht anders. Ewe, Unschuld, LIEBE. Aber viel Anderes meinte auch er mit seinen dreien: ‚pístis, elpís, agápä' alias ‚Gelaube, Hoffenung, Liebe' nicht, denn statt ‚pístis' alias ‚Gelaube' wagten die hellenisch schreibenden Menschen der Zeit Pauli nicht, etwa eine palaiohellenische Entsprechung für die deutschen Namen ‚Eingegeistetheit' oder ‚Eingeistung' poiätisch oder wortschöpferisch zu construiren. Er hätte allso zu dem Substantiv ‚peuma' ein Verb bilden müssen (das er nicht kannte, weil das Verb ‚pneîn' ihm eher ein Gedächt „hauchen seitens des Gottes" denn ein Gedächt „geisten zu dem Gotte hin" vorgab oder vorgeben hätte) und dies grundsätzlich mittels der Vorsilbe ‚eìs-' oder ‚èn-' (oder im Falle des folgenden ‚pi' assimiliert ‚em-') praefigiren müssen, allso ‚èmpneîn', aber doch irgend anders, dass dies nicht mit dem Gedächte „einhauchen" missdeutet word-en wäre. Dies wagt und tut aber nur der, wer des Geistes ist, zu wissen, dass das mittels des Namens ‚Geist' Benannte nicht als ein „starres Etwas" zu denken sei, doch als ein Unendliches in wenn auch nicht zu verfolgender Bewegung in dennoch ungreifbahrer Ruhe, das allso eher mittels eines Verbs denn mittels eines Sub-stantivs benannt werden sollte. Auch ist unter ‚geisten', ‚gelauben' und ‚geistlos g'lauben' zu scheiden und deswegen das „wer an mich g'laubt, auch wenn er stirbt, er wird leben" aus Joh 11,25 zu „wer in mich hineingeistet, auch wenn er stirbt, er wird leben" zu verwandeln, denn nur zu „g'lauben", wie halt jemand „g'laubt, dass morgen das Wetter gut seien werde", oder wie einer dem andern „glaubt", dass er nicht lüge, ohne darbei das zu *erkennen*, was als Gegenstand des Gelaubens zu erkennen sei, nämlich was der Sprecher mit dem Namen als „zu Gelaubendes" meint, das er spricht, ist unbefriedigend und zu wenig. Heute wird doch der Name ‚ge-lauben' nur mit ausgefallenem ‚e' verwendet und zudem ohne das eigentlich Gedächt des „Gelaubens". Heute „g'laubt" doch jeder gemeine Sprecher an dies oder jenes Geistlose, besten Falles an Gott oder einem Nächsten, dass er nicht lüge, aber der eigentliche Gelaube ist schon als Wort unerschlossen. Das Verb ‚ge-lauben' ist eine Vorsilbenbildung zu dem einfachen Verb ‚lauben', das auch dem Namen ‚er-lauben' zu Grunde liegt. Dies Verb ‚lauben' ist mit ‚lieb' und ‚loben' verwandt und als seine Nennleistung ist etwa „liebend gelobend, gelieblobend" hinzuzudenken. Klingt denn „ich gelaube lieblobend an die LIEBE" nicht anders denn „Ich g'laube an Gott, Jesus Christus, an die Schuld und daran, das man nach dem Sterben tot ist"? Das Zweite ist doch kein Gelaube, sondern eine geistlos auswendig gelernte Namenfolge. Ich rate dem vom Paráklêtos Begeisteten, wieder zu dem ‚Gelauben' zurückzufinden, sodass schon Name und Wort, darauf seine Religion gestützt wird, wieder zu Ansehen und Ruch gelangen, statt wie heuer allgemein üblich, ruchlos missbraucht zu werden und für jede noch so niedere, geistlose Vermuterei ungeniert herangezogen zu werden."

„Sagenhaft! Und du kannst die Wörter nach deinem Gutdünken verändern?", fragte Wolfgang erstaunt.

„Hörtest du dies nicht gerade?"

„Mein lieber Mann! Ich höre, dass du dies zu tuen vermagst, jedoch weiß ich nicht, ob du das mit Erlaubniss oder mit Vollmacht tust."

„So fragt der Schriftauswendiggelehrte, oder? Jedes Falles fragten in dieser Weise auch jene Pharisäer in der Schrift, nicht? Wessen Erlaubniss oder Vollmacht sollte ich mir denn darzu einholen?"
Zunächst guckte Wolfgang verblüfft. Dann sprach er im Tone einer Frage: „Die der anderen Sprecher?"
„Gut, dass du nicht darbei warst, als unsere Sprache erfunden ward. Dann hätte man mit dir und allen Anderen über diese Erfindung abstimmen müssen. Oder als sie erweitert ward, wärest du gar dargegen gewesen. Oder hättest du plaidiert, hundert Wörter seien doch genug, und zweihundert seien schon zu viele?"
„Na, gut.", grinste Jan. „Aber denkst du denn, dass die anderen Leute das auch so sehen wie du, und dass diese neue Evangeliumsschrift ein Verkaufsschlager werde?"
„Nein, natürlich nicht."
„Wieso ‚natürlich'?"
„Wohl gefragt! In der Natur des Menschen, allso in seiner Gebohrenheit (‚Natur' zu lat ‚nasci', Particip Perfect Passiv ‚natus'), liegt die gewohnheitliche Verfallenheit an die Welt. Und in der Welt wohnen die von Gebuhrt an kranken Iche, welche an und unter den Krankheiten Angst, Mangel, Tod und Schuld dauerhaft leiden. Dargegen träumt der Mensch an, mit weltlichen Mitteln dennoch gelücklich zu werden. So träumt er zu allererst des Geldes, dann nochmales des Geldes, darnach cörperlicher Gesundheit, gefolgt des als „gut" *gewerteten* Erfolges im günstigen Sinne bei möglichst Allem, was versucht und getan wird, glänzender Besitztümer, rühmens*werter* Taten, et cetera. Und nun kommt jemand, der den um das Gelück in der Welt träumenden Menschen bekundet: „Nee, Leute, all euere Gelücksträumerei ist Nichts! Das ersehnte Gelück in der Welt ist so vergänglich wie sie, und Schuldige findet ihr darfür nur, weil ihr die Schuld als „wahr" erachtet, die aber in Waarheit nichts und in euerer Welt nur euere Erfindung, allso letztlich eitel Unsinn ist." Und das sagt er ihnen auch noch in einer ihrer Gewohnheit abweichenden Sprache, die sie bewegt, sich derweil des Lesens zu sammeln und als „richtig"

gewohnte Feeler prüfend zu überdenken und womöglich die Bestandteile neu zu fügen. Das fordert von ihnen ja wiederum etwas ab: sie müssten sich ja sammeln, ihr bisheriges, ungeprüftes Denken überdenken, et c. und darzu sind sie kaum bereit. Sie bevorzugen doch das prüflose Trotten auf ausgetretenen Pfaden ohne die gar schlimme Anstrengung des Denkens und Lernens! So liegt es allso in der Natur des Menschen, dass er ein solches Buch nicht zu lesen wünscht, geschweige denn zu kaufen. Zudem ist er nicht der Erste, der ein „Evangelium der Unschuld" schrieb, denn ich kenne ein Buch des Namens „A Course in Miracles", zu deutsch: „Ein Curs in Wundern", das letztlich auch nur das Evangelium, sprich: die „Frohe Botschafft der Unschuld" enthält, wenn auch nicht in Gestalt der vielen biblischen Jesus-Legenden, sondern in Gestalt eines Lehrcurses, der das irre, ichige Denken mit Hilfe des heiligen Geistes zu berichtigen anbietet. Allso wird natürlich, nämlich der Natur gleich oder gemäß, auch jenes Buch des „Evangeliums der Unschuld" kein Verkaufsschlager werden."

„Und wozu schrieb der Autor ein solches Buch? Wusste dies nicht auch er schon zuvor? Wie ich mir denken könnte, wusste er es!"

„Das vermute auch ich, Wolfgang. Er wusste es. Aber es sollte geschrieben werden, ob es nun ein münzenträchtiger Verkaufsschlager werde oder nicht, denn der Inhalt ist dennoch das Jenige, das wir in der Tiefe unserer Verzweifelung an der Welt und an unserer scheiternden Suche des Gelückes ersuchen und ersehnen. So, wie auch bei dem anderen genannten (Curs-)Buche. Auch das ist vermutlich kein Verkaufsschlager, weil es besonders dick ist und einen Meditationsteil enthält, mit dem die wenigsten Leser etwas anzufangen wissen dürften. Und dennoch ward dies Buch immerhin geschrieben, gedruckt und verlegt."

„Dieses Buches habe ich noch nie gehört. Aber sage, wieso verzweifeln wir *an der Welt*? Ich dachte immer, ich verzweifele an bestimmten Aspecten und Missständen der Welt, aber doch nicht an der Welt als Ganzer."

119

„Das ist der Denkfeeler! Die **Welt ist immer nur je deine Welt**
und bietet immer Missstände, weil sie das Bild einer Feelsicht der
SCHÖPFUNG ist. Aber den Blick auf Einzelheiten zu richten,
sodass das GANZE aus dem Blicke gedrängt wird, ist typisch für
die Ego-Sicht. Siehe das Geschehen daraußen in der Stadt! Es ist
das große Irrsal der Leute, die allesammt Geld suchen, zu dessen
Erwerb ihre Zeit mit toten Dingen vergeuden, eine ohnehin be-
grenzte Zeit, die besser mit dem Eröffenen des wirklich Wichtig-
en gefüllt werden sollte. So stehen sie des Morgens auf, früh-
stücken, lesen derweil vielleicht Zeitung und werden so von den
zumeist gottlosen Wirtschafftscommentatoren verhetzt oder von
geistlosen Politmoralisten geblendet oder von anscheinend ge-
mütlosen Informationsparasiten trüblich, von Sportschmarotzern
anpreiserisch eingelullt oder von geradezu sadistischen und trost-
losen Katastrophentrittbrettfahrern grausämmlich erschüttert.
Dies ist ihr perverses morgendliches Gebet. Anstatt zu beten:
„Ich bin der LIEBE (oder: die Liebe)", um der Waarheit gemäß
dem Irrsinne der Welt getrost begegenen zu mögen, beten sie
„Ich bin das Opfer des Hasses, der Armut und der Bedrohungen
der Welt", und zwar das Opfer vor Allem der Zeitung oder dem
Radiosender, die oder der diesen Gedankenmüll gegen Entgelt bei
diesem Leser oder Hörer alltäglich schamlos ablädt. Nach solcher
doch nur nach unten ziehenden Meditation fahren die Leute zu
der Stätte ihres geistlosen Malochens, sei es an einer seellosen
Maschine, sei es an Schreibtischen mit seellosen Acten und mit
den Menschen verachtenden Dienstvorschriften, und bleiben
auch fürderhin traueriges Opfer. Das übele Morgengebet der
grauen Geier der Wirtschafft, der ebengrauen Ratten der Politik
und der grauherzigen Verbrecher des Weltfriedens wirkt nach.
Voll des Grimmes und des Stumpfsinnes lechzt der Mensch nur
noch nach dem toten Mammon, um endlich, endlich der Fron
entkommen zu können, um endlich zu „leben". Er wunschträumt
des *toten* Geldes, um zu *leben*; ist das nicht pervers? Erzählt dies
nicht schon alle Verzweifelung an der Welt, in der wir wohnen?"

„Mein lieber Mann! Welch ein Gelück, dass du nur als Freund vor uns, in kleinem Kreise solche Worte schwingst, und nicht als Politiker vor aus Unrechtsleiden bis zu 'm Bersten gespannten und erhitzten Massen, die nur eines Funkens harren, um zu explodieren und dann einen Bürgerkrieg über das Land zu feuern!"
„Und zudem klingen solche Worte schon wie eine massive Schuldzuweisung.", commentierte ich schmunzelnd. „Hans? Wie ist dies? Sind diese Leute schuldig?"
„Aber gewiss doch sind sie schuldig!", lächelte Hans. „Aber sie sind dies nicht, weil ich als Schuldhannes ihnen Schuld zuspreche, doch weil sie gedanklich zumeist in der Schuld wohnen und mit ihr auch noch tagtäglich ein sonderbares Schuldgeschäfft treiben. Die Schuld ist die Tapete im Wohnzimmer ihres Weltdeutungshauses. Sie denken in und leiden an Schuld; allso sind sie schuldig, sprich: „durch Schuld bestimmt". Jemand, der an einer Krankheit leidet, ist unleugbar krank; wer an Sucht leidet, der ist süchtig, nämlich: „durch Sucht bestimmt". Und wer an Schuld leidet, der ist schuldig, allso „durch Schuld bestimmt". So einfach ist das. Aber das sage ich nicht etwa als Ankläger oder Beschuldiger, wohl gemerkt, meine Freunde! Schuld ist das, was Dr. Faust suchte, nämlich das, was die je eigene Welt und die große Weltenschnittmenge im Innersten zusammenhält."
„Schuld ist eine Krankheit; einverstanden. Und nun kommt jemand und praedigt Unschuld, so, wie der Schreiber des „Evangeliums der Unschuld" oder die Schreiber des „Curses in Wundern". Das praedigtest du bis her aber nicht, Hans. Du hieltest statt dessen eine schuldvolle Rede gegen die Welt."
„Ja, das mag so geklungen haben, aber nur, weil ich erstens eueren Blick auf den Grund der Schuld lenken musste und zweitens, dass ihr zumeist in Schuld denkt und alles Vernommene auswertet."
„So, so.", schmunzelte ich.
„Und dieser Grund", fuhr Hans unbeirrt fort, „ist eben unser Traum, in dieser vergänglichen, ‚mater'-iellen Welt, die wir wie unsere Mutter (lat. ‚mater') deuten, das Gelück zu finden. Aber

die Unschuld wird erst Jenem offen, der bereit ist, diesem Traume zu entsagen. Und darzu wiederum muss erst die Liebe anwesen. Sie allein spendet uns eine Anderweite (alias eine ‚Alternative') zu je unserer nur erdeuteten, irrigen Welt. Die Anderweite ist das Himmelreich oder, wenn ihr wollt: ‚hä basileía tôhn ouranôhn'. Und die LIEBE ist der Geist unserer waaren Heimat."

„Und was ist nun die Unschuld?"

„Lasse mich zu der Beantwortung dieser Frage nochmales ausholen! Die Unschuld finden wir nicht ohne die Ergründung der Schuld. Wie jeder Bibel- und Torahleser weiß, wird im Buche Genesis die Sünde (1. Mose 3,1 ff) zu erclären versucht. Aber die nicht von Zeitzeugen ersonnene Legende *erzählt* nur, ohne zu clären. Sie erzählt eines von Gott erteilten Verbotes, das von den zwei Menschen nicht befolgt ward. Durch deren tätige Missachtung des Verbotes sei die Sünde geworden, die eine Bestrafung nach sich zog, nämlich die lieblose Vertreibung aus dem Garten Eden. Diese Genealogie fällt insofern sonderbahr aus, als sie erstens Etwas werden lässt, das nicht von Gott erschaffen worden ist (nämlich die Schuld), zweitens Gott zu 'm Verursacher der ersten Grenzen in der grenzenlosen Schöpfung setzt (nämlich durch das Verbot), und drittens das Erleben der Schuld ursprünglicher Menschen gänzlich unbeachtet lässt, sodass der tatsächliche Beweggrund für die Setzung der Verbote und Gesetze unbenannt bleibt (nämlich: die versuchte Schuldvermeidung). Statt dessen geht sie einen Schritt fürder, indem sie ein von Gott schon vor jedem Verbrechen gegebenes Gesetz (nämlich das Verbot, jenes Baumes Früchte zu essen) annimmt, dessen Brechung ohne jeden Schaden zu erwirken (oder sonstige nähere Erclärung seitens der Legendenerfinder) einfach Schuld erbringe, als sei Schuld nur die nackte Tatsache, dass ein Gebot eben gebrochen worden sei. Das erclärt aber doch nicht das tödliche Gift in den Anklagen gegen diese Tatsache. Und wie aber hätten Gottes ursprüngliche Kinder, erfahrungs- und belehrungslos, wie sie waren, wissen mögen, was ein Verbot sei? Unter ursprünglichen Menschen aber wird Schuld

122

anders erfahren. Nämlich wird im Falle empfundenen Leides der Jenige als „schuldig" empfunden, der Leid nach causaler Deutung der Geschädigten tätlich verursacht habe. **Das Gesetz** (oder im Falle des Pentateuch: die Weisung) **ist** jedoch **erst die Folge des Leides**, das in Schuld verwandelt ward. Das Gesetz ist nämlich als ein Versuch zu denken, diese Schuld künftig durch Verbot der Leidverursachungsweisen zu vermeiden. Der dies setzende bemerkt aber nicht, dass er die Schuld aus seinem empfundenen Leide gemacht und zugewiesen hat, sondern erachtet die Schuld als obiectiv dem vermeintlichen Verursacher des empfundenen Leides anhaftend. So denkt und setzt er, dass eine Brechung dieses Gesetzes oder dieser Weisung in jedem Falle Schuld entstehen lasse. *Dass erst durch die Folge dieser Brechung*, (nämlich durch das durch Weisungsbruch verursachte Leid) wiederum *Schuld* durch des Leides Verwandelung im Kopfe des sich als „geschädigt" Empfindenden *gemacht* wird, bleibt dunkel. Jemand, der in der bloßen Brechung der Weisung schon „Schuld" sieht, hat sich von der ursprünglichen Erfahrung der Schuld durch empfundenes Leid und dessen Verwandelung in ihm bereits entfernt und ist als Erzähler der Machung der ersten Schuld untauglich. Er besteht nur noch geistlos auf der buchstäblichen Befolgung der Weisung, einerlei ob dies unmenschlich sei oder gar neues Leid nach sich ziehe. Der ursprüngliche Zweck der Weisung ist aber nicht, als Grundlage für Schuldigwerdung zu dienen, sondern die Unschuld durch Schuldprävention zu behüten. Diese erstrebte Unschuld zerfällt aber im Falle des Weisungsbruches unverzüglich, und die Schuld ist an ihre Stelle gerückt. Diese erstrebte, zerbrechliche Unschuld ist somit nur der Gegenpol zu 'r Schuld innerhalb des Dualismus' ‚Schuld – Unschuld' und bleibt unstet, jeder Zeit durch Weisungsbruch zu verlieren. Der Zweck der Weisung, nämlich die Unschuld zu hüten, bleibt auf dieser Ebene letztlich unerreichbar.

Wenn Jeschua sagte, es solle an der Weisung kein Jota (wohl eher kein Jod) und kein Tüttelchen vergehen, sondern sie solle erfüllt

werden, obwohl er im selben Atemzuge etwa die *in flagranti* er-
griffene, allso legistisch erwiesener Maßen schuldige Ehebrecher-
inn „nicht schuldig" sprach, kommt eine Unschuld in höherer Di-
mension hinzu. **Diese waare Unschuld ist** nicht als ein „Noch-
nicht-schuldig-geworden-Seien" im Gedächte der Schuldvermeidung der Weisung zu denken, sondern als **eine Eigenheit des von
der LIEBE Erschaffenen** trotz seiner möglichen oder gar erwies-
enen legistischen Schuld. Diese *höhere, ewige Unschuld* ist der
noch zu erfüllende, eigentliche Gedanke der Weisung, der nicht
durch nur buchstäbliche Befolgung erfüllt werden kann, sondern
der einzig durch geistliche Anwendung erfüllt wird.

Um die Unschuld, diese Eigenschafft des von der ewigen LIEBE
Erschaffenen, zu gewahren, muss zunächst zwischen Welt und
SCHÖPFUNG geschieden werden. Diese Beiden als „selbig" zu
erachten, ist die größte Hürde zu 'r Vergebung der Schuld, denn
durch die Geleichsetzung scheint ein in der Welt erwirkter Schade
auch in der Schöpfung verbrochen worden zu seien. Wenn dies
aber gelänge, etwas in der unwandelbahren Schöpfung schadhaft
zu verändern, dann wäre dieser Schaden waar und die Schuld wäre
ein Keil in der Waarheit, die somit dualistisch verzerrt wärde. In
der Welt trifft dies ja auch zu: Jeder Mensch wird in Folge der
Zerstörlichheit und des Irrens unwollentlich schuldkrank. In der
Schöpfung aber bleibt er heil und unschuldig, weil Zerstörung
und Irrtum ausgeschlossen sind. Den in der vergänglichen Welt
entstandenen Schaden als zwar „real", jedoch als „unwaar" zu bemerken (weil allein der Christus die Waarheit ist und dieser kein
Schaden sein kann, weil Er der Heilende ist), setzt voraus, dass
eine unbeschädigte Schöpfung besteht, obwohl die Dinge der
Welt zerstört werden oder schon worden sind. Und doch ängsten
die Menschen immer um den Erhalt ihrer Welt, die vergänglich ist
und immer auch schon vergangen ist. „Um die (oder in der) Welt
seid ihr in Angst, aber seid getrost: ich habe die Welt über-
wunden." (Joh 16,33). Jenseits der vergänglichen und schon vergangenen Welt aber blüht die liebliche Unschuld der Unvergäng-

lichheit der goldenen Schöpfung. Wer aber die unewige, unheile Welt als „waar" denkt, nur weil er cörperlich mittig darinnen ist, nichts Höheres vernimmt und nur seinen Vernehmungen als (vermeintlichen) „Pforten zu 'r Waarheit" vertraut, der weist auch der in ihr geschehenen und als Schaden gedeuteten Veränderung eine unwaare „Wahrheit" zu. Und er tut dies so unwillkürlich, so unbewissentlich, so festdächtig, dass er gar Gott, dem heiligen, gerechten Vater, unterstellt, auch Er denke in dualistischen Katägorien und *sehe* die Schuld (so die Verheißungen der verlogenen Schlange: „Ihr werdet seien wie Gott und sehen gut und bös"), die Er erst durch die grausamme „Opferung" seines einzigen Sohnes – der ein anderer Einzelmensch sei denn wir Alle – vergebe oder habe vergeben können, obwohl sie immer neu in den *Wertungen* derer gemacht wird, die denken, sie seien aus ihr erlöst worden. Solche Verzerrung geschah und geschieht allein aus dem ungetrösteten Denken an die „Wahrheit" der Welt und der Schuld.

Die Schöpfung unseres Vaters aber ist trotz aller Trennungsgedanken für immer eins. Möge dies allen Menschen clar werden, nämlich in Waarheit, allso in CHRISTO, EINS zu seien.

Unschuld aber ist der waare Zustand in unserer Heimat. Diese Heimat ist die Waarheit. Die Waarheit ist nicht nur das ewige, sondern auch das unschuldige Leben. Dies ist das Himmelreich; es brach mit dem letzten Abendmahle unter Jeschua und seinen Gefährten an! Die Wiederholung dessen ist die Besinnung auf diesen Anbruch. Aber eben immer auch die Besinnung auf die Unschuld auf höchster Ebene, welche unsere waare Heimat ist. Unsere Welt aber ist als vergängliche und zerstörliche nicht unsere Heimat und keine Waarheit. "

„Einverstanden, Hans. Schön gesagt. Aber wie können wir je von ihr, dieser unwandelbahren Waarheit unserer ewigen Unschuld, wirklich wissen?"

„Nur durch Versenkung und Erfahrung der großen Genade."

„Gut. Aber dies ist dem der Welt verfallenen Menschen so fern, dass er kaum dorthin findet. Bedenke, dass auch jener Henryk

Sienkiewicz in „Quo vadis?" noch so, wie die Heidenchristen in Rom einst, dachte, die christliche Botschafft sei zu allererst „der Auftrag, an nur einen Gott und den lieben Jesus als den einzigen Sohn Gottes zu gelauben, gut zu seien und Böses zu unterlassen". So versucht, wie du sagtest, „man" – der gemeine Mensch – immer zunächst durch Schuldprävention den Weg zu 'r Unschuld zu gehen,. Es ist der weltliche Weg, der noch in der Welt zu verbleiben sucht und in Folge dessen spirituell nirgend hin führt. Und so denken auch die meisten Kirchenmitglieder in dieser Zeit. Wie können sie die Unschuld gedanklich erschließen, Hans? Sie finden keine Ruhe zu 'r Versenkung und sie erfahren die Genade der Vergebung zumeist nicht, weil die meisten ihrer Seiensgeschwister eben so ohne diese Erfahrung sind und nicht christlich denken, handeln, sprechen."

„Das trifft zu, was du sagst. Tja, was soll ich darauf sagen? Ich bin ohne eigene Macht. Mir bleibt nur mein Bekenntniss zu der inneren Versenkung in das Wort, dass Gott die LIEBE ist und ich als Seele ein Fünklein Gottes bin, allso ein Fünklein der LIEBE. Dies ist mein tiefer Gelaube. Und unsere Unschuld in Waarheit erachte ich als die eine ‚Frohe Botschafft' für uns."

„Der klingt zwar schön, kann mich aber nicht trösten, wenn ich das Elend in der Welt sehe und mir die Tränen in die Augen quellen!"

„Wenn der Schmerz acut ist, dann tröstet leider nichts."

„Ja, aber denn könnten wir zu unserer Tröstung genauso gut noch ein Gläschen heben! Oder was?"

„Ja, meine Freunde. Lasst uns dies tuen!"

Und Jan schenkte uns Allen noch eine Runde ein.

11. Der Campf gegen die Dummheit

„Erinnert ihr noch, wie Wolfgang eines Abendes zu uns sagte, Dummheit sei unheilbahr und gehöre bestraft?"

„Ja. Aber das sprach er im Affect und nahm das später zurück."

„Richtig, Jan! Ich fand das trotzdem witzig und habe es nicht vergessen. Und ich erwähne es, weil wir nun, als wir die Evangelien der Schuld entlarvt und das Euaggelion der Unschuld gefunden haben, uns fragen mögen, wenn nicht müssen, woran es gelegen habe, dass diese Frohbotschafft der Unschuld in Christo, die ja nun eigentlich nicht neu ist, in der Welt der Menschen verdrängt, verfälscht, verzerrt ward und beinahe unterging?"

„Die Kirche war immer schon von Heuchelern durchsetzt, die ichsüchtig nur an ihr eigenes weltliches Wohl dachten und allso unliebsamme oder missdeutete Stellen der Schrift verfälschten oder fälschen ließen!"

„Das mag zwar seien, Wolfgang, geht mir aber erstens zu anklägerisch mit der Frage um und setzt zweitens zu spät an. Ich denke nämlich, dass schon die ersten Christianer entweder das Frohe der Botschafft nicht gänzlich ersahen oder aber zumindest versäumten, ihren Freunden der zweiten Generation dies Frohe in den wichtigsten Worten des Christus zu offenbahren, zu erclären und vorzuleben."

„Als dar wären?"

„Die sieben „egóh-eimi"-Stellen, allso die sieben „ich-bin"-Stellen, in denen dem Christus Worte über sich in den Mund gelegt oder aber originale Worte Jesu über den Christus citiert werden. Diese Worte mag ja jeder Bibelleser lesen und versuchen, gedanklich zu erschließen, aber die meisten der dies Versuchenden kamen zu keiner Clarheit oder gar zu Feelern. Über Zweie sprachen wir schon, nämlich über das der Waarheit und über das des Weinstockes und der Reben. Eine andere Stelle ist: „Ich bin der gute Hirte. Dieser giebt sein Leben den Schafen." (Joh 10,11). Diese

Stelle ward sofort von den non-inspirierten als Prophäzeiung aus-
gelegt, dass der arme, liebe Herr Jesus am Creuce sein Leben
lassen und verlieren werde."

„Ja, Hans! Ist das etwa falsch? Ließ er denn sein Leben nicht dort,
auf Golgatha?"

„Durch Geben ist allein Begrenztes, Endliches, Vergängliches zu
verlieren. Das Leben aber ist so unendlich, wie die Liebe, Wolfgang. Du kannst ihrer geben und geben und sie wird doch nicht
weniger, sondern mehr. **Der gute Hirte giebt sein Leben, ohne
es deswegen zu verlieren.** Eine andere Deutung ist ohne Geist,
nur cörperlich und einzelmenschlich gesehen. Dann und nur dann
impliciert die Lebensgebe den Verlust, darbei fraglich bleibt, wieso der gute Hirte solcher Weise sein Leben den Schafen gebe,
denn wie sollten sie es durch seine Creucigung gewinnen?"

„Indem durch seine Creucigung sie aus ihrer Schuld vor Gott erlöst werden und nach dem Sterben nicht des ewigen Todes sind
und nicht ewig in die Hölle müssen."

„Das sind erstarrte, auswendig gelernte Namenfolgen, welche von
denen verabreicht warden und werden, die es nicht inwendig erkennen. Leuchtet dieser Unfug euch ein? Mir nicht. Glaubt ihr
ernstlich, die vollkommene, euch als EINS liebende, unendliche,
ewige LIEBE sehe euere ichgemachte Welttraumtrümmerschuld
(obwohl euere Sünde der SCHÖPFUNG weder schadet noch
wehtut) und sinne auf euere Bestrafung, sei aber durch den
„Opfertod ihres einzigen Sohnes" unewig verändert worden, euch
nichtswürdigen Teufelskerlen doch plötzlich Genade zu gewähr-
en? Denkt ihr wirklich, das gegenteilslose LICHT sei erst nach
Jesu Creucigung auch für euch das LICHT und schien euch zuvor
nur tags und bot euch nachts nur Finsterniss? Seid ihr tatsächlich
bereit, auszusprechen, das ewige, geistliche LEBEN sei vor Jesu
Creucigung nur ein endliches, cörperliches gewesen, sodass alle
vor Jeschua lebenden Einzelcörperlinge nach dem Sterben „tot"
waren? Der CHRISTUS giebt uns sein ewiges LEBEN, indem ER
mit uns EINS ist, und wir in IHM und mit IHM EINS sind."

„Mein lieber Mann, Hans! Das reicht, um tagelang nichts Anderes zu bedenken. So habe ich das noch nie gehört oder gelesen, aber es leuchtet mir ein. Unauswendig sozusagen."

„Schön, mein Freund. Das höre ich mit Freude.

„Und wer das trotzdem so und nur so sieht, dass Jesus sein Leben verlor, weil er es den Jüngern gab, der ist dumm?", trotzte Wolfgang.

„Das habe ich nicht gesagt. Es ist nicht geistvoll, weil non-transcendent, aber muss das denn ‚dumm' genannt werden? Ist ‚dumm' ein trefflicher Name für eine andere wenn auch untreffliche Deutungsweise? Und ich fragte doch Alle eingangs, ob sie dein Citat, Wolfgang, noch erinnerten, weil ich gerade *nicht* dieser Ansicht bin, Dummheit sei zu verklagen oder zu bestrafen. Außerdem gebe ich dir und euch Allen hiermit zu bedenken, dass der Name ‚Dummheit' auffälliger Weise irgend immer so, wie eine Anklage klingt. Wenn jemand „Un-, allso Nicht-Wissen" meint, aber ‚Dummheit' nennt, klingt es in den meisten Fälle so, als sei zu dem gemeinten Unwissen noch das Gift einer Anklage mit hinzugekommen. Wie kommt das aber? Ich vermute, dass wiederum unsere untreffliche Hilfscausalität bevorzugt ‚Dummheit' als vermeintlichen „Grund" setzt, weil in ihr die Schuld und mit ihr die Verklagemöglichkeit inne wohnen, die dem ne-uteralen Nicht-Wissen nicht anhaftet. Bei ‚Dummheit' klingt entweder eine „absichtliche Ignoranz" oder eine „Minder*wertig*keit des Intellects" einschließlich des Menschen mit, dessen Intellect gerade niedergewertet wird. Vorderstes Anliegen scheint allso, Schuld loszuwerden, indem sie an als darfür passend erachtete Träger gewiesen wird. Diese sind am Ende immer die Dummen, und zwar durchaus im doppelten Gedächte."

„Ja! Und müsste allso der Campf gegen die Dummheit nicht eigentlich als „Bestrebung zu 'r Befreiung aus der Condicioniertheit" gestaltet werden? So, wie du sagst, ist doch auch der Campf *gegen* die Dummheit ein Tuen aus Condicioniertheit, nicht?"

„Gut, Jan! Darauf wollte ich hinaus. Der vermeintliche Campf gegen die Dummheit ist genau so condicioniert wie die Dummheit im Sinne der allgemeinen Lernvermeidung oder doch zumindest der Lernvermeidensbestrebung oder, strenger gedeutet, der Geistvermeidensbestrebung. Diese nämlich wird hinter all den vordergründigen Vermeidungen verborgen: Den Geist zu vermeiden wird gestrebt. Das ist hinter der Lern- und Denkvermeidung zu bemerken und an der Geistleugenung überhaupt. Warum aber dies? Was ist das Gefäärliche oder sonstwie Ungute des Geistes, dass Er zu vermeiden gesucht wird? Das bleibt unerschlossen und demgemäß ungenannt. Wir werden darauf noch zurückkommen, meine Freunde! Und genau diese sonderbahr unclare und fahle Vermeidensbestrebung geschieht auch in der anklägerischen Becämpfung der Dummheit, sofern sie als „Grund für entstandene oder noch zu entstehende Schuld" erachtet wird."

„Du deutest aber einseitig, Hans! Du gelaubst an den Geist und deutest den Nichtgelauben deiner Mitmenschen als Verleugenung, so als sei erwiesen, dass der Geist doch existiere. Ist das nicht ungerecht?", gegensprach Wolfgang.

„Formalistisch gesehen: ja. Inhaltlich: nein. Der Geist ist das LEBEN, die LIEBE, das LICHT. So ist Er der „gute Hirte", der uns das Leben giebt. Christus ist Geist und kein Cörper(liches). Wer die Dreie anders erdeutet, allso etwa materialistisch, functionalistisch, cörperlich, biochemisch, astrophysikalisch, der irrt, weil er Anblicksanteile alias Aspecte als „Grund" überdeutet und die einende Ganzheit zerspaltet."

„Das ist deine Deutung, Hans. Aber das ist keine Wissenschafft."

„Was nennst du Wissenschafft? Das Beweisbahre? Und der Beweis sei entweder „etwas Vernehmliches" oder aber „ein logischer Schluss"? Das Vernehmliche ist immer nur das über die Sinne vernehmliche, cörperliche Vergängliche; was beweise dies in der Sache des ewigen Geistlichen? Und die Logik wird nach undurchschauten Denkvorgaben, -gewohnheiten und verborgenen Implicationen unbewissentlich gebeugt. Dies sei die Wissenschafft?

Auf Ebenen des Vernehmlichen und der Logik sind LEBEN, LIEBE, LICHT nicht zu beweisen. Wohl aber zu gelauben."

„Nicht privat streiten, Jungens! Nur vor Gericht. Und zwar mit mir als Anwalt!"

„Wir streiten nicht, Jan. Wir sprechen über strittige Fragen."

„Na, denn ist es ja gut. Aber sage doch bitte nochmales, wieso Dummheit nicht zu bestrafen sei? Ist sie anderweit zu besiegen oder sonstwie zu überwinden?"

„Im Campfe gegen die Dummheit ist nicht zu siegen, weil die versuchte Geistvermeidung in jedem Menschenkinde wohnt, das nachgebohren wird. Sollen wir *Kinder becämpfen*, um gegen deren Dummheit zu *siegen*? Lieblos und unmöglich. Allso muss der Ansatz gewandelt werden: Nicht Campf, doch Anleitung, Erbarmen und Hilfe mögen liebevoll gewährt werden."

An dieser Stelle kam mir die Frage auf, ob diese Hilfe wirklich im Innersten gewünscht werde? War die Frohbotschafft vielleicht aus Mangel an Bereitheit für ihren inneren Odem (nämlich die Vergebung und die ganze, umfassende Unschuld) verfälscht worden? Mit anderen Worten, war das mittels des Namens ‚Dummheit' Benannte ein eigenständig Seiendes, dem abzuhelfen war? Schien es nicht vielmehr, dass die angeblich gemeine Dummheit ein eben so allgemeiner Sündenbock war, der als „der Schuldige" herhalten musste, ohne jedoch eigentlich bestraft werden zu können, weil er nur erfunden war? Wenn dem Schuldwahne der Iche der Hauptsündenbock entzogen ward, ohne ihnen einen Ersatz darfür zu bieten, dann hätte man ihnen auch den Schuldwahn entziehen müssen. An Diesem aber hielten sie in Folge ihrer dualistischen Welt prüflos fest. Wie war dann aber Hilfe liebevoll erbarmend zu gewähren? Und so passte denn Jans folgende Frage trefflich zu meinen Gedanken: „Na, ja, aber welcher Gestalt möge diese Hilfe wohl seien?"

„Das ist die concret schwerst zu beantwortende Frage. Nur auf höherer Ebene ist zu ihr etwas leichter zu sagen. Lasst uns mit der Gegenwart beginnen. Jemand spricht oder setzt sprechend die

Namenfolge: „Deutschland hat gegen Spanien null zu eins verloren." Dies ist ein Satz, wie wir ihn nach einem Fußballländerspiele zu hören bekommen könnten, nicht?"

„Doch! Clar. Aber ist dein Themensprung nicht gar zerreißerisch? Erst Christus und ewiges Leben, jedoch mit einem Male Fußball?"

„Ich spreche nicht über Fußball, sondern über das Verlieren. Was sei wie zu verlieren? Wieso bedenken so viele Sprecher ihre eigenen Worte nicht? Das ewige LEBEN ist nicht zu verlieren. Die Fußballsprecher aber bekunden, man oder ein Verein könne ein Spiel verlieren. Und ihr nehmt diesen Satz einspruchslos hin?"

„Leider ja, Hans. Oder sollten wir nicht?"

„Doch, könnt ihr. Aber ich führe nun aus, inwiefern dieser Satz und euer Aufnehmen dessen eine zahllosen Sprechern gemeine Condicionierung widerspiegelt und zudem verdeutlicht, wie schwer eine concrete Hilfe dargegen ist. Der Sprecher setzt ‚Deutschland' mit der deutschen Fußballelf als selbig und tut das Nämliche mit ‚Spanien' und der spanischen Nationalmannschafft. So zeigt er eine allgemein übliche Beselbigung des Landes und dessen Volkes mit sich als einzelnem Staatsbürger, wobei unterstellt wird, dass dies alle Sprecher so täten, denn gegen die Bemerkung des Zuhörers, er sei nicht Deutschland oder Spanien und auch die jeweilige Elf sei nicht das Volk oder der Staat, in dessen Farben sie aufträten, käme das erstaunte, wenn nicht gar empörte Gegenwort, er sei wohl ein Ausländer oder ähnliches."

„Moment, Hans! Wenn ich es recht erinnere, dann bist du es doch gewesen, der gegen die Vereinzelung sprach. Und nun kommt jemand und schaut sich mit seinen Landleuten als selbig, dann passt dir das auch wieder nicht. Was denn nun?"

„Das sind doch zwei verschiedene Ebenen, Wolfgang! Die Vereinzelung des Nationalisten bleibt ja erhalten, denn er vereinzelt ja die Nationes wider einander. Die *Einsschau*, die ich meine, ist nicht das Resultat einer künst- und willkürlichen Beselbigung, doch der Erkenntniss der schon zuvor bestandenen Einsheit, die jedoch nur auf höherer Ebene waar ist. Aber das ist jenem Sprecher nicht clar, dem die bloße Möglichheit der Verschiedenheit der Ebenen schon nicht erschlossen worden ist. Zudem bedenkt dieser Sprecher den Schied zwischen ‚unterliegen' und ‚verlieren' nicht, sodass er eine Niederlage als „Verlust" benennt, und er verwechselt habsüchtig die Zeitformen."

„Ho, Mann! Jetzt kommt 's aber dicke! Zeitformenverwechselung aus Habsucht? Und den Schied zwischen ‚unterliegen' und ‚verlieren'? Ist das nicht ein Selbes! Das will ich genauer hören!"

„Sollst du ja. Verlieren kannst du einzig das, was dein ist oder dir eigen ist. Was kann die deutsche Elf in dem Spiele aber verlieren? Ihre Geduld? Ihre Bekleidung?"

„Das Spiel."

„Siehst du? Das ist deine Condicionierung aus ungeprüfter Gewohnheit und ebenso prüfloser Wiederholung. Das Spiel ist ihnen ja nicht eigen; ist es nie gewesen, dass sie es verlieren könnten, und sie vermöchten es auch nicht mit nach Hause zu nehmen, wie einen Pocal oder Cup, wenn sie siegten. Deswegen können sie das Spiel auch *nicht gewinnen,* sondern nur *in ihm siegen.* Und wenn sie siegten, dann gewännen sie vielleicht den Pocal oder nur drei Puncte in der laufenden Saison. Aber an der üblichen Redewendung nimmt gewohnheitshörig kein gemeiner Sprecher Anstoß, und wenn doch, dann gilt er als „Spinner". So, wie ich.", grinste Hans.

„Jo, Hans. Du bist echt der größte Spinner, den ich kenne!", lobte ihn Wolfgang grinsend. „Aber ich liebe dich trotzdem und wegen dessen! Und wie war nun die Habsucht der Grund für die Verwechselung der Zeitformen?"

Nach theatralisch irrem, jedoch dankbahrem Grinsen sprach Hans: „Der seiner Welt verfallene Mensch ist habsüchtig. Immer sucht er zu haben, obwohl der Name ‚süchtig' nicht von ‚suchen' kommt, sondern von ‚siechen' und ‚siech'. Aber auch der Siechende ist immer ein Suchender, denn er sucht stets nach etwas Linderndem. Dies dauernde zu haben Begehren seines Denkens wird in seiner dem Denken die Bahnen legenden Sprache wider gespiegelt. So spricht und denkt er schon als kleines Kind immer: „Ich habe", auch wenn er etwas nur teilweise alias ‚participiell' hat, allso etwa: ‚gesehen hat' oder ‚gehört hat' oder ‚gedacht hat'. Hinzu kommt die Täterdeutung: „Ich habe dies getan, dann habe ich jenes getan". Immer aber ist es dies eine Bekenntniss: „Ich habe, ich habe!" Und das nimmt zu. Früher waren die Leute ‚hungerig' oder ‚dürsteten', heute ‚haben sie Hunger und Durst'. Einst ‚wussten' die Menschen, heuer ‚haben sie Ahnung'. Oder sie haben, dicker noch, ‚gefüllt (alias ‚voll') die Ahnung'. Warden sie im Falle der Besorgtheit einst gefragt: „Wie ist dir?", werden sie derzeit gefragt: „Was *hast* du?" Bekannten sie früher: "Mir träumte", prahlen sie heute: „Ich *habe* geträumt!" Kommt euch das nicht auch alltäglich geläufig vor?"

„Doch! Aber wo ist der eigentliche Feeler, Hans? Die Sprache ist halt nicht mehr so, wie sie einst war. Wir gehen mit der Zeit."

„Ihr nicht geht mit er Zeit, sondern ihr strömt im Strome der Sprechmode mit. Und die ist durch Geistvermeidungsbestreben bestimmt. Dass ihr nicht die Täter seid, sondern Mitströmlinge, die sich jedoch eine Täterschafft vorgaukeln, versuchte ich euch schon zu erclären. Nun spricht aber auch Jemand, durch den hindurch etwas geschah, das er als seine Tat beansprucht (im Sinne des: als dessen Täter zu seien erlebte), das aber schon verging, immer noch: „Ich *habe* dir doch vor drei Jahren zehn Euro geschenkt!" Mag seien, dass er zehn Taler schenkte, respective die Schenkung der zehn Taler einst durch ihn hindurch geschah, aber diese sind kaufender Weise längst gegen Dinge eingetauscht worden, sodass der Beschenkte sie nicht mehr (eigenet, doch ausgegeben) hat. Aber der Schenkende *hat* sie immer noch, nämlich geschenkt. Merkt ihr? Dies dauernde „Seien *in* der vergangenen, jedoch gehabten Gegenwart" wird dardurch deutlich: Diese Menschen leben nicht *in* der lebenden (auch nicht *mit* der vollendeten) Gegenwart, suggerieren sich dies jedoch, indem sie auf ihr gegenwärtiges *Haben* verweisen, obwohl sie dies vermeintliche

Haben nur in der Erinnerung, mithin in einem Gedachten „haben", nämlich im Gedächtnisse. *Das dort Gehabte lebt aber nicht.*"

„Deine Ausführungen sind wie immer bemerkens*wert*, Hans. Aber gestatte mir die Frage, ob du ernstlich vermutest, dass die Ängelisch Sprechenden minder habsüchtig seien denn die Deutsch Sprechenden?", wagte ich zu fragen. „Die gebrauchen nämlich für das, was verging, zumeist past-Formen und nicht die present-perfect-Formen mit ‚to have'."

„Oh, das ist eine gute Frage, mein Lieber! Leider kenne ich keine Statistik in dieser Sache. Aber im Ernste gesprochen: Ich vermute, die Habsucht der Ängelisch Sprechenden äußert sich in anderen Wortverbindungen wie etwa: ‚Have a nice day' or ‚trip' or simply: ‚have fun'. Wie sei ein Tag oder eine Reise oder Spaß zu *haben*? Sie sind zu erleben, zu gewärtigen, zu genießen, aber zu haben sind sie erst in der beendeten Gegenwart, nämlich als erlebt oder genossen *zu haben*. Ihr seht aber dennoch, in welch ungeschätztem Maße ihr condicioniert seid? Wenn jemand den Namen ‚lebendig' braucht, dann stört euch das nicht, weil ihr es prüflos gewohnt seid. Bräuchte dieser jemand aber die Namen ‚wütendig' oder ‚hervorragendig', dächtet ihr, er spreche „feelerhaft" oder gar „wirr". Aber ‚lebendig' ist ebenso feelerhaft; ‚lebend' oder ‚lebig' wäre richtig, obwohl ihr dies bei ‚lebig' vermutlich nicht wisst. Jenen Feeler ‚lebendig' aber seid ihr gewohnt, sprich: ihn zu verwenden oder zumindest von anderen Sprechern verwendet zu hören oder lesen seid ihr condicioniert, obwohl ihr ohne sprachwissenschafftliche Prüfung sprecht. Auch durch meine Hinweise werdet ihr euer zumeist leichtfertiges, wenn nicht unsinniges Sprechen nicht ändern. Wozu auch? Ihr dächtet garantiert, das dies nichts brächte, auch wenn ihr das tätet, oder?"

„Du nimmst meine Frage vorweg, Hans!", gestand Wolfgang mit ironischem Tone.

„Wäret ihr der Gesinnung, Alles zu bedenken, das euch „natürlich" oder „selbstverständlich" dünkt (obwohl ihr nicht wisst, was das Selbst ist, aber der Name ‚selbst-verständlich' fürsteht in euerem Wortgedächtnisse als „fraglos clar", sodass dieser Name mit dem allso geringgeistig (ichig, doch selbstlos) Hinzugedachten ja nicht mehr zu prüfen ist), löstet ihr Schritt vor Schritt die Condicionierung auf. Das ist Alles. Aber diese Schritte sind so klein und ihrer so viele, dass ihr das in den ersten Wochen nicht bemerktet und daraus schlösset, das gesammte Prüfen bringe nichts. Wäret ihr aber dieser denkprüfsammen Gesinnung, dann wüsstet ihr inzwischen längst, dass – wie besprochen – das Unendliche eben so wenig zu verlieren ist, wie etwas Endliches, das nie geeigenet oder besessen ward. Dann wüsstet ihr, dass mittels des Namens ‚Leben' nicht das „In-der-Welt-Seien als ichiger Cörperling" benannt werde, mittels des Namens ‚Mitleid' nicht „Erbarmen", mittels des Namens ‚Cörper' nicht „Mensch", mittels der Namen ‚sterben, ‚Sterbensweise', ‚Gestorbenheit' nicht „Tod", et c. Kaum ein Mensch aber ist dieser Gesinnung, denn der Mensch sucht gemeinhin, die Besinnung, die Sammelung seiner Gedanken, die große Seienslernung und den Geist zu vermeiden. Zuerst, weil er die Anstrengung so scheut, wie der Verbrecher das Licht. Und den tieferen Grund vermute ich in der Angst, die immer nur die vor dem Geiste ist, welcher nämlich abgründig und bodenlos und ungreifbahr ist, was das Seien des zu greifen, zu begreifen und anzugreifen suchenden, ego-hörigen Menschen mit dessen Ich verneint, das er mitsammt dem Cörper und dem Welttraume als seinen „Schatz" erlebt, den er vor der Zersetzung durch den Geist der Waarheit zu vergraben sucht. Und deswegen, nämlich von den mich bewegenden Wegen all Dessen, sage ich, die Hilfe gegen die Condicionierung oder gegen die Dummheit alias Geistarmut könne leider nur in der Gestalt der gestaltlosen LIEBE bestehen, aber ohne irgend welche Ansprüche, allso ohne einen Besitzanspruch, ohne Ichnutz, ohne jede Leistungsforderung, ohne Verpflichtung. Das ist das unmöglichste Denkbahre."

„Ja, das ist wohl so!"

„Aber fange doch bei uns an, Hans. Hilf uns gegen unsere Condicioniertheit, indem du uns bei unserer Frage erclärend beistehst, wieso das ‚In-der-Welt-Seien' nicht das ‚Leben' sei?"

„Wir gelauben als Christen, dass der Christus das Leben sei (Joh 11,25; 14,6), und zwar das ewige, geistliche LEBEN. Wie kann dann aber jemand „sein Leben" verlieren und dann „tot" seien, wie es immer wieder in Sterbeanzeigen in der Zeitung zu lesen steht, die der gemeine Sprecher ‚Todesanzeigen' nennt? Oder „der Tod gehöre zum Leben"? Dies mag ein Atheist so denken; er deutet ja nur sein bewegt-cörperliches In-der-Welt-Seien als „das Leben", das bei 'm Sterben so gänzlich endet, dass darnach nur mehr ganze Leblosigkeit, allso Tod bleibe. Wenn aber in einer Sterbeanzeige zudem zu lesen steht, dass der „Trauergottesdienst für den lieben Toten" in der und der Kirche eine Statt finde, dann fällt es mir schwer, in den Hinterbliebene reine Atheisten zu vermuten, denn solche feiern keinen Gottesdienst, auch nicht im Sterbefalle; das finde ich auch nicht im Geringsten anklage*wert*, sondern consequent. Wer aber vermeint, er sei ein „geläubiger Christ", und der dennoch in solchen Phrasen denkt, wie es die Atheisten tuen, der ist entweder ein Heuchelchrist oder ein ungerösteter Mensch, dem der Christus gedanklich nicht erschlossen worden ist. Wenn der Christus das Leben ist, das Er uns giebt, dann ist es nicht wohl möglich zu sagen, dieser Nächste habe „sein Leben", jener Bürger „seines" und je ich „mein eigenes". Dann ist nur EIN LEBEN: das Eine des Christus. Der Gedanke, dass je „ich" dennoch „mein eigenes Leben" habe, ist so widersinnig, wie zu sagen, der Christus sei die Auferstehung, die Waarheit und das Leben und dennoch sei ein geschehener Mord „waar". Wir müssen eindeutig wählen: entweder wir gelauben an den Christus als die Waarheit oder wir denken, die von uns gemachte Welt sei „waar". Entweder wir gelauben an den Christus als das Leben oder wir denken, unsere bewegten Cörper seien „das Leben". Aber niemand kann Beides nebeneinander gelauben, ohne entweder sich zu narren oder aber zu 'm Irren oder zu 'm

Heuchler zu werden. Dar ist nur EIN LEBEN: SEINES, das wir Alle in IHM und mit IHM miteinander teilen, ohne es zu zerteilen oder zu zertrennen. Wer ein „eigenes Leben" als „ein Leben unter vielen" denkt, der wird es verlieren; wer aber an SEIN LEBEN gelaubt, der wird ES auf ewig nicht verlieren (Joh 12,25)."

„Ein starkes Bekenntniss, Hans!", sprach Jan.

„Ja, das ist es, obwohl es mir gänzlich unmöglich erscheint, den Paradoxien unserer Welt zu entkommen. Wir verfallen ihnen immer wieder", gestand auch Wolfgang.

„Aber wie meintest du deine Worte betreffs Cörper und Mensch, die nicht selbig seien?", fragte Jan noch.

„Jo, Jan. denken wir uns den Menschen als Cörper? Oder als Seele? Dar erzählt mir ein gemeiner Sprecher, sein Nachbar habe wochenlang tot in dessen Wohnung gelegen, bis man ihn endlich gefunden habe. Denkt ihr, dieser Sprecher denke den Menschen als Seele?"

„Wieso nicht?"

„Wenn der Sprecher gesprochen hätte, des Nachbars *Leichnam* habe wochenlang in der Wohnung gelegen, bis *dieser* gefunden worden sei, dann wäre es noch zu denken möglich. Denn das ließe folgende Denkung zu: „Der Nachbar ist als Mensch Seele. Dass diese dem Cörper entschwebte, fiel niemandem auf, sodass der entseelte Cörper wochenlang herum lag. Aber dann fand man nicht den Nachbarn oder toten Menschen (der als ewige Seele ja nicht tot ist), sondern dessen Leichnam." Aber die Sprechung, der Nachbar habe *tot* in der Wohnung gelegen bis man ihn, den Cörper, Nachbarn und Menschen, tot gefunden habe, beweist, dass dieser Sprecher den Menschen nicht als die noch lebende „Seele", doch als „Cörper" denkt. Und in diesem Denken starb der Mensch mit seinem Cörper und ist darnach mit diesem gemeinsamm tot. Seht ihr Sprache und Gedächt als Einheit?"

„Mein lieber Mann! So viel Denken in der Sprache?!"

„Und ist das nicht ein guter Beweg, das, was wir hier immer durchleben, als „Wunder" zu empfinden? Wir kommen zusammen, erzählen dies und jenes aus der Welt des Irrtumes und werden darnach immer von dem unser Gespräch führenden guten Geiste in dessen Geduld und liebender Schau belehrt, was wir nicht richtig gesehen, gedacht oder genannt haben. Ist das denn nicht gut so, wir das hier bei uns läuft?"

Alle lächelten und nickten weise.

„Hans, seit wann weißt du eigentlich von der Existenz des Geistes der LIEBE? Und was dachtest du zuvor? Und dachtest du darnach denn auch, dass du zuvor Geistverleugenung wenn auch unwissentlich betrieben habest? Und wie kamst du darzu, die Existenz des Geistes denn trotz der zuvorigen Verleugenung zu bewissen?"

„Oh, mein Lieber, das sind gute, aber berechtigte Fragen! Und: ja, wohl, ich betrieb Geistverleugenung unwissentlich und ohne bewusste Absicht, weswegen ich vermute, dass die Verleugenung oder Vermeidungsbestrebung des Geistes unserer ererbten Anlage getreu geschieht. Wir sind für die Welt angelegt, die den Geist nicht als Teil in sich trägt. Eines Tages aber kommen wir darzu, den Geist zu vermuten, dann zu bemerken und schließlich zu erkennen. Dies geschah bei mir nach und nach, und das mir Helfende waren die mir eröffenet wordene Liebe, drei, vier gute Bücher, drei gute Freunde und das denkende Gebet oder das betende Gedenk."

„Durch denkendes Beten oder betendes Denken fandest du den Geist der LIEBE? Wie geschah dies?"

„Ein der östlichen Spiritualität Zugeneigter nennt dies vermutlich ‚Meditation'. Aber auch dieser Name eröffenet nicht eigentlich, was ich meine. Ich meine ein Hineindenken in besondere Worte. Eigentlich sollte jeder Sprecher in alle Worte hineindenken, bevor er sie verwendet, aber im Besonderen unseres jenseitigen Themas sind besondere Worte uns, in die wir hineindenken sollten und möchten. Beispielsweise ‚verlieren'; das besprachen wir. Aber seht, bitte, dass durch das Hineindenken in das Wort namens ‚verlieren' wir zu der Ewigheit des LEBENS fanden. Darzu könnte jemand einwenden, diese Ewigheit sei schon im Worte namens ‚Leben' uns auf religiöser Ebene mitgegeben worden, was zutrifft. Dennoch erschlossen wir sie erst und eigentlich im Hineindenken in das Wort namens ‚verlieren', als uns derweil clar ward, dass nur Endliches zu verlieren ist. Aber nehmen wir als anderes Beispiel das Wort namens Liebe,'. Mir ward einst die LIEBE eröffenet, als mir nicht clar war, dass dies geschah. Ich war vierzehn Jahre alt und verliebte mich in ein Mädchen. Aber im Verlieben erinnerte ich, sie von irgend anders und irgend früher zu kennen. Ich *erkannte* sie allso nach biblischer Sprechweise. Denke ich nun in das Wort namens ‚Liebe' hinein, erinnere ich das einstige Erkennen, das auf etwas außerhalb dieser meiner Welt verwies, von dorther ich das nun erkannte Mädchen kannte. So ist die LIEBE nicht von dieser Welt. Somit ist SIE geistlich. Somit reicht unser gemeines Denken dort nicht hin. Allso ist unser gemeines Denken ungeistlich, jedoch der Geist der LIEBE führt uns zu SICH zurück, sodass wir erkennen und erinnern. Wenn wir nun gedenken, dass Gott die LIEBE sei, und wer in der LIEBE bleibe, der in Gott bleibe und Gott in ihm (1. Joh 4,16), dann können wir uns in dem Hinzugedachten, Hinzuempfundenen und Hineingedachten des Wortes namens ‚Liebe' lange aufhalten und uns dem öffenen, das uns derweil gegeben wird. Das mögen andere Worte seien, jedoch auch Lichtempfindungen und seliges Lächeln. Aber anschließend werden wir nie wieder den Namen ‚Liebe' achtlos aussprechen, denn für uns ist das Wort namens ‚Liebe' ein Tempel geworden, ein stilles Gebetskämmerlein, darin wir beten und denken mögen und seliges Heil empfinden."

„Ich staune, Hans! Und dies verdient den Namen ‚Campf gegen die Dummheit? Oder doch zumindest gegen die Condicionierung?"

„Nein, eigentlich nicht", bekannte Hans, dessen Miene bei den folgenden Wörtern zunehmend trüb bis hin zu tieftraurig ward,

durch die jedoch ein unbesiegbahres Gen hindurchschimmerte.
„Diese Namen und Wörter waren zu hoch gegriffen. Aber zu
einem Ausgeleiche blieben meine Wörter als Antwörter zu deiner
Frage ohne jede Tiefe oder Beweiskraft, sind allso zu niederig gegriffen und klingen auch nicht so heilig, wie ein großes Bekenntniss zu 'm Geiste, das fällt mir gerade leider auf. Nichtsdestominder bin ich ein Bekenner des Geistes der LIEBE, den Niemand zu greifen, zu begreifen oder anzugreifen vermag, der aber
das LEBEN, das LICHT, die LIEBE ist, ja west. Genügt dir dies
nun, mein Freund?“
„Mir schon, du Schelm. Die Frage ist aber, ob es dir genüge?“,
lächelte ich.
Hans schloss sich leicht errötend diesem Lächeln an. Die beiden
Freunde Jan und Wolfgang eben' Falles.
Und Jan schenkte uns Allen noch eine Runde ein.

12. Die Jedentagschristen

Eines Abends erzählte uns Jan mal wieder eine überzogene Geschichte, die jedoch wie immer etwas Hochwichtiges berührte. Wir lauschten mit Spannung seinen Worten über das gelebte Christentum oder vielmehr über das große Schwerniss eines Jesuaners, als Christ zu leben.

„Neulich gab mir mein Neffe Harald, der in seiner Weise den Christus sucht und Germanistik studiert, eine schier unfassbare Kurzgeschichte. Er wünschte meine Ansicht, nicht zuletzt meiner als eines Rechtsanwaltes, zu dem von ihm Aufgeschriebenen. Ich habe sie euch mitgebracht, Jungens. Hier ist sie, eine crasse Kurzgeschichte. Ich lese sie euch vor, wenn ihr wollt.“

Das wollten wir Alle. Jan schenkte uns erst einen guten Tropfen ein und begann dann:

„Ich bin das nicht!

Sein Tag begann schon wieder übel. Er ward durch das an vorzeitliche Stampf-Rhythmen erinnernde, rumpelige Getrampel de wilden Kinder der über ihm wohnenden Fleischfortpflanzungsgemeinschafft geweckt. Verdammtes Mietshaus! Dann, derweil er sein frühes Stück Brotes grimmig aß, begann der Socialhilfeempfänger unter ihm, dessen Musikabspielanlage für die geistlose Bum-bum-baller-boing!-Musik rücksichtslos aufzudrehen: Bum! Bum! Bum! Bumbumbum! Bum! Bum! – Hilfe!!! Dies lieblose Seelenschmirgelgetön musste er jedes Tages bis zu ’m Dummwerden erdulden! Als dann noch die ungelehrten Nachbarinnen im Treppenhause überlaut keiften, stach dieser zusätzliche Schall so übermächtig in sein Bewissen, wie ein Elektro-Chocque, sodass er wild die Corridortüre aufriss und wüsteste Verwünschungen in das Treppenhaus hineinbrüllte. Von jähem Schrecken gepackt, stoben die angsthörigen Weiber darvon. Mit hämiger Genugtuung knallte er die Türe wieder zu. Es konnten doch nicht Alle mit ihm machen, was ihnen einfiel!

Als er zu einer Erfrischung gerade unter die Brause gestiegen war, klingelte das Telephon. Unwirsch zog er seine Badeschlappen wieder an, eilte halbnass dorthin und hob den Hörer ab.

„Schaluppke?", schnarrte fragend eine fremde Stimme.

„Nein! Falsche Nummer!", bellte er vulcanisch heiß zürnend zurück.

„Klingt aber so, als seiest du es!", insistierte der Anrufende.

„NEIN, ICH BIN DAS NICHT!", brüllte er schnaubend darwider und feuerte das Gerät an die Wand in die Ecke.

Auch der zweite Versuch, unter die Brause zu gelangen, scheiterte, denn jetzt klingelte jemand an der Türe. Er hielt sich die Augen zu und holte schwer Atem: Was denn noch Alles? Er zog sich den Bademantel über und öffenete die Türe. Davor stand der Gerichtsvollzieher und verlangte Eintritt und – gar schlimmer noch – 1234 Taler. Diese hatte er allerdings gerade leider nicht zur Hand: so, wie immer. Also händigte ihm der gestrenge Geldeintreiber einen ultimativen Zahlungsbefehl aus und wünschte trocken „einen schönen Tag noch", und verschwand. „O was habe ich nur verbrochen?" haderte er innerlich.

Der dritte Versuch, sich zu duschen, gelang so schwungvoll, dass er – zitternd vor Zorn, Verdruss und Ohnmacht – im Becken ausglitt und mit den Knien so heftig gegen die Kacheln stieß, dass sie den ganzen Tag über ihn bei jedem Schritte höllisch schmerzten.

Als später gewisse, sich ‚Zeugen Jehovas' nennende Buchstabengeläubige bei ihm klingelten, um mit ihm, wie sie ihm auf seine Frage hin bekundeten, über Vergebung und den Willen Gottes zu reden, in den er einwilligen solle, ja: müsse, wenn er nicht in die Hölle kommen wolle, übernahm in ihm das urzeitliche Tier die Führung: er prügelte besinnungslos auf die naiven Harmlosen ein, bis sie stöhnend und wehklagend aus dem Hause stolperten. Wiederum knallte er die Türe zu.

Wille Gottes? Dass er nicht lachte (mochte denen beweisen, wie „unkomisch" er deren Witz fand)! Nicht in die Hölle kommen wollen? Er war doch schon mitten darinnen! Vergebung? Die spannen wohl! Den Schuldigen sollte doch gerade *nicht* vergeben werden, sonst begingen die ja noch Schlimmeres! In den willen Gottes einwilligen? Darbei ging man doch kaputt! War das denn der Wille Gottes, dass man sich von allen rücksichtslosen Hohlhirnen bis zu 'r Lullheit belabern und von fiesen Egomanen vergesäßen lassen solle? War das der Wille Gottes, sich von gewissenlosen Giergreifern bis zu ganzer Armut ausnehmen zu lassen? Oder sollte man ernstlich einwilligen, sich etwa von schmierigen Schweinehunden umbringen zu lassen? wollte Gott allso von ihm, ein Idiot zu seien? „NEIN, ICH BIN DAS NICHT!", brüllte er aus Leibeskräften noch eines Males und ballte seine vergänglichen Fäuste. – Was aber war er?"

So weit, Jungens, die bemerkens*werte*, extrem crasse Kurzgeschichte meines Neffen Harald. Na, was sagt ihr darzu?"

„Reichlich dick aufgetragen, Jan."

„Na, ja, aber die Geschichte rührt doch an das, was wir immer besprechen: Unschuld und Vergebung. Und wie kann man nun de facto darmit leben? Diese Frage scheint mir die schwerste aller Fragen. Und dieser Mieter des unruhigen Mietshauses ist am Rande des ihm zu erdulden Möglichen angekommen. Er kann den Dornen des Alltages keinen Geist entgegensetzen, der ihm sie zu überwinden beistände. Und so ersticken die Dornen den Samen der Pflanze, die zu 'm Lichte hin gedeihen sollte. Leider."

„Schön gesagt! Und wieso können die Menschen der schlechten Welt nicht vergeben?"

„Niemand kann zwei Herren dienen: entweder wird er den einen hassen und den andern lieben, oder er wird an dem einen hangen und den andern verachten (Mt 6,24).", citierte ich.

Und Hans fuhr auf diesem Gedanken fort: „Die Menschen haben an die Dinge und Angebote ihrer Welt ihr Herz gehängt. Sie versuchen als Zeugen Jehovas, die Schuld zu vermeiden, indem sie sich an die alttestamentlichen Gebote und auch an die weltlichen Gesetze halten. Andere versuchen es, indem sie Alles controllieren, normieren, optimieren, regelementieren. Noch der penibelste Controlettismus ist dem Causalitätswahne entsprungen und dient nicht der Vergebung, sondern immer nur der Schuldprophylaxe. Und sonntags versuchen sie als Pseudochristen für eine Stunde lang, ihr Herz Gott und der Unschuld zu schenken. Aber hauptsächlich sinnen sie darnach, die flüchtigen Genüsse des Vergänglichen zu erhaschen. Diese Ausrichtungen ihres Herzens sind jedoch nirgend hinführend. Die Menschen müssen bemerken und wählen, welche einzige Richtung die richtige ist: die zu 'm Lichte hin. Die meisten Menschen, die ich kenne, versuchen aber, weltgleisig oder, als Kirchentreue, zweigleisig zu fahren, indem sie neben der Religionsspur noch der Welthauptspur folgen."

„Ja, aber wie *kann* denn jemand wählen, die Welt *nicht* zu wählen? Sie ist doch das Einzige, das jetzt dar und clar ist!"

„Den Sinnen nach, ja, Wolfgang. Auch dem wissenchafftlichen Intellecto nach, ja. Aber auch dem Geiste nach?"

„Ja, was ist denn bloß dieser Geist? Oder gar der heilige Geist? Ich dachte immer, der helfe uns!", fragte Jan,

„Er hilft uns. Aber wobei? Bei dem bequemen Durchreisen der Welt und der Zeit nicht. Er hilft uns bei dem liebenden Entsagen der Welt, wenn wir nämlich bereit sind, Ihn uns in diesem Behufe helfen zu lassen.", sprach Hans.

„Der Welt entsagen? Heißt das, ich müsse als Betteler im Drecke, in der Gosse, der Armut und der Kälte mein erbärmliches Darseien fristen? Hungern und mich von hochnäsigen Kindern verspotten und bespucken lassen?", empörte sich Wolfgang.

„Nein, nicht jedes Falles. Der Welt entsagen meint lediglich, nicht länger die von dir aus unvollständig Vernommenen gemachte, nur erdeutete, zerstückelte Welt nicht als „Waarheit" zu erachten und das an die Dinge der Welt gehängte Herz somit zu befreien und von ihnen zu lösen. Dann nämlich ist es nicht mehr schlimm, wenn dir jemand Geld stiehlt, weil dies dann nämlich nur noch im

145

pecuniären Sinne *wert*voll ist, jedoch nicht mehr deinem Herzen bedeutvoll. Und dann brauchst du nicht mehr vor Pein und Zorn zu schnauben und gegen den Gerichtsvollzieher Blut und Schuld zu spucken, und deinen Zorn an keifenden Treppenhauslabertanten auszulassen."

„Das klingt am Ende zwar wohl, aber erst am Ende. Zunächst muss eine große Frage geclärt oder gar beantwortet werden. Wenn die Welt nämlich keine Waarheit ist, dann bin ja auch ich, zumindest so, wie ich mich weltlich deute, keine Waarheit. Was bin ich denn aber in Waarheit, lieber Hans? Sagst du es mir?"

„Du bist in Waarheit Seele, Wolfgang. So, wie wir Alle. Aber dies vergaßen oder überdeckten wir Alle, als wir uns als je „Ich" erdeuteten und unserer Deutung Geltung erteilten."

Daraufhin schlug Wolfgang sich mit der Hand an die Stirne, als sei er etwes Vergessenen gerade wieder inne geworden, und rief: „Ach, ja! Das war mir ja gänzlich entfallen! Ich bin ja in Waarheit Seele! Wie konnte ich das bloß vergessen, wo das doch so wichtig ist? Aber jetzt ist es mir ja zu 'm Gelücke wieder eingefallen!"

„Jo, Wolfgang!", lachte Hans. „Du hast ja recht angedeutet. Ich gestehe, dass meine schiere Aussage, wir seien Seele, so nicht genügt, um ihr Gedächt als „die Waarheit" zu erkennen. Die Logik der Herkunft meines Gedankens ist diese: Wenn die Waarheit eine vertrauenswürdige seien soll, dann muss sie unwandelbar gut seien. Wie wäre einer bösen oder sich vielleicht zu 'm Bösen verwandelnde Waarheit zu vertrauen? Allso ist alles Wandelbahre, mithin Vergängliche unwaar. Das Einzige unser, dessen wir vermuten können, dass es ewig, allso unwandelbahr unvergänglich sei, ist die Seele, denn der Cörper vergeht gewiss und unbestritten. Allso kann nur die Seele Waarheit seien."

„Daran muss ich aber noch arbeiten; das fasse ich nicht sofort, Hans!"

„Das ist doch nicht schlimm, mein lieber Wolfgang. Hauptsache ist, dass wir guten Willens sind. Wieso jemand dieser meiner Logik vertrauend und nachdenkend folgen sollte oder gar müsse, ist ja auch noch höchst fraglich. Es mag ja als „logisch nachgedacht" oder „wohl geschlossen" empfunden werden, aber so lange Jemand nicht mit seinem eigenen Denken Ähnliches oder das Nämliche fände, bliebe meine Logik ihm ja nur ein auswendig zu Übernehmendes ohne eigenen inwendigen Odem. So, wie alle Religion zumeist an die Jugend weitergereicht wird: als auswendige „Buchstabenwaarheit" ohne inwendigen Geist."

„Na, ja. Die Religion ist ein Anderes. Aber der Welt zu entsagen, klingt wohl und ist wohl trefflich, jedoch leichter gesagt denn getan. Und wie sollen wir und das eigentlich denken, der Welt zu entsagen, in der wir wohnen, Hans? Du kannst ja mal eben deinem Cörper entsagen; der ist ja auch keine Waarheit, nicht?"

„Oh, mein Lieber. So einfach ist das leider nicht. Ich spreche ja immer nur in der Theorie. Du sprichst ja richtig: Wie können wir dem entsagen, das uns wenn auch nur scheinbar umgiebt? Ich versuche doch nur, unseren Blick theoretisch – zumindest und immerhin theoretisch! – darauf zu richten, dass wir der Welt entsagen müssen. Dies zunächst einzusehen, dünkt mich schon ein guter und wichtiger Anfang."

„Einverstanden. Aber wie gehen wir fürder?"

„Ich denke, wir können nicht aus alleiniger Kraft aus der Welt hinaus."

„Gut, Hans. Und allso mit wessen Kraft?"

„Wenn das überhaupt möglich ist, dann mit der Kraft des Geistes, der uns Alle eint und liebend in sich trägt. Dieser Geist ist nicht Weltliches. Wenn etwas über die Welt hinausreicht, dann ER. Ich versuche immer und jedes Tages, nichts bewissentlich allein zu tuen, sondern bewissentlich mit IHM zu tuen. Dann muss ich mir kein Versagen vorwerfen, wenn etwas nicht so geschieht, wie ich es dachte. Zudem versuche ich, nicht zu wünschen, wie etwas zu geschehen habe. Das gelingt natürlich nicht immer, aber bitte. Ich sage mir immer und jedes Tages, es möge so geschehen, wie ER es will. Das erleichtert mir Alles ungemein. Ich sammele mich dennoch in mein Tuen, will sagen: in das Tuen, das auch durch mich hindurch geschieht, aber diese meine Sammelung ist keine hohle Wünschung, sondern eine wissende Darbeiseiung und Mittuung mit dem, das durch mich hindurchfließt."

„Du suchst allso, ein Mittuer zu seien, um kein Täter zu seien?"

„Gut! Wohl benannt! So ist es! Der causal erdachte „Täter" ist aus dem großen gemeinsammen Werden herausgetrennt; der Mittuende minder, weil ja schon die wahne Alleinigheit darbei nicht länger erprahlt wird. Aber ein ungutes Wort eines Gedankens allein durch ein schöneres Wort zu ersetzen, hilft nicht. Die Ersetzung hilft einzig dann, wenn darbei auch der Gedanke mitersetzt wird. Was hilft es, statt mittels des Namens ‚Neger' die braunhäutig Erscheinenden mittels des Namens ‚Schwarze' zu benennen, aber derweil dennoch „die blöden Minder*wert*igen!" hinzuzudenken? Das Hinzudenken muss liebevoll werden und das zu dem Namen ‚Neger' Hinzugedachte muss etwas Gutes seien. Der gute Wille darzu aber ist der beste Beginn des rechten Weges."

„Wir Alle sind guten Willens, lieber Hans, sonst kämen wir nicht immer wieder mit dir hier zusammen!"

„Jo, so ist es!", stimmten wir Alle zu.

„Und dann kommen wir zu der grüßten Hürde: sind wir guten Willens, wie mögen wir so anderweitelos, so gezwungentlich oder so verbissen an dem Vorhaben festhalten, das wir planen, verlangen, wünschen? Denn hier setzt der Hebel der Alltagsschwernisse an. Durch sie hindurch werden wir darauf verwiesen, dass es so, wie wir denken, planen, träumen oder uns wünschen, nicht geschieht, nicht gelingt oder nicht wieder gelingt, obwohl es Jahre lang doch so gelang. Nun stehen wir vor der Frage: Vergebe ich meinen Welttraum und gebe ich meine Denkung auf? Oder halte ich an meinem Welttraume fest, ohne ihn zu vergeben? Die meisten versuchen die zweite Variante und hadern, grimmen, verklagen, weinen."

„Das sagt sich so leicht!", seufzten Jan und Wolfgang unisono, sodass ich leise zu lachen bewogen ward.

„Jo, Wolfgang und Jan, so ist das. Die Theorie ist oft leichter ausgesprochen denn die Praxis durchlebt. Aber wir können nicht ohne den richtigen Gedanken den rechten Weg einschlagen. Allso beginnen wir stets mit einem ersten Schritte als einem in der Theorie. Aber den Weg muss dann ein jeder schon seinerseits begehen. Aber er möge ja nicht allein gehen."

Als wir dem Gesagten stille nachdachten, sang Hans nach einer kurzen Weile leise, aber so, dass wir den Sang deutlich erhören mochten: „Nimm mich mit, Geist der LIEBE, auf die Reise!", nach der bekannten Weise „Nimm mich mit, Capitän, auf die Reise …!"

Wir mussten Alle schmunzeln. Ich empfand einen sanften Wehmut. War unser Darseien „eine Reise"? War je unsere Welt, die als „beständig" wir trotz allem Wandel und allen Zerstörungen ersahen, poiätisch benannt „ein Segelschiff"? Wohinüber segelten wir? Über die offene See der Zeit, die dar oder dort an die Ufer der Ewe rauschte? Und wie kamen wir dort an? Warden wir dort abgewiesen, wenn wir über die Dauer der Schiffsreise uns falschen Geistes verhielten? Wie erginge es jener Mieter, wenn er dort ankäme, der doch derweil der Fahrt dorthin dachte, ja: wähnte, in einem festen, stehenden Hause zu wohnen, darfür er Mietgeld zahlen musste, darfür er geistlos malochen musste, darfür er zu 'm Ausgeleiche seine Ruhe wünschte, weswegen er Ruhestörer beschrie und gar prügelte, ohne zu wissen, auf einem Schiffe zu reisen? Müsste er an jenem Ufer gewärtigen, dass kein Willkomm ihm entgegenkäme? Aber was hätte er ändern können, wenn er nicht wusste, dass er auf einem Segelschiffe zu fernem Gestade fuhr? Hätte er es doch wissen können? Aber wie? Doch wenn er es nicht wusste, dann wäre es ungerecht, ihn dort nicht willkommen zu heißen. Er konnte doch als nicht naiv denkender Sprecher unmöglich den Aussagen der Zeugen Jehovas folgen und mal eben den Willen Gottes als Buchstabenfolge annehmen und darhinein einwilligen. Unmöglich! Zu freiwilligem, gutwilligem Einwilligen muss zuvor die LIEBE als die selige Heimat erfahren worden seien. Zudem musste sie als der geleitende, alltragende Kraftstrom der Reise zu der Heimat empfunden werden. Und diese Empfindung und jene Erfahrung mussten gegen die Wirbel und Neere des widerigen Alltages bewahrt werden. Darzu war viel Gedenken erforderlich. Dies Gedenken war wohl so ähnlich, wie Hansens ‚denkendes Gebet' und ‚betendes Gedenk', oder? Und als ich dies dachte, wandte Hans seinen Blick mir zu und lächelte mir still zu. Als wenn er meinen Gedanken erhört habe. Und vielleicht hatte der in uns Beiden darbeiseiende Geist der LIEBE meinen Gedanken erhört und mir durch Hansens gütigen Blick und trautes Lächeln zugeliebt?

Und noch derweil ich dies vermutete, blickte mich auch Jan an und lächelte. Dann ward sein Blick zu den leeren Gläsern gelenkt. Und Jan schenkte uns Allen noch eine Runde ein.

13. Der neugebohrene Mensch

„Ach, Hans!", klagte Jan eines Abendes. „Nun haben wir schon so viel über die Causalität gehört und geredet, aber ich bin immer noch nicht vollkommen im Claren. Und gestern las ich wieder etwas über das Karma der Hinduisten und Buddhisten und bin unclarer denn zuvor. Diese Leute denken und bekunden, Alles, was du tuest, habe seine Folgen, und zwar bis in dein nächstes „Leben" auf der Erde und in all deine folgenden „Leben" hinein, bis du endlich erlöst werdest, wobei unclar bleibt, durch wen oder was diese Erlösung geschehe. Diese Menschen denken allso auch noch, die einzelnen Menschen durchlebten Wiedergebuhrten mit dem Gedächte der Re-Incarnation. Das wäre allso wörtlich übertragen die „Wieder-Einfleischung", ja?"

„Jo, Jan. So ist es. Eine Wiedereinfleischung der immer selben Seele, die allerdings ein immer anderes Karma sich in der Welt anhäufe, das abgearbeitet werden müsse. Und was ist nun deine eigentliche Frage?"

„Das Karma scheint mir etwas Ähnliches zu enthalten wie das, was wir mit der Causalität besprachen. Aber in jener Denke, bei den Hindus, Buddhisten und den Dschainisten, gilt der Täter ja wohl immer als „lebenslänglicher Täter", wobei die Lebenslänge durch ein zwischenzeitliches Sterben nicht beendet, doch nur unterbrochen wird. Dann wäre die Causalität sozusagen kein Gedächt, wie du sagtest, sondern „der Leitfaden der Genadenlosigheit", oder?"

„Auch das Karma ist eine Blüte der Causalität, allso des causalen Denkens. Ich stimme dir zu, dass sie so, wie sie bei denen gedacht wird, genadenlos erscheinen mag. Aber immerhin denken auch sie sich eine Möglichheit der Erlösung, sodass allso keine absolute Genadenlosigheit vorliegt."

„Gut, und was denkst du darüber?"

„Der Name ‚Karma' ist der Sprache namens ‚Sanskrit' und kann annähernd in die Namen ‚Tat' oder auch ‚Werk' hinübergesetzt werden. Die Anhäufung ist aber dualistisch in „gut" und „bös" geteilt; je mehr (als „)gut(" *gewertet*)es Karma, allso je mehr „gute" Taten oder Werke verrichtet worden seien, desto näher gelange die Seele der Erlösung. Diesen Denkansatz finden wir ja auch in der „Werkegerechtigkeit", die Martin Luther fragwürdig fand, weil sie in für die Kirche „geldlich gute" Werke umgedeutet ward, die zu weltlichen Lasten und geistlichen Ungunsten der prüflos auswendig der Lehre Folgenden ausfielen. Der **CHRISTUS aber erlöst aus allem Karma, wenn in IHN hineingefunden wird.** Aber dies nicht tut ein als „Täter" zu deutender „Christus", doch der CHISTUS ist die geistliche EINSheit der SCHÖPFUNG, in der die Werk- und Wirkverbindung der ungetrennten Teile ohne negative Folge bleibt, aus der erst erlöst werden müsste. Aber wie lang die Menschen noch ihre Einzelnheit als „wahr" erachten, so lang werden sie auch in den Folgen ihrer Dualität und Causalität denken. Und hier schwebt das große Geheimniss: Die Menschen erfinden die Dualität ‚gut und bös' und darnach die Causalität, die die „Entstehung" des ‚Guten und Bösen' nicht auf ihr eigenes *Werten* (außerhalb der LIEBE) zurückführt, sondern auf ebenso erdeutete „Täter", denen dann Verdienste oder Schulden anhaften. So lüsten und leiden die Menschen an ihrem eigenen Denken und Deuten. Die Erlösung daraus setzen sie aber nicht durch Aufhebung ihres dualistischen Denkens und *Wertens*, sondern durch fürderes Wiederholen des ersten Feelers, nämlich eben des dualistischen *Wertens*, und staunen, dass auch durch noch so viele dualistisch als „gut" *gewertete* Taten keine Erlösung aus dem Dualismus des *Wertens* und aus der Dualität der gedeuteten Welt erfolgt. Und dann trat eines Tages in Palaestina ein Erlöster auf, dem seine Zeitgenossen allesammt geistlich nicht zu folgen vermochten. Und er starb und hinterließ zumeist unerlöste Unerleuchtete, denn sonst wären die Gesandten alias ‚Apostel' nicht erforderlich gewesen. Wozu Gesandte des Lichtes unter Erleuchteten? Aber was geschah den Gesandten? Sie warden von den Unerleuchteten ergriffen und gesteinigt, gecreucigt, erschlagen, et cetera. Und auch sie ihrerseits feelten. Sie vergaßen nämlich zu bekunden, dass das Euaggelion nur dann angenommen werden kann, wenn die Welt als „unwaar" durchschaut wird. Wenn die Welt aber nicht waar ist, wie mag denn die vermutete Causalität ihrer Werk- und Wirkverbünde innerhalb ihrer unwaarlich erdachten Welt waar seien?

Viele Gesandte wohnten in nachjesuanischer Zeit und außerhalb Palaestinas unter uns. Per exemplum jener Schreiber oder Mitschreiber der Epistel, die als „Erster Brief des Johannes" benannt worden ist. In dieser Schrift steht zu lesen: „Gott ist Licht und in Ihm ist keine Finsterniss" (1. Joh 1,5). Gott ist – wollen wir dem Gedächte dieses Wortes gelauben – allso nicht dualistisch! Dieser Satz möchte allso auch in folgenden Wortgedanken erscheinen: „Gott ist das Gute und in Ihm ist kein Böses." Der Schöpfer ist bildlich der Vater, die Schöpfung ist demnach der Sohn. Dieser eine und einzige Sohn und der Vater sind eins und so selbig, wie Fluss und Quell. Allso ist das Böse kein Geschöpf Gottes, doch eine Erfindung des in Sünde umnachteten und irrig deutenden Menschen. In einer anderen Stelle (1. Joh 1,14) steht zu lesen: „Gott ist die (ewige) Liebe, und wer in der Liebe bleibt, der bleibt in Gott und Er in ihm." Dieser Satz mag mit dem obigen Satze erweitert werden: „Gott ist die Liebe und in Ihm ist keine Angst. Wer in angstloser Liebe verbleibt, der bleibt in Gott und Er in im." Und: „Habt nicht lieb die Welt noch was in der Welt ist, denn was darinnen ist, des Fleisches Lust, der Augen Lust und prahlerische Hochfahrt, ist nicht von der ewigen Liebe, sondern von der Welt. Und die Welt vergeht mit ihrer Lust. Wer aber in den Willen der ewigen Liebe einwilligt, der wird bleiben in Ewe." (1. Joh 2,15-17). Angst wird dem Jenigen eröffnet, der nicht mit der ewigen Liebe mitliebt, sondern sein Herz an das Vergängliche gehängt hat, das seine Sinne ihm geistlos vermitteln, und in diesem wunschbefangen mitträumt. Aber der natürliche Mensch empfindet in der Angst, sie sei eine „Botinn der Vorsicht und Behütung". Und auch dann, wenn er zu lieben denkt (derweil er begehrt, *wert*schätzt, wunschträumt, et c.), wird er um das Geliebte sich ängstigen, weil er das Vergängliche als „waar" erachtet und demnach weltlich unvollkommen *wert*schätzt. Wie aber kann der Mensch sich ergründen und jenseits des Begehrens, *Wertens*, Wunschträumens die Liebe in sich erkennen, die er in Waarheit ist?

Ein späterer Gesandter unter die Menschen und allso unser Wegesgefährte namens ‚Sig(is)mund Freud'. Ein Apostel ohne Erleuchtung zwar, jedoch mit dem guten Willen zu 'r Suche der engen Pforte, hineinzugehen in 's Brautgemach des Gelückes (Joh 10,9; Thom Log. 75) sozusagen. Aber er fand diese Pforte nicht, denn er gelangte nur in den finsteren Keller des Ich-Sprachgedächtgebäudes, verfehlte jedoch die geistliche Pforte, die ihm schwarz schien, weil er den Geist leugenete. Und doch hinterließ er uns das bemerkens*wert*e Zeugniss eines gedanklich einzuschlagenden Weges zu der Ergründung unser als Ich, der allerdings für die meisten Menschen kein Weg, sondern eine Sackgasse für ihren Ego-Trip ist. Der Mensch auf dem Wege zu sich. Das aber sind die meisten Leute nicht; sie versuchen Alles, um im Dunkeln und sich und ihrem Selbst fremd zu bleiben.

Die Dualität unseres Weltdeutens ist eine unbewusste Erfindung. So, wie das Ich. Dies wird als eben so „waar" erachtet wie die Schuld und die Causalität und die Welt und die Dualität. All Das impliciert, dass die Entstehung, jenes Entwerfen, eben so unbewusst bleibt, wie auch der Tod als Gedächt. Causalität, Dualität, Ich, Mangel, Schuld, Tod, *Wert* sind Gedächte. Das Ich aber ist eine „Hupóstase", eine Erhöhung durch Untersockelung. Dieser Entwurf ist der eine Pol des Dualismus', welchen wir mittels des Namens 'Welt' benennen. Das Gegenstück zu jenem Pole ist die scheinbahre Außenwelt, die ihrerseits in Obiecte zerspaltet ist, so wie das Ich kein Individuum, sprich: kein Unteilbahres ist! Und das Ich sucht die Liebe als Abenteuer, weil es Sie nicht kennt und

Die es nicht durch sich hindurchfließen lassen kann, weil es nicht waar ist, Sie hingegen doch. Das Ich ist als Zusammenfassung dessen entworfen worden, das im selben Cörper in die cörperlich selbe Richtung gehe. Und so ist diese Richtung nur cörperlich gedeutet; wenn ein sich als „Ich" erlebender Mensch bemerkt, dass er durch seinen Wunsch, den er ego-hörig erfüllte, zu Schaden gekommen ist, dann wird er die „Schuld" auf „sein Unterbewusstseien" abwälzen; geht dann das „Ich" in eine selbe geistliche Richtung? Oder ist dort eher im geistlichen Sinne eine Unrichtung? Auf der Suche nach dem vermeintlichen Abenteuer namens ‚Liebe' wird erfahren, dass für angeblich gute, allso als „gut" *gewertete* (vermeintliche!) „Taten" Liebe gespendet werde. Allso sucht der als „Ich" denkende Mensch sich als „Täter der guten Taten" causal in den Fluss des Werdens einzusetzen und sucht Lob zu erheischen, mithin an *Wert* zu gewinnen, den von Anderen zu schätzen es als „Liebe" deutet, die es nicht erkennt. Bemerkt ihr, welch heilloser Wirrsinn die Welt des Iches oder der Ichmenschen bestimmt? Und die derzeitige, vermeintliche Psychologie – *vermeintlich* insofern, als sie in deutscher Sprache eine „Seelenkunde" wäre, wobei diese Seele von den Frauen und Herren, die sich als ‚Psychologen' denken und benennen, aber nicht „spirituell" oder als „etwas Spirituelles" gedeutet wird, doch nur diesseitig als „Summe der Hirnfunctionen" oder noch blasser als „Intellect-Gemüt-Mischung", wobei das ‚Gemüt' ja auch nur den „gesammten Mut" nennt, was die „Gestimmtheit des Befindens" meint. Der nächste Schritt der Wissenschafft aber führt, denke ich, in etwas Höheres, etwas, das vielleicht ‚Spirituelle Psychologie' genannt werden könnte!"

„Klingt gut, Hans. Willst du diese vielleicht gründen?"

„Jo, Jan, vielleicht ich. Oder vielleicht Jemand, der euch als "jemand Anderer" erscheint, weil er anders incarniert und personificiert ist. Aber jedes Falles wird dieser Jemand der Jenige seien, der heilen helfen kommt. Und in dieser spirituellen Psychologie wird bemerkt, dass die Empfindungen nicht nur hormonelle

functionale Indicatoren für etwas sind (denn hormonell ist immer nur materiell und nicht spirituell), sondern Gedanken wörterloser Art, die in die Wörter des einzelheitlichen Bewissens zu übersetzen schwer, jedoch nicht unmöglich ist. Diese Empfindungen aber sind vererbte Gedanken älteren, noch sprachlosen Darbeiseiens bei der „Welt" und bilden die Grundlage für eine Ur-Causalität als Gedächt, welche eine des *Wertens*, allso des *werten*den Deutens ist. Die Ur-Causalität und mit ihr die deutende Ur-Dualität sind unser Erbe aus jener Zeit, in der wir noch Tiere *sind*. Ich sage absichtlich nicht: ‚waren', sondern: ‚sind', weil diese Zeit nicht vergangen ist (!). Jeder frischlich entbundene Mensch durchlebt sie als „seine eigene prähistorische Epoche" nochmales, wenn auch in Jahren gemessen kürzer. Emotionen und Empfindungen sind ganzheitliche Denkungen ohne das bis in 's Tausendste zerklüftete Zeichengefüge der Sprache und enthalten *Wertungen*, und diese sind Deutungen der Vernommenen seitens des mittels seines von „innen" bewegten Cörpers vernehmenden Unwissenden. Der Zorn per exemplum gebihrt neben der *Wertung* der Schuld auch den Causalitätsaspect der Strafe. Diese eröffenet den Gedanken an Veränderlichkeit des Mitmenschen respective dessen Verhaltens, besonders durch Schmerz. Die ganze übele Schmerzpädagogik stützt sich auf diese Deutung. Du vermagst aber nicht, etwas waarheitlich zu ändern, weil die Waarheit unveränderlich ist. Du kannst lediglich in die einzige, stets vorgegebene Wandelungsmöglichkeit zu 'm liebevollen Frieden einwilligen, die für dich unberechenbar und doch vertrauenswürdig immer dort ist. Der Zorn sucht zu ändern. Und dies wird auch bei Anderen bemerkt. Wenn Kind zornig ist, dann schlägt es. Wenn die Ältern zornig sind, dann geben sie Strafe. Ergo hangen Zorn und Strafe causal zusammen, ohne dass darbei je untersucht wird, inwieweit nämlich? Ist denn der Zorn nicht schon Strafe genug oder doch ihm voran gegangene Pein genug?"
„Eigentlich ja."

„Seht ihr, meine Freunde? Auf der Strafe nicht zu bestehen, ist ein guter Schritt in die Richtung der Vergebung. Aber ihr könnt einzig dann vergeben, wenn ihr bemerkt, dass der ichige Zorn irrt, dass die Täter-Causalität irrt, dass die *Wertung* ‚Schuld!' und mit ihr die Dualität ‚gut-bös' irrt. Und dann kommt die Erlösung anders denn vermutet oder gedacht. Mit einem Male erscheint der Täter als so „machtlos und wahllos eingebunden in den riesigen und übermächtigen Strom des Werdens", dass er zu einem Betrüger, Räuber, Schläger, Mörder werden *musste*. So unschuldig *musste*, dass er darfür nicht noch verklagt werden kann, weil seine „Taten" nur Weiterreichungen der Schuld sind, die schon zuvor in ihn hineinkam, ohne dass er dies wollte. Die Welt ist voll der Schuld, in die ihr schuldlos hineingebohren und eingebunden werdet. Und dann überträgt sich diese schuldlose Eingebundenheit auf euch. Und wenn euch das clar wird, dann schaut ihr ihn, den Betrüger, Lügener, Schläger, Mörder, was auch immer, als eueren Bruder im selben Schmerze wie ihr, und im selben Strome des Werdens wie ihr, dessen *Wertungen* durch ihn und euch willkürlich und letzlich blödsinnig sind. Und so schaut ihr in der Unschuld eueres lieben Bruders auch euere eigene Unschuld und seid selig. Und das Friedensreich ist angebrochen."

Nachdenklich schwebten wir miteinander über und um und durch diese hohen Gedanken eines seligen Friedens und kamen dennoch nicht dorthin.

„Was denkt ihr? Werden wir nach dem Sterben wiedergebohren?", fragte Jan.

„Ich denke, dass ich nach dem Sterben tot bin.", stellte Wolfgang nüchtern fest.

„Du als „Ich" bist jetzt schon tot. Aber fälle über dich als Seele, die du in Waarheit bist, doch kein Todesurteil, bevor es so weit ist!", riet Hans. „Du weißt doch nicht, dass du nach dem Sterben tot seist, denn du bist noch nie gestorben. Du wirst nach dem Sterben nicht mehr im bewegten Cörper seien, so viel ist clar zu sagen, aber ob du dann auf keiner Ebene mehr lebest, doch gänzlich tot seiest, ist nicht clar zu sagen. Wenn du aber sprichst und allso denkst, du seiest nach dem Sterben tot, fällst du schon jetzt über dich, der du dich als „Cörper" denkst, ein Todesurteil. In hohem Maße musst du dann das Sterben als „grausamm" empfinden und fürchten, dass über dich wie ein Verhängniss bestimmt ist!"

„Mag seien; aber mir ist das zu fern. Ob ‚tot' oder ob ‚gestorben', das ist mir Beides so undenkbahr, dass es mich ohne Unterschied dünkt."

„So unterschiedlos finde ich das aber nicht, denn mittels des Namens ‚gestorben' nennen wir, dass der zuvor durch die Seele bewegte Cörper nun entseelt unbewegt und unbelebt geworden ist. Hingegen wird mittels des Namens ‚tot' die Leblosigheit des Cörpers benannt. Aber das ist ja der große, ja: der bedeutende Zwischenschied, den ich euch zu schenken wünsche! Wenn die Seele nach dem Sterben, allso dem Verlassen des zuvor bewegten Cörpers nicht tot ist, dann lebt sie ja fürder und weiter. Und in dieser Seele wird somit clar, dass ihr sie, diese Seele, in Waarheit seid. Weil die Waarheit unvergänglich ist wie auch die Seele, seid ihr in Waarheit die unsterbliche Seele, nicht der erst bewegte und dann tote Cörper. So müssen wir nur noch den Gedanken ablegen, der Cörper zu seien, dann können wir neu gebohren werden. Wie kann man neu gebohren werden, wenn die Altgebuhrt noch nicht vorüber ist? Und darinnen steckt ein Geheimniss des Gelaubens: Wer die Altgebuhrt verlässt, der wird neuerlich gebohren. Wer allso aus dem Traume erwacht, der ihn auf Erden umgebende Cörper zu seien, der kann als die Seele neu gebohren werden (oder ist es schon), die nur für die Zeit auf der Erde den Cörper als Gefährt bewohnt."

„Du willst uns hiermit sagen, genau dies sei mit der Neugebuhrt gemeint, derer Jesus im Gespräche mit Nikodemus in der Evangeliumsschrift nach Johannes spricht?"

„Ja, wohl; das sage ich. Und auf diese unsere neue Gebuhrt könnten wir ja vielleicht schon jetzt eines Males anstoßen. Oder, was denkt ihr, meine Freunde?"

„Das ist mir noch etwas zu früh, Hans. Wie können wir den Gedanken ablegen, der bewegte Cörper zu seien? Das, was du sagst, klingt mir zwar plausibel, jedoch zu theoretisch. Wir können doch nicht einfach sagen: ‚So, ab heute sind wir keine Cörper mehr'. Oder?"

„So natürlich nicht. Ich bot nur die erste gedankliche Grundlage für diese Denkrichtung. Ohne das liebevolle Gebet wird aus keinem Namenfolgegedanken etwas Lebendes."

„Das klingt mir wohl, Hans! Führe dies bitte etwas weiter aus und in die Tiefe!" bat ich.

„Ich weiß das nicht tiefer auszuführen.", gestand Hans. „Mir kam dies Wort gerade erst und ich weiß nicht, wieso."

„Dann werde ich es für dich und uns tuen. Der Gedanke ist wie wir: ohne den Quell sind wir Fluss ohne Leben. Erst die Versenkung in die Liebe eröffenet uns die Bedeutung des Lebens. Und in der Tiefe, in die hinein wir uns versenken mögen, ist des Lebens Quell. Nehmen wir unsere Gedanken in der Versenkung dorthin mit, mögen sie dort in der Tiefe mit Leben getauft werden. Und sie werden es, wenn sie des Lebens würdig sind. Des Lebens würdig sind die Gedanken der Liebe, allso die jenigen, die wir so denken, dass die Liebe von ihnen willkommen geheißen wird, sodass sie denn wohl kommt."

„Das finde ich gut!", erclärte Jan.

„Jo! Das finde auch ich. Füllst du unsere Gläser noch eines Males?", sprach Hans.

Und Jan schenkte lächelnd uns Allen noch eine Runde ein.

14. Allso sprach Sarah Tusstrer

„Hört mal her, Kinners!", rief uns Wolfgang mit wichtiger Miene eines Abendes um sich und sprach: „Die *Umwertung* aller *Werte*, derer Nietzsche sprach, wie ihr ja wohl besser denn ich wisst, ist noch nicht vollendet worden, oder was denkt ihr?"

„Ist sie nicht", bestetigte ich. „Nietzsche vollendete sein litterarisches Werk nicht. Seine Schwester verfälschte, doch nicht vollendete seine Worte zu dem von Friedrich etwa vorhergedachten Ende. Wie kommst du aber darauf?"

„Das ist eine witzige Geschichte! Ich *war* – nicht *hatte*, merkt ihr? – heute endlich mal frei und ging in ein Antiquariat und stöberte. Am Eppendorfer Weg ist ein netter Höker, wisst ihr? In dem Laden entdeckte ich eine der Commilitoninnen meiner Tochter, die mit ihr gemeinsamm Philosophie studiert. Das stellte sich aber erst später heraus, weil ich sie noch nicht kannte. Die Studentinn hielt zu meinem Erstaunen einen ganzen Stapel Nietzschebücher in den Armen. Studentinnen und Nietzsche, das passt zusammen wie Winsener Würste und militante Vegetarier, nicht? Besser aber passt ihr Name zu dem Studium der Nietzsche-Litteratur."

Um uns zu spannen, sprach Wolfgang nicht fürder, sodass erst Jemand fragen musste. Als mir dies auffiel, übernahm Jan die uns allen zugedachte Rolle und fragte: „Wie ist denn ihr Name?"

„Sarah Tusstrer."

„Zarathustra? So ist der Name eines seiner Bücher: „Allso sprach Zarathustra"! Aber das ist doch nicht der Name der Studentinn? Oder ist sie etwa persischer Herkunft?"

„Du hörtest mir nicht richtig zu, Jan. Der Name der jungen Frau ist nicht ‚Zarathustra', sondern ‚Sarah Tusstrer'. Aber mir ging es zunächst so, wie dir. Und so verdachte ich, sie wolle mich veräppeln und widersprach ihr, dass der genannte Name der eines Buchtitels sei. Sie aber grinste und zeigte mir ihren Studierendenausweis, woraufhin ich staunte, lachte und bemerkte, dass sie vermutlich meine Tochter kenne, was sie bejate. Wir kamen gut in 's Gespräch und ich fragte sie, was sie an dem „Weiberhasser" Nietzsche finde. Sie erclärte mir, dass er ja nur den Typ weiblicher Menschen habe kennen können, der im neunzehnten Jahrhundert mit ihm lebte, und der sei zumeist unselbständig und noch nicht emancipiert gewesen."

„Sie meinte darmit, Nietzsche sei kein Frauenfeind gewesen?"

„Moment, Jan! Dies modische Schlagwort ‚Frauenfeind' ist ungeheuer, denn es klingt so, als seien dar „Frauen", deren „Feind" ein Jemand sei, obwohl dieser vielleicht nur den Namen ‚Weib' gebrauchte. Das genügt heute, dass ein durchschnittlicher weiblicher Mensch sich als ‚frauenfeindlich' benannt erachtet."

„Jo, Hans. So sehen die meisten Weiber das.", grinste Wolfgang.

„Aber sie sehen es fälschlich! Lasst uns zuerst überlegen, was das Gegenteil des Namens ‚männlich' ist?"

„Na, ‚weiblich'."

„Jo. Und das des Namens ‚Männchens'?"

„Der des Namens ‚Weibchen'."

„Und das des Namens ‚Herrchen'?"

„Na: ‚Frauchen'."

„Und als ‚Herr' und ‚Frau' reden wir sie an, wenn wir höflich sind. Alles logisch, nicht?"

„Clar, Hans. Und jetzt aber kommt 's?"

„Genau, Jan! Jetzt kommt 's! Nach alledem ist das Gegenteil des Mannes sprachlich das: – Weib! Logisch?"

„Oho! Gut, dass gerade keine Frauen zuhören!"

„Jo, aber das ist ja gerade der Witz, Wolfgang! Weiber müssen erst beweisen, dass sie Frauen seien, so wie auch jeder Mann erst beweisen muss, dass er ein Herr sei. ‚Frau' ist verwandt mit ‚Fron' und nennt ursprünglich die ‚Fronherrinn', zumindest aber die „Herrinn" oder einen sittlich oder cultürlich „hochstehenden weiblichen Menschen". Wenn aber ein Weib dir einzureden sucht, du seiest ein Mann und sie sei die Frau, dann ist das so, als versuche sie dir aufzuschwatzen, du seiest ein Männchen und sie sei das Frauchen. Bemerkst du den Ebenenunterschied? Wenn ihr das gelänge, dann träfe es wohl zu, denn nach dieser deiner Belehrung durch sie dächtest du ja, sie sei die Frau und du nur der Mann. Damit stände sie über dir und wäre allso deine Herrinn. Das kann ein Weib ja mal versuchen, nicht? Ich bin allso nicht jedes Falles gegen das weibliche Lager oder gar „Feind der Frauen", jedoch alle Weiber über einen und selben Frauenkamm zu kämmen, finde ich genau so ungerecht, überzogen und alogisch, wie alle Männer über einen und selben Herrenkamm zu scheren."

„Nietzsche hätte seine Freude an dir empfunden, Hans! Und vielleicht auch die Sarah Tusstrer, die eindeutig eine Frau ist. Sie nahm es ja auch ihrem Nietzsche nicht übel, dass er und wie er über die Weiber geschrieben. Zu bedenken gab sie mir die Textstelle, in der Nietzsche sagte, allzu lang seien im Weibe ein Sklave und ein Tyrann versteckt gewesen, weshalb es noch nicht für Freundschafft tauglich sei, denn als Sklave kannst *du* kein Freund seien, und als Tyrann kann *dir* keiner Freund seien. Aber es folgt dieser Bemerkung, das Weib sei (anno 1883, nota bene!) noch nicht der Freundschafft fähig, unmittelbahr die Frage: „Aber sagt mir, ihr Männer, wer von euch ist denn fähig der Freundschafft?" Jedes Falles sei dieser Nietzsche ein ehrlicher Charakter gewesen. Er habe allerdings fälschlich den Protestantismus seiner Zeit mit dem Christentume verwechselt, und das verzerrte Christusbild jener Zeit als den (vermeinten) Christus getadelt, als er seine Jesusgegenfigur „Zarathustra" schrieb. Dies Buch habe er als „das Fünfte Evangelium" erachtet, weil er, wie er vermeinte, damit eine *echte* „Frohe Botschafft" und der Menschheit das größte Geschenk gemacht habe, das ihr bis „her" (1885, nach Erscheinen des vierten Teiles) gemacht worden sei. Und er *wertete*, dies Buch sei im Gegensatze zu den ihm geläufigen Evangeliumsschriften des ‚Neuen Testamentes' eine frohe Botschafft, weil diese nämlich der „Lebensbejahung" und nicht des Lebens Unterdrückung diene. Dass Nietzsche dies „Leben" nur als „irdisches Leben" ohne jene Seite des Fürderlebens auffasste, ist ja wohl clar. Das

Christentum dachte er als schändliches Mitleiden mit allen Missratenen und Schwachen, …"

Hier wäre Hans gern eingefallen, denn er blickte wichtig darein, hob seinen Zeigefinger und gab Lautansätze von sich, aber Wolfgang blieb hart und fuhr fort: „… wobei Mitleiden eine Schwäche sei und dem Leben die Kraft raube und die Praxis des Nihilismus sei, denn Mitleiden überrede zu 'm Nichts, das man mit Namen wie ‚Jenseits' oder gar ‚Erlösung' bedecke und so die lebensfeindliche Tendenz verberge! Inwieweit die Kirchen und die ihr gehorchenden Buchstabenchristen das als „Leben" gedeutete In-der-Welt-Seien moralinsauer unterminieren, anstatt es im geistlichen Sinne zu praedigen und zu fördern, mögen wir uns fragen. Übertragen auf unsere Zeit fiel ihr, der Sarah, der große Missbrauchsskandal ein. Sie erzählte mir ausführlich, wie sie mitbekommen habe, dass jüngst eine protestantische Bischöfinn in Nordelbien von derem Amte zurücktrat, weil ihr vorgeworfen worden war, sie habe einen Pfarrer gedeckt oder zumindest nicht schärflich genug verfolgt, der Kinder missbraucht habe. Man habe ihre „G'laubwürdigkeit" angezweifelt und so könne sie das Evangelium nicht verkünden, habe diese Bischöfinn als „Grund" für ihren Rücktritt angegeben. Ja, fragte Sarah, was das denn sei? Ob Solches möglich sei? Und sie beschimpfte diese Ex-Bischöfinn zu meinem heimlichen Vergenügen als „Heuchelerinn"! Kaum werde es ernst, verließen die Ratten das Floß des bequemen Mitströmens!"

„Dass dir als Atheisten das gefiel, kann ich mir wohl denken. Aber wieso empörte sich diese Sarah der Art?", fragte Jan. „Ich meinerseits hörte dieses Rücktrittes in den Nachrichten und fand ihn als Zeichen gegen den Missbrauch gut. Was störte sie daran?"

Darauf sprach Hans: „Darzu erzähle ich euch ein Geleichniss, meine Freunde. Mir klingt diese Geschichte so, wie die eines Apostels Jesu aus der Frühzeit nach dessem Sterben:

„Ein Prophät der Unschuld zog mit seinen Jüngern durch das Land und praedigte über all(en Orten) Liebe, Vergebung. Heilung Unschuld. In einem Dorfe ward einer seiner Jünger ergriffen, als er in einem Schuppen ein Mädchen unsittlich berührte. Man verklagte den Jünger, verurteilte ihn und suchte ihn zu steinigen. Dem Prophäten aber warf man empört anklagend vor, er sei ein fieser Heuchelmann, denn er praedige Unschuld, Frieden und Heil, um die Leute in Sicherheit zu wiegen, derweil seine Jünger heillose Sittenstrolche seien, die sich wider die Weisung verhielten und sich allso schuldig machten. Daraufhin sagte der Prophät des Heiles und der Unschuld sich von seinem Jünger entsetzt los, verurteilte ihn öffentlich und floh über die Berge in fremdes Land, um nicht länger als „Heuchelpraediger" beschimpft zu werden.

Seine überigen Jünger blieben ratlos zurück und fragten untereinander: „War seine Rede nur hohler Schall? Er sprach der Vergebung und Heilung für die, welche heillos in Schuld wohnten, weil sie nur in der vergänglichen Welt schuldig, in der ewigen Waarheit hingegen unschuldig seien! Wieso hält er denn den Vorwurf der Schuld von denen nicht aus, die seine Lehre nicht verstehen?"

Die Leute aber freuten sich und sprachen bei sich: „Wie gut, dass er von uns nun nicht mehr verlangt, den Gesetzesbrechern zu vergeben. Dies war doch eine übele Zumutung! Wie hätten wir in der vergänglichen Welt sonst gelücklich werden mögen?"

Einer unter ihnen aber widersprach ihnen: „Sehet aber! Ihr könnt in der vergänglichen Welt nicht selig werden, weil trotz Befolgung des Gesetzes immer ein Vergehen der Welt zufällt und die Dinge zerstört, an die euer Herz ihr gehängt habt. Der Prophät aber praedigte uns doch nicht, das Gesetz einzuhalten, wie es die Gesetzeshüter verlangen. Er sagte zwar, des Gesetzes solle nichts aufgelöst werden, kein Jota und kein Tüttelchen, aber des Gesetzes innerer Sinn müsse noch erfüllt werden. Dieser noch zu erfüllende Sinn des Gesetzes sei: die Unschuld. Und er praedigte deshalb, auch denen zu vergeben, die das Gesetz nicht einhalten, weil erst durch Vergebung die höhere Unschuld erkannt werde."

Dar riefen sie zu ihm: „Bist etwa auch du einer jener Heuchelmänner? Komme uns nicht mit der Unschuld, denn wir sind nun mal nur von der Waarheit dieser vergänglichen Welt überzeugt!

Wie kann sie „nicht waar" seien, die wir fühlen, hören, riechen, schmecken, sehen? Willst du bekunden, wir träumten diese Zeugnisse der Waarheit der Welt nur? Und wer uns diese Waarheit zerstört, der ist schuldig, weil er das Einzige zerstört, das wir haben! Und diese Schuld ist gesetzeskräftig bewiesen. Den Geist der Unschuld können wir hier nicht brauchen. Was brächte uns Vergebung? Mit ihr verlören wir ja unsere Welt! Das wäre etwas für die Versager, die kein Geld und keine Kinder, mithin nichts zu verlieren haben, wenn sie vergeben."

Und der Himmel verdüsterte sich in dichtes Grau und blieb für sie in unerreichbahrer Ferne. War Jeschua für diese Leute etwa vergebens am Creuce gestorben? Waren sie aus ihrem Egoismus' etwa geheilt worden, wenn sie auch fürderhin bedenkenlos ihrem Nächsten Schuld zuwiesen, anstatt dankbahr für ihre Erlöstheit auch diesen aus der Schuld zu erlösen? War dies nicht die Fortsetzung der Sünde und somit der Schuld? Wie mag ein Kranker gesund seien, der seine Nächsten mit dieser Krankheit ansteckt?"

Und nun frage ich euch, meine Freunde: War dieser Prophät denn ein Lügenkünder? Es war seine Pflicht und sein Beruf, die Unschuld gerade im Moment der Krisis durch das begangene Verbrechen zu bekunden und zu erclären! Statt dessen widerrief er seine Lehre aus Angst vor weltlich-gottloser Strafverfolgung und floh über alle Berge! Sei so das Christentum dieser Zeit? Ich spreche niemanden schuldig, aber ich kann die Empörung dieser Sarah durchaus nachempfinden."

„Auch ich!", pflichtete sogar Wolfgang bei. „Und solche Christen kann man doch ruhig verachten, finde ich. Und das tat denn auch die Sarah. Sie sagte, dar lobte sie sich den guten, alten Nietzsche, denn dessen Zarathustra praedigte Verachtung. Dies war sein wenn auch unbewusster Ersatz für Vergebung, nota bene! Aber diese Verachtung fand sie ehrlicher denn das verlogene Vergebungsgerede der sich vor der Waarheit der Schuld fürchtenden und rückhaltlos einknickenden Kirchenwürstchen. Diese waren ihre originalen harten Worte! – Allso sprach Sarah Tusstrer."

„Ho, Wolfgang! Das ist ja man ein bannig starker Tobac, was du uns genüsslich erzählst. Aber die Studentinn finde ich heiß!"

„Eindeutig!"

„Ich finde, dass sie zwar hart, aber trefflich sprach. Das heuerige **Volkschristentum ist eine Farce.** Die angeblich und vermeintlich „geläubigen Christen" denken vielleicht, sie „g'laubten" an „den lieben Herrn Jesus" oder an „das Christkind", aber sie nicht gelauben an den Christus als den Garanten der Unschuld trotz legistisch erwiesener Schuld. Das ist letztlich eine Folge cultureller Degeneration und verfeelter Bildungspolitik, die das Dummbleiben auf der Ebene des Geistes nicht als „schlimm", sondern als „gut" befindet, weil es politisch leichter auszubeuten ist."

„Na, ja.", warf ich bedächtig ein. „Wie schnell die „zweifellos Schuldigen" stets von gewohnheitlichen Schuldzuweisern gefunden werden, ist immer wieder erstaunlich. Wie wünschen, die Schuld nicht zugewiesen zu bekommen; wir winden uns vor ihr und fürchten sie, und scheinen es doch zu genießen, sie unserem Nächsten tagtäglich leichthin vorzuwerfen."

„Ja! Und mir scheint, dass Nietzsche eigentlich nicht primär einen echten Christen hasste, dem er vermutlich nie begegenete, sondern die Schuld verachtete, die ihm von den vermeintlich christlichen Menschen zugewiesen ward, die er kannte, besonders von den drei bigotten Weibern seines Älternhauses, nachdem sein leiblicher Vater gestorben war. Aber in seiner versuchten Schuldvermeidung ward er seinerseits zu 'm Schuldzuweiser. Und genau *dies* ist das Unchristliche seiner Schriften, nicht seine Kritik am darmaligen epigonischen Christentume, die nur der Tadel an unbegenadeten Pseudochristen und oberflächlichen Christmissverständigen war."

„Und bemerktet ihr, in welchem Zorne Nietzsche wider das nach seiner Ansicht von Christen geforderte Mitleiden wetterte, das eigentlich doch nicht christlich ist?"

„Ach? Ist es das nicht? Ich dachte immer, es sei doch gerade dies!", staunte Wolfgang.

„Viele Umgangssprecher und Umgangsdenker verwechseln das mittels der Namen ‚Mitleid' und ‚Erbarmen' Benannte. Der Mitleidende aber denkt, das von ihm vernommene Leid seiner Nächsten sei „waar", sodass er mit deren Trägern dann mitleidet. Der Christus aber ist als die Waarheit, als die Auferstehung und als das Leben die *Erlösung aus dem Leide*. So kann der Christ mit den Leidenden – das versuchte ich vorhin einzuwenden, als Wolfgang mich nicht ließ! – nicht *mitleiden*, denn das wäre wie ein mit den Siechen hilflos mitsiechender Arzt, sondern er erbarmt sich ihrer, indem er sie in ihrem empfundene Leide nicht allein lässt. Aber er hilft ihnen tiefst, wenn er das Leid nicht als „waarhaftig" mit den Leidenden tränenreich teilt, sondern wenn er seine Gewissheit über der Leiden Unwaarheit mit den Leidenden liebevoll teilt und mit der Waarheit des Heiles ersetzt. Und all dies erschloss Friedrich Nietzsche in seiner Zeit nicht. Er versuchte, über das Mitleid unchristlich zu triumphieren, und gelangte so zu einer harten Erbarmungslosigkeit, vor der ihm unbewissentlich graute. So war er von seinem irren Zarathustra so eingenommen, dass nach eigenem Bekunden Folgendes geschah: ‚Wenn ich einen Blick in meinen Zarathustra geworfen habe, gehe ich eine halbe Stunde im Zimmer auf und ab, unfähig, über einen unerträglichen Krampf von Schluchzen Herr zu werden.' Ja, was mag der Grund dieses Krampfes gewesen seien? Doch wohl kaum die Freude ob eines so geist- und hoffenungsvollen Buches, nicht? Es war zwar sprachlich nicht unschön, jedoch nicht geistvoll, weil ohne Liebe. Ich sehe dort in dem Krampfe in dem einsammen Zimmer einen bitterlich Suchenden, der den ihm gebotenen Heilsweg ablehnte, weil die ihm diesen Weg bietenden Heuchler und Irren den Weg verzerrten und ihrerseits nicht kannten. Aber er construierte sich eine Anderweite alias ‚Alternative', die letztlich genauso trostlos war, und er träumte – sich überhebend – an sie als sei sie ein „Euaggelion" oder Evangelium. Dieser Mann suchte cämpfend, aus dem Gefängnisse seines Gewissens zu entkommen, mit dessen Stimmen er nicht einverstanden war. Die Erbauerinnen dieses Ge-

167

fängnisses waren pseudochristliche alte Weiber gewesen. So versuchte er, das Gefängniss niederzureißen, indem er diese Erbauerinnen in vernichtender Kritik gedanklich entthronte. Doch eben so aber begehrte er die Zustimmung dieses becämpften Lagers, und zwar insofern, als er sich „mit einem Weibe" zu vermählen begehrte. Weil er zu dieser Verbindung jedoch keinen weiblichen Menschen bereit fand, verschärfte dies Nietzsches böse Worte wider die Weiber. Er stand am Rande der Verzweifelung oder aber des Ausbruches seines Irrsinnes als des fortan alltäglich bestehenden Zustandes. Die Umwertung aller Werte benennt uns den ganzen Weg Nietzsches des Leidens und Irrens, denn er legt dar, dass er zunächst die seinerzeit geltenden Werte kannte und als „falsch" analysierte. So weit, so gut. Aber er drang nicht so tief, dass er das Werten als die dualistische Quelle des ichigen Übels bemerkte, sondern er hielt auf halbem Wege an und verdachte, nicht das Werten per se sei etwas Ungutes, doch es sei dann etwas Gesundes, wenn die aus ihm entstehenden Werte „gesund" seien. So aber, wertend bleibend, kam er nie „Jenseits von gut und böse" an, sondern blieb als „Der Antichrist" entschieden diesseits. Als spiritueller Christ wäre er in das Jenseits der Wertung ‚gut – bös' gelangt, aber er vermochte aus eigener Kraft keiner zu werden. In der durch ihn geschehenden Umwertung als Versuch des eigenen Weges fand er aber keine Heilung und keine Gesundheit, weil er das Werten als „außerhalb der LIEBE" nicht hätte umwerten, doch vergeben müssen. So aber blieb er so „ungeheilt", wie alle vergebungslosen Jesuaner, die eine Person zu 'r „Superperson" wundersamm hochwerten, dardurch aber der Christus masquiert und verkannt wird. Unserem gestorbenen Wegesgefährten Nietzsche aber gebührt unser mitleidloses Mitempfinden, weil er immerhin des guten Mutes war, als Bekenner ohne Heer den bewaffeneten Massen der bigotten Heuchelei schriftlich entgegen zu treten."
„Das finde ich gut! Lasst uns auf unseren ungelücklich irrenden Wegesgefährten Friedrich wohlgedenkend anstoßen!", sprach ich. Und Jan schenkte uns Allen noch eine Runde ein.

15. Im Anfang' war der *Wert*

„Wisst ihr, meine Freunde, dass aller Dualismus in uns mit der Erdeutung des *Wertes* beginnt?", fragte Hans uns eines schönen, ruhigen Abendes.

„Nein. Und wieso denn darmit? Wieso nicht mit der Entdeckung der Getrenntheit zwischen Cörper und Außenwelt?"

„Aber, Wolfgang! Das besprachen wir dieser Tage doch schon. Die Getrenntheit ist doch eben' Falles nur eine Erdeutung.", erinnerte Jan.

„Ja, aber wenn der Dualismus schon mit einer Deutung beginnt, wieso beginnt er denn statt mit der Erdeutung eines *Wertes* nicht mit der Erdeutung der Getrenntheit zwischen mir und der Welt oder zwischen oben und unten?"

„Na, ja, gut! Aber welche Getrenntheit wessen meinst du genau, Wolfgang? Die Trenne zwischen je „meinem" Cörper und Nicht-cörper alias der ‚Außenwelt' ist materiell und räumlich gedacht, aber es trifft schon zu, was du sagst: eines Tages beginnt der Säugling, eine Getrenntheit zwischen „sich" (und das schließt in diesem Falle den Cörper mit ein) und der „Außen- oder Umwelt" zu erachten. Das ist eine erdeutete Getrenntheit in dies und jenes, und ist somit ein Dualismus. Aber schon zuvor *wertet* er Wärme als „gut" und Kälte als „ungut", wenn auch vielleicht noch unbewissentlich und ohne Namen darfür zu wissen. Aber wenn der Säugling weint, weil ihm kalt oder er hungerig ist, dann ist dies ein Zeichen des *Wertens* als „ungut". Lächelt er hingegen, ist das „gut". Der Maßstab darfür ist der Cörper, doch dass dieser einer „Außenwelt" abgetrennt sei, wird erst später bemerkt. So geschieht erst das deutende *Werten*, dessen Folge der erdeutete Dualismus ‚gut – bös' ist. Der Dualismus wird darnach auch räumlich und zeitlich ausgedehnt in ‚oben – unten' oder ‚früher – später', et c. Wie dem aber auch sei, wollte ich heute eigentlich mit euch, meine Freunde, über das *Werten* als „Anfang" sprechen.

Die Seele ist, oder sagen wir besser: *erdeuten* wir poiätisch als „ein Fünklein der ewigen LIEBE". Nun wird sie in Zeugung und Gebuhrt eingefleischt und (weil sie der geistlichen Herkunft nach *eins* mit allem Waaren ist) beselbigt sie sich – weil im Cörper nicht Waares ist – mit diesem, obwohl er nicht waar ist. So wird statt des Erkennens des Einsseiens das Vernehmen der getrennten Einzelseienden als „Pforte" des Miteinanders eröffenet.

Durch diese Pforte wird die LIEBE nicht geschaut. SIE wird gewisser Maßen zurückgelassen, obwohl SIE immer noch dar ist und auch bleibt. Aber die eingefleischte Seele nicht erkennt SIE durch die Sinne des Cörpers hindurch.

So wird ein Ersatz für die unerkenntliche LIEBE und ihre Gewissheit gesucht und in dem *Werte „gut"* gefunden. Auch diesen kann die Seele nicht erkennen, weil er nicht aus LIEBE ist, und auch nicht vernehmen, weil er kein cörperlich eigenständiger Teil der Außenwelt ist und sie ihn allso auch nicht kennentlich herzuleiten vermag; sie mag ihn jedoch durch Cörper, Ego und Ich hindurch *erdeuten*. Sie „weiß" (obwohl ja auch das nur eine poiätische Erdeutung ist), dass sie nun eingefleischt ist, allso deutet sie sich mit dem sie umgebenden und sie scheinbahr tragenden Fleische als „eins". Weil sie der Herkunft und Waarheit nach LIEBE (allso etwas Geistliches) ist, wird das Fleisch, das sie nun zu seien scheint (allso etwas Ungeistliches), nun der Ersatz für das Geistliche, und der Ersatz für die LIEBE ist der *Wert* dessen, das dem Werden vermeintlich nütze oder schade. So wird statt der Seele als „lieblich" nun das mit dem Cörper beselbigte Ich einheitlich als *„wertvoll"* erachtet. Dies erdeutete, gemachte, geistlose Cörper-Ich ist die erweiterte *Wertungs*grundlage, nachdem zuvor allein der Cörper diese war. Diese Grundlage ist zumeist in sich zerspalten, aber das soll uns jetzt noch nicht angehen. Auf dieser Grundlage jedes Falles werden alle *Wertungen* der Außenwelt aufgebaut. So stehen zwei Größen einander gegenüber: die eine Größe ist der von der Seele bewegte eigene Cörper, durch den vernehmend und erdeutend sie sich als „Ich" empfindet; er mit ihm steht als der

Grund*wert* und somit als der Maßstab für alles Andere. Die andere Größe ist die *Wertung*, ob etwas dem ersten, dem Haupt-*werte* dienlich sei. Dient es der *Wertung* nach nicht diesem *Werte*, steht es für das Gegenteil des *Wertes*, nämlich den Miss*wert*: diesen nennt der Mensch ‚das Böse' oder ‚Schuld'."

„Oh, ja, Hans! Das ist ja ein elfenbeintürmlich schönes Denk-modell. Aber woher weißt du darbei, dass die Größe ‚Außenwelt' überhaupt schon zwischen ‚*wert*voll' und ‚*wert*los' oder gar ‚miss-*wertig*' alias ‚schuldig' getrennt wird?"

„Dies ist die erste Erfahrung durch den Cörper hindurch. Dieser bedarf ja Wärme, Wasser, Speise, Umarmung, und wenn das aus-bleibt oder – schlimmer gar – durch Kälte, Durst, Hunger, Un-umarmtheit ersetzt wird, welche Angst eröffenen, dann ist diese Erfahrung die Getrenntheit zwischen „gut und bös", allso der Dualismus der Welt, aber als *Wertung*, welche eine Erdeutung ist. Der Dualismus ist allso mittels des Maßstabes des bedürftigen, fühligen Cörpers ermessen worden. Aber so wenig der Cörper waar ist, so wenig mag der durch ihn ermessene, erdeutete Dualis-mus waar seien. Wie dem aber auch sei, gilt der eine Pol des Dual-ismus' des *Wertens* als „gut" oder als „Wert", der Gegenpol jedoch als „bös" oder als „Schuld". Zwischen diesen Polen werden alle Cämpfe unseres Gemütes ausgetragen, indem zu *Werte* gestrebt und wider Schuld gefürchtet und gesorgt wird. Bedenkt an euch, meine Freunde: Das unfeste Ebengewicht zwischen *Wert* und Schuld soll dennoch gehalten werden. Darzu werden Lust, Ge-winn, Sieg, *Wert*schätzung oder gar *Wert*huldigung bedurft, und Unlust, Verlust, Niederlage, *Wert*missachtung oder gar *Wert*-schmähung gemieden oder gar gehasst. Aber der *Wert* oder die *Wertung* ist Grundlage der Deutungszweiheit alias ‚Dualimus', in der oder dem wir gedanklich wohnen. Zudem ist diese der Beginn unserer bewussten Welt. Es gilt allso: *Im Anfange je meiner Welt war der Wert*."

„Aber es steht doch geschrieben: ‚Im Anfange war das Wort' und nicht der *Wert!*", gab Jan zu bedenken. „Wie passt das denn dar hinzu?"

„Das Wort war nicht „das Wort", weil es darmales, am ersten Anfange der erdeuteten Welt, noch keines war, doch eher ein Laut, ein Ruf, ein Zeichen, der oder das für etwas Anderes gedeutet ward, oder später ein Nennendes, der Name, mittels dessen das einzeln gedeutete Seiende genannt werden mochte. Wer es zu nennen wusste, der galt ihm als „übertan". Wie im Märchen des Rumpelstilzchens. Durch Kenntniss dessen Namens gewann die Princessinn Gewalt über den Kobold und verlor dieser seinen Zauber. Rückübertragen zu alten Zeiten eröffenet uns dies, dass unsere Vorfahren den Namen und dessen Kunde als zauberige „Macht" deuteten und empfanden. Der Gottesvorstellung, der sie huldigten, unterstellten sie stets eine noch höhere oder die höchste Macht, allso auch die vollendete Namenkunde. Somit dachten sie sich, der Mächtige müsse *mit den Namen* mächtig zu seien begonnen haben, obwohl nicht clar ist, was sie sich zu dem Namen ‚Macht' oder dessen Entsprechungen in je ihrer Sprache hinzudachten, denn was vermochte diese Macht? Mit ihr mochte das erträumte „Leben" beginnen, das jedoch nur ein erträumtes Leben, weil ohne Geist war. Dies erträumte Leben war, dass zu dem Namen etwas hinzugedacht werden mochte, allso etwa, dass ein Spiegel nicht einfach ein Ding, sondern ein „Antlitzöffener" (so im alten Aigupten alias ‚Ägypten') sei, dessen Eige (statt Besitz, denn auf und bei ihm war und ist nicht wohl zu sitzen) eine besondere „Macht" bezeige, weil ja nicht Jeder sich sein eigenes Antlitz öffnen möge. Oder etwa, dass die Eige oder das Eigenen eines Greifvogels „Macht" beweise, weil der ja fliegen kann, ein „Bewohner des Himmels" sei und allso „götterähnlich" sei. Oder etwa, dass jemand ein wildes Pferd zähmt, welches im Zuge seiner Zähmung einen Namen erlernt, mit dem es gerufen wird, und dem es gehorcht. Der Meister des Namens galt als „der Meister des Benannten". Und umgekehrt galt: *'Nomina non sapere est res non cognoscere.*' Das Gedächt dieser Wortfolge mögen wir als „Namen nicht zu wissen ist Dinge nicht zu kennen" uns denken. Solches Denken erclärt auch das Erfinden des Fluchens: „Dich soll der Teufel holen!" Der solches straflos ausspricht, scheint des Teufels Meister, dass er ihn heiße, seine Feinde zu holen. Und nun denkt euch, der so Verfluchte stärbe anschließend etwa vor Angst: In welchem Ansehen stände dann der Fluchende? In dem der „Macht", obwohl das keine Macht ist, sondern ein Wahn aus ungeprüfter Kindercausalität."

„Und wie kam das Wort in den oben genannten Satz der Bibel?"

„Diese Lehre, dass am Anfange das „Wort" war, steht zwar zu Beginne der heutigen deutschen Evangeliumsschrift nach Johannes (in palaiohellenischen Worten steht dar: „En archä än ho lógos", Joh 1,1), stammt aber gedanklich eher von Philo Judaeus, allso dem Philon von Alexandrien, einem jüdischen Gelehrten, der mit Jesus alias Jeschua Ben Joseph vermutlich nicht bekannt war. Dieser Philon, der zwar Jude war, jedoch kaum in hebräischer Sprache schrieb, lehrte in hellenischer Sprache, dass der ‚Lógos' der Aspect Gottes sei, der in Beziehung zu dem erschaffenen Kósmos stehe, und ward von Philon gelegentlich als „deuteros Theos", als „zweiter Gott" geführt. Als so „göttlich" ward die Sprache respective das Wort geachtet.

Das hebräische ‚Dawar' (der Name für „Anliegen", eine „Sache" oder der in einer Aussage genannte „Gegenstand" oder das in der Rede enthaltene „Geschehniss" oder deren „Inhalt", und allso für das, was zu einem Namen hinzugedacht wird) ist kaum Gegenstand der Philologie. Das Gedächt in dem hebräischen Worte namens ‚Dawar' entsprach und entspricht nicht „flächendeckend" dem Gedächte im hellenischen Worte namens ‚Lógos', mittels dessen es zwar gemeinhin lexikonistisch übersetzt wird, das jedoch eher als das „buchstäbliche Wort, die Rede, die Kunde, die Lehre" zu denken ist.

Was die Schreiber der „Evangeliumsschrift nach Johannes" dachten, als sie den ersten Vers „En archä än ho lógos" in palaiohellen-

173

ischer Sprache niederschrieben, wissen wir nicht. Eine formale Anlehnung an den ersten Vers des Buches „Genesis" vollzogen sie jedes Falles: „Im Anfang' ...". Aber welche Art „Anfanges" sie meinten, bleibt unclar. Gedachten sie der Entstehung des hellenisch gedachten ‚Kósmos' durch den eben so hellenisch gedachten ‚Lógos'? Das wäre eine kaum denkwürdige Magie, wenn nur ein höheres Wesen „Mutabor!" aussprächte, und die Kräfte und Stoffe in ihrer Gestaltung solchem Klingworte gehorsämmlich folgten!

Wie dem aber auch sei, der Name als Nennmittel ist ja tatsächlich der Baustoff unseres Weltdeutungsgefüges, das sprachlich, allso namentlich gefügt wird und worden ist. Aber jedes Kind spricht doch erst dann seine ersten Laute, die wie Worte klingen, wenn es schon mindestens zwei Jahre alt geworden ist. Aber es *wertet* schon früher, ob bewissentlich oder nicht, bleibt offen. Es jammert und weint, wenn es Schmerzen fühlt, aber es prustet vor Vergenügen, wenn es sich wohl fühlt. Das verrät *Wert*ung, und zwar vorrangig am Maßstabe des Cörpers, wenn auch nur im ungesprochenen „Gespräche" mit Bezugsmenschen, mittels Mienen, Lauten, Umarmungen. Und so ward auch in der Entwickelung des Menschengeschlechts erst ge*wert*et, und dann genannt und zuletzt gewortet.

Das Ge*wert*ete ward mit Namen er- und begriffen und gefügt. Genannt aber ward nur in der ge*wert*eten Außenwelt, innen nur kaum oder gar nicht! Will sagen, zwar die Dinge warden genannt, nicht jedoch die tieferen Regungen des Deutens, *Wertens*, Empfindens, Begehrens und des zu den Namen Hinzufügens. Wie denn auch jedes Kind auf die Frage, woran es denn gerade so leide, dass es weine, spricht: „(Ich leide darunter,) dass ich das Eis nicht bekomme!", das es sich wünscht, jedoch nie namentlich bekunden wird, es leide unter „der Unerfülltheit seines doch nur eitelen Wünschleins". Alles Geschehen wird nach „außen" gewendet, auch sprachlich nennentlich."

„Und wie passt all das von dir Gesagte mit der Lehre Sigmund Freuds zusammen? Du stellst den *wert*enden Dualismus in seiner

Gründung dar; wie lassen sich aber Ego, Super-Ego und Id (sic! ‚Es' ist auf Latein ‚id') oder anders gesagt, das Ich, das Über-Ich und das Es einbringen?"

„Der Ansatz Freuds ist anders denn meiner. Er ließ für sein Instanzenmodell den Dualismus als Denkung und als Grundlage der Denkwelt gänzlich unbeachtet und erachtete ihn als „tatsächliche Beschaffenheit" der „obiectiv waaren Welt", die er trotz seiner Kenntnisse über ihre Verzerrungen durch kranke Wahrnehmung unbezweifelt als „waar" erachtete. Statt den Dualismus zu analysieren, situierte er im Menschen drei „Instanzen", wie sie sich ihm in seiner Praxis als Arzt zeigten, und zwar insofern, als die Störungen, an denen seine Patienten litten, stets Probleme zwischen den Richtungsversuchen, die Freud ‚Triebe' nannte, (in zwei Gruppen gefasst, nämlich Ichtriebe und die Sexualtriebe) und der sie zu controllieren suchenden Moral, allso zwischen Es und Über-Ich aufwiesen, wobei das Ich als armsälige Restinstanz sozusagen überig blieb. Das würde ein Freudianer so allerdings nicht sagen und mir hier entschieden widersprechen. Nun finde ich aber erstens die Trennung zwischen Ich und Über-Ich nicht genügend plausibel und zweitens das Es als übermäßige Vereinheitlichung alles dessen, das nicht in die beiden anderen Instanzen passt. Zu erstens will ich kürzlich nennen, dass das Ich ja – ihr erinnert? – eine Erfindung ist, oder ein Entwurf, in dem wir uns denken. Dem widerspräche Freud vermutlich nicht, wenn er meine Begründung noch zu vernehmen bekäme, denn auch er schon erachtete die Annahme als unumgänglich, dass „eine dem Ich vergleichbare Einheit nicht von Anfang an im Individuum" anwesend sei. Das Ich müsse entwickelt werden. Nur sagte er darmit nicht namentlich, dass das Ich eine „Erfindung" sei."

„Und er wäre dennoch nicht mir dir einverstanden, Hans. Dein Wort ‚Erfindung' klingt mir (und klänge wohl auch ihm) nach „Erfindern", die entweder etwas so bewissentlich zu construieren suchen und einen Weg darzu finden, wie etwa Rudolf Diesel den nach ihm benannten Verbrennungsmotor erfand, oder nach solchen Leuten, die zufällig findend auf etwas stoßen, das nützlich ist, wie etwa Johann Friedrich Böttger, der im Auftrage Augusts des Starken Gold herzustellen versuchte und darbei immerhin das Jaspis-Porcellan erfand, welches eigentlich ‚Böttgersteinzeug' zu nennen ist. Nun frage ich dich, wie Freud deine ‚Erfindung' des Ichs als eine Solche hätte ansehen mögen, wenn kein Erfinder als ihr Grund zu nennen war? Wer oder was erfindet denn das Ich? Was sei denn schon dort, das erfinden kann?"

„Ja, ein Wer ist dar nicht; das ist clar. Ein Was aber schon. Und dies Was ist kein Clares, kein Eigenständiges, sondern eine Anlage, die, poiätisch gesprochen, eine „Baurichtung" vorgiebt, der die natürlichen Bauknechte folgen. Anders, nämlich materialistisch gesagt, wird nach dem Erbgute, alias den ‚Genen', das Gehirn aufgebaut und mit ihm die Leistungsweisen alias ‚Functionen', die für Vernehmung und Verrechnung der als außerhalb des Cörpers gedeuteten „Außenwelt" erforderlich sind. Und diese Anlage liegt dort nicht einfach und taten- oder wirklos an, sondern sie ist oder in ihr ist etwas am Werke. Nennen wir dies poiätisch den ‚Ichgrund'. Dieser Grund ist nicht als „causal", sondern als „genealogisch", so, wie ein „Acker" zu deuten, „auf dem das Ich wie Getreide erwächst". Aber eine Erfindung ist das mittels des Namens ‚Ich' Benannte dennoch, wenn auch keine eines Ingenieurs oder des Ichgrundes. Es ist gewisser Maßen eine poiätische Erfindung, die von zwei dunkelen, diabolischen Dichtern gemacht wird, nämlich erstens von dem Poiäten, der uns satanisch vorgaukelt, das Ich sei ein je „mein Schatz", der Begehr sei „die große Liebe", die Lust sei „das Gelück", und er, der satanische Dichter, sei unser machtvoller, guter „Schatzmeister", und zweitens von dem grauen Dutzendpoiäten, der in unseren Ältern und Altvorderen uns die irren Ammenmärchen erzählte und auswendig zu lernen von uns verlangte. Die größten Teile dieser wehen Erfindung namens ‚Ich' stammen allso von diesen poiätisch uns Namen gebenden, jedoch im wissenschafftlichen Sinne unwissenden Mitmenschen, die uns zudem lehrten, wie „Ich" sich zu verhalten und zu seien habe. Das verdeutlicht uns, dass die Namen „Ich" wie „Über-Ich" und „Es" jeweils Vorgaben seitens der uns in der Entwickelung bestimmenden Mitmenschen nennen. Hinzudenken mögen wir uns, dass diese drei Aspecte in all den Vormenschen geleicher Maßen gegeben, allso – der Herkunft nach – selbig sind. Das Über-Ich (oder das „Gewissen" im Sinne der lateinisch moralischen ‚conscientia') ist allso ein Teil der Ich-Erfindung, wenn auch mit anderen Obiecten als Vertretern besetzt, nämlich denen, die dem Gewissen ihre cörperliche Stimme gaben. Hingegen zu zweitens kürzlich zu sagen ist, dass auch das Es ein Bestimmendes des entwickelt werdenden Iches ist, will sagen, die Bestimmung des werdenden Iches durch die Ältern, Geschwister und Lehrer geschieht an Etwas, das nicht an sich dar ist, sondern aus dem kommt, das nach Freud im Es enthalten sei oder aus dem Es herkomme oder mit ihm selbig sei. Das impliciert, dass auch das Es ein Ich-Anteil ist, der nicht jedes Falles als Opponent des Iches wirkt. Oder das Ich ist eigentlich das Es, das schon etwas Cultur der Relativierung des natürlichen Egoismus' des Es erlernt hat (obwohl das Id ja nicht das Ego ist, verhält es sich aber so, wie das Ego!). Aber etwas mittels des Namens ‚Seele' Benanntes und mit diesem unsere Herkunft aus dem Geiste bleibt bei Freud gänzlich unbeachtet. Nicht dem Namen nach, denn der Name ‚Seele' wird von Freud ja verwendet, auch in den Zusammensetzungen wie ‚Seelenleben' oder ‚seelischer Apparat'. Mittels dieser Namen wird jedoch nichts Seelisches im transcendentalen Gedächte benannt, sondern eine „Gesammtheit der (letztlich geistlosen) Hirnfunctionen". Das, was er ‚Es' nennt, enthält auch unclarer Weise etwas, das mir als „die Seele" oder deren Vorgaben erscheint. Freud aber setzt das Ich als den Teil der Seele, der sozusagen die „Person" ist, mit der sich die Seele masquiert und dennoch auch indentificiert, sprich: beselbigt, was insofern merkwürdig ist, als in manchen Fällen das Ich durchaus ohne eine clar gegen es abgegrenzte Seele auskommt und ungenannt bleibt, ob und inwiefern die Seele nicht vielleicht etwas Anderes oder vielleicht Höheres denn das in oder auf ihr erst gründende „Ich" sei. Dann stellte Freud zwei Haupt-triebgruppen einander gegenüber, nämlich die schon genannten Sexualtriebe, die er als „Lebenstrieb" deutete (was ein materielles Lebensgedächt bezeigt), und die Ich-Triebe, die er als „Todes-trieb" zusammenfasste. Hierbei bleibt gänzlich ununtersucht, ob und wie das biologisch, materiell, persönlich gedeutete „Leben" ein Gegenstand eines nicht seinerseits biologisch, materiell, per-sönlich deutenden Triebes seien könne und dass „der Tod" nur ein irriger Gedankencomplex ist, welcher um das Sterben des Iches als künstlicher Einheit und der daraufhin weisenden Angst unbemerkt miterfunden ward. Kurz: Für Freud blieb der Dualis-mus sozusagen als „Waarheit" erhalten, in dem oder in der die „waare Welt" vermeintlich „obiectiv" zu beurteilen sei. Er dachte das Sterben und den Tod als „selbig", und der Todestrieb war ihm kein Denkmodell, das er construierte, sondern eine „Waarheit", die er „erkannte". Die Seele fungierte als „Gehirnapparat" ohne jedweden transcendentalen Bezug. Das Leben und das von „in-nen" bewegte Cörperseien galten ihm als „selbig", ohne dies in einer Discussion zu plausibilisieren. Der eigentliche innere Campf des Menschen ist aber nicht der zwischen dem strengen Über-Ich und den von ihm als „böse" verurteilten Trieben des Es, sondern der des *Wertens* des ungestillten Begehres und der unerfüllten Wünsche als „böse" wider das Wünschen als „gut", was höllisch und unheilbahr bleiben muss, weil so wohl das *Werten* als auch das Wünschen unerfüllbahres Träumen sind, das ohne Waarheit bleibt. Nicht das Über-Ich ist eine Instanz, sondern das *Werten*, das aber nicht „über dem Iche regiert", sondern als „Ich" spricht, das Teile anderer Iche in sich aufgenommen hat. Das *Werten* aber macht aus der Schöpfung eine dualistisch zerspaltete Welt, in welcher nach unmöglichem Gelücke zu streben nicht eine Idee verhüllter Triebe ist, sondern ein Richtungsversuch eines Blinden außerhalb der LIEBE, der von ihm unbemerkt durch das eigene *Werten* geblendet wird. Der Campf ist der, den er wider *sich* führt. Anders gesagt, „sein Gegener" ist allein er oder besser: *in ihm*.

Aber nur so in ihm, wie auch die Anlage als Ichgrund „in" ihm seien mag, nämlich in ihm nicht als „Seele", doch als irdischer Cörperling, der er nur vorübergehend ist, nämlich auf seiner Reise des Werdens durch das Reich des Vergänglichen außerhalb der LIEBE hindurch zu IHR zurück.

Die Lust ist ein Campf, der wegen der Erlebnissqualität von ihm als dem Reisenden als „genehm" empfunden und durch diese „genehme" Empfindung als „gut" *gewertet* wird. Die Angst ist ein Campf, der wiederum wegen der Erlebnissqualität von ihm als „ungut" oder „böse" empfunden und allso als „böse" *gewertet* wird (wenn sie nicht als „doch gut, weil „vernünftig" warnende Vorsicht" um*gewertet* wird). Der „alte Mensch" im phylogenetischen Gedächte war immer und stets in nur einem und selbem Campfe, den er aber als „unselbig" erachtete, weil er ihn verschiedentlich *wertete* und empfand. Der „neue Mensch" ist der Jenige, der aus dem geistlos cämpfenden Es-Ich aufwacht und allso den „alten Menschen" im Gedächte Nietzsches überwindet, indem des alten Menschen *Wertungen*, die im dunkelen Dualismos ‚gut-bös' polarisiert sind, nicht neu *wertet*, sondern überwindet und hinter sich lässt, sodass er „jenseits des Lustprincips" lebt. Dies „jenseits" klingt nun zwar wiederum nach Freud, denn so ist der Titel einer seiner Aufsätze, welchen ich aber nicht meine, denn Freud entdeckte jenseits des Lustprincips ein anderes, den Menschen bewegendes Princip, und zwar den ‚Wiederholungszwang', hinter dem ein sozusagen unbedingtes ‚Lebensprincip' stehe, was ich bezweifele, denn ich deute Wiederholungszwang als „Merkmal der Sucht". Aber das führt uns ab. Ich meine aber mit ‚jenseits des Lustprincips' den Stand des neuen Menschen, der nicht nach dualistischen Principien werte, tue und lasse, sondern der nach Niederlegung des Grund*wertes* „Ich" nun ungespalteten Geistes ist und diesem und dessen Vor- und Eingaben folgt. Dieser neue Mensch hat seine Altgebuhrt hinter sich gelassen, sodass er neu gebohren werden mochte. Er wird nie mehr kakeln, labern, quatschen, ratschen, schwätzen, sondern sprechen."

„Mir leuchtet die Unhaltbahrheit des Dualismus' noch nicht ein. Was sagst du zu unseren Wörtern, deren Gedächt etwas Gegensinniges oder -dächtiges enthalten? Im meine dies im Gedächte des Buches: „Der Gegensinn der Urworte" von Karl Abel (1837-1906), allso Namen wie etwa den lateinischen ‚altus' (mittels dessen so wohl „hoch" als auch „tief" benannt ward), oder der voralthochdeutsche Name ‚gestern', zu dem etwa „anderntags" oder „unheute" hinzugedacht ward, sodass mittels seiner so wohl das heutige „gestern" als auch „morgen" benannt ward)? Bezeigen diese Namen und das zu ihnen Hinzugedachte nicht einen Dualismus, der ohne *Wertungen* entstanden seien muss?"

„Wenn du unter der Nennung ‚*Wertung*' nur ‚gut – bös' oder ‚sittlich – unsittlich' denkst, dann denkst du zu dem Namen ‚*Wertung*' etwa „innere Empfindung" hinzu, und dann erscheinen dir ‚oben – unten', ‚gestern – morgen' als „nicht ge*wertet*", weil „übermäßig sachlich". Wenn aber mittels des Namens ‚*werten*' eher benannt wird, dass etwas *nicht im Geiste erkannt, sondern durch Cörper, Culturvorgaben, Ego, Ich, Sinne hindurch erdeutet* wird und dieser Deutung noch ein Zweck unterschoben wird, der als „waar" erachtet wird, dann kommen wir dem Eigentlichen näher. Alles gegenpoliges Deuten ‚gut – bös' oder ‚genehm – ungenehm' ist eben so ein Nichtwissen, das nach dem Maßstabe eines gemachten Zweckes ge*wertet* wird, nämlich, ob es (vermeintlich!) „gut" sei oder nicht. Nehmen wir die Pole ‚gestern – morgen' oder ‚früher – später' und fragen uns, was „gut" sei und was „bös", dann mag jemand gestern als „gut, weil vergangen" *werten*, und jemand Zweiter gestern als „bös, weil vergangen" deuten, je nachdem, was er als zweckdienlich erachtet Ein alter Mensch findet das Vergangene vielleicht „gut", weil er so kurz vor dem Sterben nichts Anderes zu durchleben hat denn das Vergangene, und zwar gedanklich. Ein junger Mensch sieht im Vergangenen vielleicht eher etwas Böses, weil es die vergangene Jugend der ohnehin „arg altmodischen" Älteren und somit die Vergänglichkeit seiner Jugend enthält. Zudem sei bemerkt, dass ‚früher – später' beide ‚einst' und ‚gestern – morgen' Beide als ‚unheute' zu denken sind. Der Sinn aber in das Vergangene wie in das Zukünftige hineingerichtet ist streng genommen erstens ein Widersinn und zweitens ein Unsinn, weil Beides nicht existiert. Es ist nur etwas *Gewertetes*. Die Sprache der Altvorderen enthielt mehr gegensinnige Namen denn unsere heuerige Sprache, aber das zeigt uns nur, dass die Spaltung des ‚Unheute' *in zwei Richtungen* noch nicht bewissentlich getan worden war. Der Dualismus ist eine galoppierende Krankheit, die uns an den Rand des Wahnsinnes bringt!"

„Lasse uns doch bitte die *Auswirkungen* des dualistischen Deutens, *Wertens* und Denkens besprechen.", bat ich Hans.

„Einverstanden."

„Du sagst, wir deuten ‚gut – bös' und zudem ‚innen – außen'. Demnach auch ‚Ich – die Anderen'."

„Ja."

„Und demnach eben' Falles ‚Opfer – Täter'."

„Na, ja, so *werten* viele Sprecher. Ich erachte dies aber als untrefflich, denn weder ist der Jenige, durch den eine Kraft des Werdens hindurchfließt, mittels des Namens ‚Täter' zu benennen, noch der Jenige, zu dem diese Kraft hinfließt, mittels des Namens ‚Opfer'."

„Gut, aber spielen wir dennoch diese *Wertung* eines Males durch, ja? Täter und Opfer sind ja als „wechselnde Personen" gedacht, ja? Mal bin „ich" ein Opfer, mal bin „ich" ein Täter. Anderen Males ist ein „Ich" der Täter und ein ander „Ich" das Opfer oder – der Empfangende? Wenn je „Ich" nach eigener *Wert*ung a priori „gut" bin und empfange und ein unter Schmerzen oder mit Gram Empfangenes als „bös" *werte*, dann beginnt der Krieg der *Wertungen*. Wenn „Ich" versuche, nicht „Böses" zu empfangen, jedoch die von „mir" nach meiner poiätischen Causalität als „Täter" oder „Geber des Bösen" gedeuteten Menschen ihre Gebung des als „böse" *Gewerteten* nicht einstellen oder zu 'm Guten modificieren, dann könnte „Ich" versuchen, „mich" zu ihnen hin umzupolen und (wenn auch nur vermeintlicher) „Täter" des *gewerteten* „Bösen" zu werden. Das wäre dann zwar immer noch nicht

„gut", dünkte aber als „besser" denn der „Empfänger des Bösen" zu seien. Nach dem Motto ‚besser zu schlagen denn geschlagen zu werden'."

„Genial! Du hast gerade den Grund des jenigen Verbrechens ausgelotet, das nicht aus dem Begehren nach materiellen Vorteilen geschieht. So wird der Mensch böse, der solchen Zusammenhang in seinem *Werten* nicht bemerkt, sondern ihm blindlings gehorcht und folgt! Auch das Sexualverbrechen ist ja oft so egoistisch motiviert, wie du es nanntest. Und auch neurotische Zwangstaten sind dies."

„So gelangen wir endlich zu einem clärlich ersichtlichen Nutzen unseres Denkens, wenn wir nun bewissen, dass wir allso nicht das „Ich" sind, als das wir uns gewohnheitlich denken. Unbewusste Denkleistungen geschehen unterhalb des Iches, als das wir uns bewissentlich erleben, doch empfinden wir nicht recht, wieso und was dort unten unter uns werkt und wirkt. Bitte erlaubt mir, euch hierzu ein Gedicht vorzutragen, meine Freunde, das unser Seien als Nicht-Ich in der Tiefe beleuchtet:

„Und nun? Die Stunde ist gekommen,
Die unheimlich stets vor dir hin
Lief mit, zerstörend allen Sinn,
An den du g'laubtest weltbenommen.

So oft bewünschtest du ihr Kommen,
Wenn du warst voller Weltenpein;
Doch schriest: "O nein! Sie soll nicht sei'n!",
Wenn G'lückes Höh' du hatt'st erklommen.

Und weißt du, was du sei'st gewesen,
Du dunk'ler Herkunft fahles Ich?
Was weißt denn waarhaft über dich?
Viel Ding der Welt hast aufgelesen,

Um deine Wissensdurft zu stillen.
Doch weißt nicht Waarheit durch die Welt,
Die mit dir sterbend nun zerfällt,
Und die nur sahst durch Deutungsbrillen.

Als „Ich" hast dich gemacht, ersonnen
Durch Deutung und durch G'lauberei;
Doch leblos ist solch' Zauberei,
D'rum hast den Tod du mitgewonnen.

Das Ich ist dir der Grund zu 'm *Werten*:
Es *wertet* und gewährt dir G'lück;
Verdrängte Leid dir – Gegenstück
Des G'lücks – wenn deinen Weg sie querten,

Die eben so durch Ich ersonnen;
Dies feig verhehlt, verschweigt es dir.
Hingegen jubelt 's d'rüber schier,
Dass du durch es hab'st G'lück gewonnen.

Als der Poiät des G'lücks zu schaffen,
Das Ich zu deinem Schatz' erblüht.
Und wenn ob Welt Zorns Funke sprüht,
Dann es wetzt voller Angst die Waffen,

Denn Schatz zu sei'n dir, ihm nicht g'nüget;
Es auch Schatz*meister*zunft begehrt.
So dir GOTTS Kindschafft es verwehrt,
Weil um die Cron' es IHN betrüget.

So hasst es dich und kann nicht lieben;
Du bist sein Quell und siehst es nicht.
Und darfür, an dem 's ihm gebricht,
Wird 's dir die Schuld zuschieben.

Und nun? Die Stunde ist gekommen,
In der zerrinnt dein Welttraumg'lück;
Du wirst nun geben All zurück,
Was eitel es dir hat genommen,

Um etwas um dich her zu machen,
Das du nie warst und du nicht bist,
Das in der wissenslosen Frist
Dich hielt, des Traums nicht zu erwachen."

Das Ich als den Rest des Seiens ausgrenzende Zusammenfassung
wird von dem in uns deutenden, dualistischen Zusammenfügen
auf die Seite des eigens *gewerteten* „Guten" gesetzt wird und in
der Not des Nichtfindens des Guten dem Gedanken verfällt, das
erdeutete, empfangene „Böse" dardurch loszuwerden, dass es zu
wiederholt wird, aber nun durch das „Täter-Ich", nicht durch das
„Empfänger- oder Opfer-Ich". Durch Wiederholung den Feeler
zu finden zu suchen, ist ein bemerkens*werter* Versuch, wenn wir
darbei bedenken, dass alle Süchtigen immer nur die tote Durch-
lebung ihrer Suchtgegenstandsvernehmung wiederholen, ohne je
den Feeler zu finden. Eben so strebt aller Begehr nach Wiederholung der Seiensweise, die als zu 'm Gewinne oder Gelücke führ-
end erträumt wird. Die Wiederholung ist das Motiv für das Ritual,
das ein auswendiges und allso lebloses Nachahmen eines vernommenen, jedoch unerkannten Geschehens ist. Wie dem aber
auch sei, wir könnten nun, wenn wir das, was wir wissen, anzu-
wenden bereit wären, unseren erdeuteten Mit-Ichen erclären, dass
je „Ich" eine Legion sei, die wir erfunden haben und immer neu
erfinden, aber auch um- oder rückerfinden könnten. Unser „Ich"
erwächst in der Setzung als das „Gute", das auch eine Ausgrenz-
ung des „Bösen" ist, und wird bei der Unmöglichkeit dieser Aus-
grenzung seinerseits entweder irre oder böse. Das muss aber nicht
so werden, weil wir ihm immer wieder eine neue Chance gewähr-
en können, zwischen den Polen neu zu wählen und sich so doch

noch als ein „Guter" aus dem „Bösen" auszugrenzen. Wir können in ihm unseren Teil bemerken, den wir aus „uns" als scheinbahren „Ichen" ausgrenzen. Versteht ihr? Wie sehen, dass unser Nächster stiehlt. Und weil wir das Stehlen als „böse" aus „uns" ausgrenzen, ist dieser Nächste nun „der Böse", weil er als „Täter des Bösen" erscheint. Aber er ist kein waarer Täter, denn das von uns als „Stehlen" erdeutete, gewertete Eräugniss geschieht als Teil des großen Stromes des Werdens *nur durch ihn hindurch fließend* und ist nicht waarhaftig böse. Erkennen wir ihn aber als Seele, die so ist, wie wir, und mit der wir EINS sind, heben wir die gezogene Grenze auf. Ist unser Gegenüber feinfühlig und empfindsamm, bemerkt er die Aufhebung der Grenze idealer Weise und wird eben so geheilt, wie wir. Aber nun merkt auf, ihr Lieben! Wir nicht vermögen dies als „Iche" zu leisten, sondern wir empfangen als Vergebende, die bereit sind, den Wertungen des Iches zu entsagen oder sie zumindest in einem heiligen Augenblicke zu überhören, die Schau der Unschuld.

Hinter der Erfindung und Erwachsung des Iches und außerhalb dessen ist unsere Heimat, unser Paradies, in das wir hineinzuahnen vermögen, wenn wir meditativ des Jenseits unserer Erdeutungen, *Wertungen*, Denkungen des Iches besinnen. Hier schwebt und glänzt das große Heil, die größte Freude für uns!"

„Du sagtest vorhin, die Seele sei der geistlichen Herkunft nach mit allem Waaren eins. Wir müssten allso das Unwaare weglassen, niederlegen, vergeben, und wären wieder rein EINS."

„Wunderbahr, mein Lieber! So meinte ich es! Aber dies Weglassen ist kaum als ein „Act des Intellects" möglich, denn auf dessen Ebene wäre das eher ein Verlieren des Verstandes. Aber wenn es möglich ist, dann geschieht es als ein Hineinschweben in die Schau der Unschuld durch das LICHT. Wir können lediglich die Bereitheit darfür vorgeben."

„Hm! Das klingt ja Alles zwar logisch plausibel, gut und schön, aber dennoch so unerfindlich, dass ich nicht mitkommen kann. Wie viele Psychotherapeuten nämlich sollen all diese Millionen *wertungskranker* Iche so zu heilen helfen, wie du es empfiehlst? Du bist doch nur einer unter Zehntausend und wir nur vier unter anderthalb Millionen hier in Weltenhaven. Wer ist denn heute schon bereit, deine den meisten Menschen fern entlegenen Heilungsvorschläge auch nur anzuhören?", fragte Wolfgang.

„Nicht die *wertungskranken* Iche sollen geheilt werden, sondern die unter dem Iche leidenden, jedoch eigentlich der LIEBE seienden Menschen, mein lieber Wolfgang. Und das gelingt vielleicht nicht so schnell, sondern nur nach und nach? Aber auch ein lange dauerndes Werden muss eines Males begonnen werden; die Länge dessen ist doch kein Argument dargegen.", schob ich behutsamm ein.

„Gut! Das ist ein oft und von vielen gedachter Feeler! Auch verlangen andere Sprecher, ihre Krankheiten sollten geheilt werden. Welch ein Irrsinn! Was käme darbei heraus, falls es gelänge? Eine gesunde Krankheit? Der *Patient* soll geheilt werden, nicht die Krankheit; auch nicht die *wertende* Krankheit namens ‚Ich'." bestetigte Hans.

„Hm! Ja, Kinners, wer weiß? Vielleicht sterbe ich ja vor meiner Heilung aus der *Wertungskrankheit* noch am darhinströmenden Traume des Suffes!", grinste Wolfgang.

„Überredet! Ich bin darbei!", schloss Hans sich Augen zwinkernd an und hielt Jan sein Glas hin.

Und Jan schenkte uns Allen lächelnd noch eine Runde ein.

16. Das Lied des Gebetes

Eines Abendes sprach Hans besonderer Gestimmtheit und bewegten Tones zu uns: „Die meisten Menschen, obwohl noch nicht gestorben, nicht *leben*, sondern *weilen* nur tot in ihrer leblosen Welt und verwalten den Tod. Jedes Tages, jedes Stündchens, immer vegetieren sie liebarm und den Geist zu vermeiden suchend nur vor sich hin und verwalten ihren eigenen Tod, der ihre angstbeladene Version des Sterbens und des gedachten Nichts darnach ist."

„Und wieso bist du nun so angetan oder afficiert darvon? Du bist doch sonst stets überlegen, allso *über* den Dingen ge*legen*, dass dich solche weltlichen Übel nicht berühren, Hans, oder?", fragte Jan feinsinnig.

„Das täuscht, mein Lieber. Es berührt mich immer Alles, auch wenn ich nicht dardurch so toll, wie ein Irrer, hin- und herzucke. Nun aber bin ich ernstlich bewogen, *mit euch das Wort zu teilen*, um den Geist einzulassen. Meine lieben Freunde, das Wort, das ich meine, ist mehr denn ein Name mit Hinzugedachtem. Das Wort, das ich meine, ist ein Gefährt des Geistes, soweit wir seiner nicht rein geistlich sind. Der Geist ist die Liebe, das Licht, das Leben. Und wer das Wort recht achtet und in dessen Tiefe hineinsinnt und es dort erhorcht, der mag dem Geiste durch es oder in ihm begegenen. Wer aber immer nur tötlich denkt und todweltlich lernt, der bleibt stets nur ein toter, wertender Weltling ohne Leben, ohne Licht, ohne Liebe. Wer nicht betet, der wird nie ein Mensch, sondern er bleibt für sich ein felloser Sprechaff, ein Skelett mit Seele, trotz der Seele, allein die er in Waarheit ist, was er jedoch nicht erschließen kann, weil er in der Welt als Cörpertier bleibt, das ohne Erkenntniss bleibt, wenn er nicht vom Geiste zu 'm Leben geküsst wird. Er mag und möge aber der Mensch werden, der er ist. Darzu bedarf er der Erschließung des Wortes, dass es des Gebetes würdig werde. Und **als werdender Mensch** muss der Mensch aus der unmenschlichen dunkelen Allerweltssprache hinaus in eine menschliche, höhere Sprache hinein werden. Euere Worte sind euere Gedanken. Euer Gewört ist euer Gedächt, meine Freunde! Wenn aber deine oder deine" – hierbei blickte er abwechselnd Wolfgang und Jan an – „Worte Allerweltsworte sind, dann sind diese auch deine Gedanken. Solche undurchdachte und prüflos nachgelaberte Modephrasen wie „das ist kein Thema", obwohl es gerade *doch* das Gesprächs*thema* ist, oder „Der Weg ist das Ziel", obdoch wir immer nur besten Falles auf dem Wege sind, ohne das Ziel derweil zu erreichen (nach Vincenz von Paul), zeugen doch nur von geistlosem Quatschen, von prüfloser Nachlauterei, nicht jedoch von menschlich beseeltem Sprechen."

„Das klingt beinahe poiätisch, Hans. Aber wenn der Christus der Weg ist (Joh 14,6), wieso mag dann der Weg nicht doch auch schon das Ziel seien?", fragte ich.

„Oh! Das ist gut, mein Lieber; das lasse ich mit Vergenügen so klingen, stehen und schweben, wie du es gerade sprachest, denn du lässt den Odem des Geistes darinnen atemen. Aber du denkst nicht ernstlich, dass die Jenigen, die den Spruch prüflos modehörig nachquatschen, ihn in deinem tiefgründigem Sinne aussprächen oder gar dächten, oder vermute ich fälschlich?"

„Nein, tust du nicht. Also sind wir einverstanden, Hans. Aber was meintest du mit ‚beseeltem Sprechen'? Mag ein Nicht-Lebewesen beseelt werden oder seien?"

„Wieso? Lebet denn die Sprache nicht?", gegenfragte Wolfgang grinsend.

„Nein. Dass sie lebe, bekunden die jenigen Leute, die sie zumeist durch Feeler und Verstumpfung verändern, und dann diese Veränderung *ihr* zudichten, als habe *sie* diese ihre Verhunzung eigens angerichtet.", sprach Hans knapp und dann, zu mir gewandt: „Aber deine ist eine schöne Frage, mein Lieber! Und ich worte dir: **Die beseelte Sprache ist ein Lied, und zwar das Lied des Gebetes.** Und die Seele ist das liebende Leben darinnen."

188

„Gut! Ein Lied ist ein vertontes Gedicht. Aber das Lied des Gebetes basiert auf welchem Poiäm? Oder auf welchem zu betenden Gedichtstext? Oder was wird darin besungen?"

„Im Liede des Gebetes wird durchaus ein vertontes Gedicht gesungen; man nicht muss es so nennen, aber es gefällt mir wohl, was du und wie du es sprichst. Und nun werde ich bei der Suche nach diesem, dem Liede zu Grunde liegenden Text auch eines Gedichtes wieder inne, das ich aus alter Zeit her kenne. Einst ward es mir als Hymnus in lauer Vollmondnacht ersungen. Es könnte oder möchte als Denkgefährt des „Liedes des Gebetes" dienen. Das Gedicht ist das Folgende:

„Reite sänftlich auf meinem Herzen, LICHT,
Und strahle aus meinem Seelenfenster!
Weise der Nacht, wes ihr Unwesen g'bricht,
Und liebe hinfort wahne Weltgespenster!
Das Waare allein wesest einzig DU,
Und all' Schatten ist irre Blindheit und Schmu.

Wenn hinausstrahlst DU zärtlich aus mir hin,
Dann schauest in jeder Nächstenseele
Einzig DICH SELBST; nämlich DU bist ihr Sinn,
Und Leibesverhüllung DIR nichts verhehle!
DU wesest mir und auch ihr das DU,
So uns einend bist unser LICHT immerzu."

Nun, meine Freunde? Was sagt ihr zu diesem Gedichte als einem Liede des Gebetes?"

„Schön, Hans. Aber warum sangest du es uns nicht?", fragte Jan.

„Das tat ich doch; ich sang es euch gerade."

„Ich meinte mit ‚singen' aber: „mit Singstimme melodisch singen"; das tatest du nicht. Warum?"

„Um euch die ohnehin gesungenen Worte nicht durch Singsang zu übersingen, mein Lieber. Der Ton des zusätzlich gesungenen Sanges hätte den Liedgehalt der Worte vielleicht übertönt."

„Das ist bedeutsamm gesagt! Aber inwiefern sei dies Gedicht dem Worte der beseelten Sprache geleich?"

„Wiederum eine schöne Frage, mein Lieber! Dies Gedicht enthält die Grundgesinnung des liebenden Menschen, der ersieht, dass erstens das gegenteilslose LICHT die WAARHEIT sei oder beleuchte, dass zweitens dies LICHT ihm als sein hütender WEGWEISER diene und dass drittens in diesem LICHTE und durch des Lichtes Geleit die LIEBE ihn und seinen Nächsten SELIG zu EINS vereine."

„Amän! Wie erfuhrst du dies?", fragte ich ihn.

„In der Begegenung.", lächelte Hans. „Dies ist ein wunderbahres Wort, denn wenn wir es nur oberflächlich hören, dann klingt es (scheint es? Aber unsichtbahr?) nicht viel zu enthalten, weil wir – so gehört – alltäglich diesem und jenem in tausend Gestalten zu be-gegen-en scheinen und zu ‚gegen' zumeist fälsch „wider" hinzudenken, obwohl ‚ent-gegen-kommend' nicht: ‚wider-ig' ist. Wenn wir diesen Feelhinzudacht aber berichtigen und diesem Worte aber in der Tiefe lauschen, dann kommt zu der nur räumlichen *Entgegen*kommung eine geistliche hinzu, und so sind wir vor einer Offenbahrung. Und Ähnliches muss auch Martin Buber erfahren haben, als er sagte, das Wesentliche im Leben sei „die Begeg'nung". Und so erlauscht, ist dies Wort ‚Begegenung' waarhaftig wunderbahr, weil in ihr das Wunder die graue, tote Masque der Welt lächelnd durchglänzt. So begegenete mir nicht nur eines schönen Stündchens, sondern mehrerer schöner Stündchen in der meditativen Versenkung immer wieder das Licht, das ich als „Liebe" empfand, welche ewig lebe und wese. Und diese Dreiergestalt ohne Gestaltsumrisse warden von mir als „waar" erkannt. In der prüfenden Nachdenkung dieser Empfindungen in Worten fand ich bewissentlich die Übereinstimmung des versenkend oder meditativ Gewonnenen mit den für mich wichtigsten Worten des Neuen Testamentes, was ich als zusätzliche Bestetigung erachte."

„Welche sind dir die wichtigsten Worte?"

„Erstens: ,Gott ist Licht und in ihm ist keine Finsterniss.' (1. Joh 1,5). Zweitens: ,Gott ist die Liebe und wer in der Liebe bleibt, der bleibt in Gott und Gott in ihm.' (1. Joh 4,16). Drittens: ,Ich bin der Weg und die Waarheit und das Leben.' (Joh 14,6). Viertens: ,Der Sohn und der Vater sind eins.' (Joh 10,30). Alle weiteren Sätze sind Ableitungen ab diesen. Nacht und Schatten sind allso keine Waarheit, auch übertragen nicht; und dann fand ich zu dem Gedichte, das schon lang meiner Entdeckung harrte."

„Beachtlich! Aber welche „wahnen Weltgespenster" des Gedichtes sollen denn fortgeleuchtet werden?", wünschte Jan nun zu wissen.

„Oh, ein schöner Feeler! Im Liede sang es: 'und *liebe* hinfort', nicht: ,leuchte hinfort'".

„Ja, aber angesungen ward doch das Licht, allso kein Feeler in der Sache."

„Einverstanden, mein Lieber. Eines der Weltgespenster ist die Krankheit."

„Welche Krankheit meinst du?"

„Jede Krankheit. Die Krankheit überhaupt und innerhaupt."

„Innerhaupt?"

„Ja, mit dem Namen ,innerhaupt' meine ich „innerhalb des Hauptes", so, wie ich mit ,überhaupt' „oberhalb des" oder „über dem Haupte" meine."

„Und diese Krankheit soll hinfortgeliebt werden? Wie geschehe uns dies?"

„Zunächst möge uns clar werden, dass Krankheit nicht Waarheit ist, auch wenn sie auf der Ebene des Vergänglichen wirklich und auf der Ebene des medicinischen Gedächtes real seien mag."

„So weit sind wir schon gekommen. Wir leben ja ohnehin in einem sonderbahren Verhältnisse zu der Waarheit, dass sie so unwirklich und irreal ist."

„Nun, denn, weil die Krankheit nicht waar ist, müssen wir sie auch nicht sehen oder fühlen oder sonstwie bestetigen."

„Und wie sei das möglich? Sollen wir den Kranken vielleicht gesundg'lauben?", fragte Jan.

„Hoho! Das gelingt euch nicht!", unterbrach Wolfgang jäh auflachend. „Das versuchen auch die Dummen immer, nämlich ihre Niedergeistigkeit wegzug'lauben, indem sie sich als „intelligent" ausgeben und sich darbei kritiklos leichtfährtig g'lauben, ohne etwas zu tuen, um diese angebliche Intelligenz zu beweisen. Aber sie bleiben doch so dumm, wie zu seien sie zwar einerseits nicht wünschen, anderseits jedoch so bequemlich ausleben, dass sie ihre Dummheit dardurch allen Menschen beweisen."

Hans lächelte zwar, ließ sich aber nicht beirrigen und sprach, ebenmütig Jans Frage entgegenwortend: „Gesund*träumen* reichte nicht. Du nanntest es gerade ‚gesundg'lauben', aber du meinst „träumen", denn **der geistliche Gelaube ist kein Traum.** Der Gesundträumversuch spräche der Krankheit erstens „Echtheit" zu und gelänge zweitens nicht. Wenn du den in Waarheit ewig heilen Menschen ohne aufzumerken einen ‚Kranken' nennst, der erst „in Waarheit krank" sei und dann „in Waarheit geheilt" werden müsse, dann erachtest du die Waarheit als „wandelbahr" und die Krankheit schon als „tatsächlich" oder gar als „waar", so, wie innerhaupt der cörperlich erkrankte Mensch dies denken mag. Zu deinen Namen denkst und *wertest* du etwas hinzu, sodass daraus Worte werden. Deine Worte sind mit deinem hineingedachten Gedächte deine Gedanken. Erachtest du aber die Krankheit als „waar", kannst du sie nicht zu 'r selben Zeit hinfortträumen."

„Leuchtet ein. Aber wie denn?"

„Eines als „krank" erscheinenden Bruders Krankheitsunmöglichheit bemerken."

„Das wäre schön. Aber wie gelänge das? Und liefen wir nicht Gefaar, die Realität zu verlieren? Seine Krankheit ist ja real, wenn auch nicht waar."

192

„Solcher Realitätsverlust wäre aber als Waarheitsgewinn gewiss kein zu beklagender Verlust, oder?"

„Schön gesagt! Aber wie sei diese Krankheitsunmöglichheit zu bemerken?"

„Zunächst in der logischen Vorbereitung: Wenn das Leben die Waarheit ist und diese ewig unwandelbahr ist, dann mag das Verenden dieses Lebens unmöglich seien; das klinisch beobachtete Sterben ist allso kein Verenden des Lebens, sondern des Cörpers, den das Leben verlässt. Allso ist das Leben die Seele, nicht das Fleisch; sie ist das Leben in ihm, bis sie es, das Fleisch, oder ihn, den Cörper, verlässt. Und nur dies Fleisch erkrankt bis hin zu 'm Sterben. Wer dies als den „Tod" erdeutet, der leugenet das Leben der Seele und sucht den bewegten Cörper als das greif- und be-greifbahre Leben zu *haben*. Dies missdeutete, unwaare „Leben" endet aber immer erneut und wieder mit dem Sterben dieses Fleisches und dieses Cörpers. Wenn jedoch der logischen Vorbereitung gemäß geschaut wird, dann wird eines Tages eingesehen, dass der erkrankte Cörper eine wenn auch medicinische Realität, jedoch keine Waarheit ist. Und hier ist die Pforte zu 'r geistlichen Heilung, wenn nämlich der Patient und der Einsehende hier einander wesentlich begegenen."

„Das wäre wunderbahr! Sage doch mehr über diese Begegenung, Hans!"

„Mir ward einst im Gespräche mit einem Weisen durch diesen hindurch gesagt, mein Nächster sei ein Jeder, der mir begegene. Das dünkte mich sonderlich viel, denn wenn ich beispielsweise in und durch die Mönckebergstraße gehe, dann begegenen mir dort hunderte Ich-Cörperlinge, unter denen – an ihren Denkungen gemessen – Betrüger, Chaoten, Diebe, Geistverleugener, Ichsüchtige, Kinderschänder, Lügener – was weiß ich? – seien mögen. Diese seien jeder *mein Nächster*? Aber sie be-gegen-en mir ja doch nicht seelisch, sondern kommen mir nur räumlich cörperlich entgegen, gedanklich aber an mir vorbei oder mir gar zuwider. So, wie auch Geisterfahrer, wohlgemerkt. Diese sind im räumlichen

Gedächte entgegenkommend, jedoch im gedanklichen Gedächte zuwiderkommend. Und so kamen mir noch mehr Worte in den Sinn, die an der Schwelle zwischen räumlicher, gedanklicher und geistlicher Begegenung standen. So sagte Marie von Ebner-Eschenbach: „Nur der Denkende erlebt sein Leben; am Gedankenlosen zieht es vorbei." Das klingt auf den ersten Horch wohl, eröffenet aber die Frage, was Denken sei, denn denk- oder gedankenlos ist doch kein Mensch. Dessen Gedanken streunen zwar unablässig ungesammelt an der Oberfläche der Ich-Welt umhin; aber er ist nicht gedankenlos. Wenn das Wort Frau Eschenbachs trefflich seien soll, dann in rein geistlicher Hinsicht: „Nur der Geistige lebt mit und in dem Leben mit; am Geistlosen ziehen nur wechselnde bewegte Gestalten ohne Leben vorüber." Dem gemäß begegenet mir nur der Jenige, der mir und dem ich, allso wir Beide, mit dem Geiste einander entgegenkommen. So, meine Freunde, kam ich in das Wort und dort, in dessen Tiefe, zu dem Gebete. In der Tiefe des Wortes mag der Gedanke dem Geiste begegenen und von Ihm mit heiligem Odem tief in das Leben hineingetauft werden."

Nach einer Weile des schweigenden Nachdenkens der Dreie und meines vergeblichen Wartens auf etwas noch Ungesagtes sprach ich: „Jetzt könntest du das fälschlich ersonnene Ich in den Gedankenbau miteinfügen, Hans. Kann „dir als Seele" denn jemales „dein Nächster als Ich" begegenen?"

Hans blickte mich groß an, sann etwas in sich hinein und sprach dann: „Oh, das ist gut, mein Lieber! Der Mensch als Ich ist ein Unwesen und begegenet uns nur räumlich, besten Falles gedanklich; der Mensch als Seele aber begegenet uns geistlich. Das ewige Leben und die unwandelbahre Waarheit sind nicht auf der Ebene des erdeuteten – um nicht zu sagen: erlogenen und vergänglichen Iches zu suchen. Ergo vermag das Ich auch nicht zu beten, doch nur zu bitten, zu betteln, zu flehen oder zu verdammen. Sind wir aber geistlich jenseits der Gedanken des Iches angelangt und ließen auch den dualistischen Ichgrund hinter uns, mögen wir geistlich beten und auch die Unmöglichheit der Krankheit des Menschen als Seele ersehen. Aber ich empfehle, mit dem Beten dankbahr freudig zu beginnen."

Darauf fragte Jan: „Du deutest das Gebet allso anders denn die Leute es gemeinhin tuen?"

„Allerdings. Die meisten Menschen deuten ihrer Ichheit gemäß das Gebet als „geistlose Textherunterlautung" (auch wenn sie diese Namen für ihre Erdeutung nicht verwenden, sondern sie verwenden den Namen ‚Gebet', derweil sie öde, geistlos herunterlauten), die es nicht ist, oder als Wunschbekundung („bitte, lieber Gott, mach' doch, dass …"), die ein Ego-„Gebet" ist. Und sie erdeuten diesen abzuleiernden Text wie schon gesagt als Bitte, gar als Flehen, und geraten so zumeist auf den oberflachen Abweg der Bettelei bei dem erträumt „allmächtigen" Wünsch-dir-was, welche ihr undurchschauter Wuncherfüllungsgötze ist, den sie mit der lebenden LIEBE verwechseln. Aber das lautere Gebet ist eine *Gabe*, keine Bitte."

„Ah, ja? Ercläre uns dies!"

„Nun; ich nannte das Gebet ja ein ‚Lied'. Dies können wir einander singen und der Liebe singen, die uns trägt und hält und atemet. Und wenn wir dies tuen, dann nicht bitten wir, sondern wir freuen uns und teilen diese Freude mit der Liebe, deren Odem die Freude ist, und mit den geliebten Seelen. Und miteinander zu teilen, ist ein Geben, nicht ein Bitten, nicht?"

„So sah ich das noch nie!", bekannte Jan. „Wie kann denn aber der Mangel Leidende ein Lied der Freude singen? Und nun gar dem, den er als den Grund des Mangels erachtet? Ich meine darmit, wenn jemand schon an Gott als „seinen Schöpfer" gelaubt, dann muss er IHN auch als „den Schöpfer des Mangels" erachten. Allso besten Falles freut er sich schon auf sein Sterben, weil dann der elende Mangel endlich enden werde und er in himmlische Gefilde übersiedeln könne, wie er es gelaubt. Was ist allso mit all den vielen, vielen Tausenden, die auf Erden nicht so reich sind, dass sie vor Freude singen können?"

„Sie beten anders, das trifft zu. Sie flehen und bitten oder klagen. Aber das ist kein echtes, richtiges Gebet, doch nur der Versuch eines Solchen. Sie denken und erachten ihre Bedürfnisse als „waar", deren Zahl ihnen Legion dünkt und nicht erkennen die FÜLLE. Doch, wenn sie sich nur besännen, dann fänden sie, dass sie nur eines einzigen Mangels leiden, nämlich des Traumes der Zertrenntheit der Schöpfung. Und ihr Bedürfniss bei diesem Träumen ist, die Einsheit der SCHÖPFUNG zu erkennen. Mit der Erfüllung dieser Leere endet ihr Leiden."

„Du weißt aber, dass jemand, der nicht weiß, wie er die Miete bezahlen solle, das so nicht sehen kann, ja?", fragte Wolfgang beinahe streng.

„Ja, ich weiß dies, mein Lieber. Es ist schlimm. *Die Sorge um die tote Materie verstellt uns den Weg zu 'm Geiste des Lebens hin.* Und doch frage ich dich, welches Bedürfniss außer dem nach der unendlichen LIEBE könnte der Mensch in sich tragen? Die Miete zu bezahlen, dünkt den Jenigen wichtiger, der noch die Waarheit der Welt erträumt. Ich will diesen unseren Bruder nicht schmähen und in seiner Not nicht allein lassen, Wolfgang. Aber sein eigentliches, ja: sein einziges Bedürfniss ist nicht das Geld für die Miete, denn auch wenn er das bekäme, fiele ihm als Ich plötzlich ein, dass er ja auch die Telephonrechenung noch nicht bezahlt habe. Und sein ichig erdeuteter „Sohn" (der in Waarheit nicht sein Sohn, doch sein Seelenbruder ist) brauche neue Schuhe und auch seine Nichte bedürfe zu ihrer ersten Communion dringend ein weißes Kleid, und – ach! – sein Wagen müsse für den Winter wieder neue Reifen bekommen, et c. So käme eines zu dem zweiten und zu 'm dritten und zu 'm hundertsten und auch noch zu dem tausendsten Ich-Bedürfnisse ohne Endung. Aber all das bringt doch nichts, denn eines Tages wird doch gestorben. Und was ist allso bis darhin durch die unablässige Erfüllung dieser immerwährenden Leere ohne Boden gewonnen worden? Nichts. Allso sage ich dir und euch, dass für ihn als Seele sein einziges echtes Bedürfniss die LIEBE unseres Vaters war und ist."

„Das klingt zwar hoch und rein und schön, wirft mir jedoch Fragen auf. Woher weißt du überhaupt dieser Liebe? Ich meine, wann begegenetest du je einem Menschen, der so liebte? Die Leute reden viel der vermeintlichen „Liebe", sie nennen ihre sexuellen Spiele ‚Liebe machen', sie verwechseln ihr *Wert*schätzen mit Liebe, ihr dankbahres Abhängigseien, aber all Das ist nicht die LIEBE, oder?"

„Einverstanden. Nur wenige Menschen kommen zu der LIEBE. Was sie empfinden, das ist der brennende Begehr, die eitele *Wert*schätzung, das angst- und begehrbesetztes Abhängigseien, ein Zusammenhörempfinden, oder besten Falles rauschhafte Begehrerfüllungsdankbahrheit, aber keine Liebe. Ich begegenete nur einigen wenigen Menschen, die geistlich, im LICHTE des „DU" ohne Angst oder Begehr liebten. Aber diese quantitativ geringen Begegenungen waren so wenig spectaculär, dass ich darvon allein nicht zu zehren vermag. Die große, ewige Liebe aber ist das Jenige, was du empfindend erfahren kannst, wenn du dich versenkst. Und zwar mögest du dich in das Wort der ewigen Liebe gedanklich versenken. Denke dich in das Wort hinein und finde darin das Wort Gottes: die LIEBE. So kommst du zu einer ungekannten Ruhe, in der du dir Kraft als anwesend empfindest, die aber keine mechanische Kraft ist, sondern eine begelückende."

„Das klingt wohl. Aber wie kommen wir zu dieser Ruhe, dieser Versenkung? Ich meine, wenn ich mich nun still niedersetze, dann werde ich nur schläferig und ich versinke dann nur in den Schlaf."

„Die große, geistliche LIEBE finden wir nicht durch weltlichen Reichtum, sondern durch das Außer-Acht-Lassen all dessen, einerlei, ob die Miete bezahlt worden ist oder nicht. In unseres Vaters SCHÖPFUNG ist keine Miete zu zahlen; diese gilt nur in der von ego-hörig irrenden Menschen gemachten toten Mangelwelt. Im Beten wie im Denken und Sprechen lassen wir die Gewohnheiten und Dinge und Erdeutungen der Welt außer Acht, weil wir bewissen, dass sie nur zweitrangig sind. Und so wird das

Gebet zu liebendem Geben. Und wer giebt, der empfängt. Und er empfängt, was er giebt. Leben. Liebe. Licht. Sel. Geist. Heil. Frieden."

„Und sind wir dann noch die Jenigen, die wir jetzt sind?"

„Eine tiefweisende Frage, mein Lieber. Und sie ist schwerlich auf einer Ebene zu beantworten. Auf der Ebene des Iches: nein, sind wir nicht. Auf der Ebene der Seele: ja, sind wir. Der suchende Mensch, der sich durch das Ego hindurch als „Ich" denkt und empfindet, sucht, sein eigener Führer zu seien, obwohl Ego und Ich blind sind und nirgend hinführen und *nur* nirgend hinführen können, weil sie ohne Geist sind, hingegen das vom Menschen Gesuchte im GEISTE ist. ER aber ist unser einzig waarer Führer; wenn wir IHN als diesen Führer annehmen, dann sind wir nicht länger „Ich", sondern ... ja, was sind wir dann?"

„Dann sind wir: ‚mit IHM wir, in der LIEBE'. Du, EIBS mit IHM, und auch wir sind EINS mit dir und IHM darinnen verbunden. Worinnen? In IHR, der all-einenden LIEBE."

„Wunderbahr! Amän."

Alle saßen versonnen und dachten dem Gehörten nach.

Und Jan schenkte uns Allen nicht eine Runde ein, sondern sprach zu meinem Entzücken: „Vieles ist mir dessen, das ihr sagtet, noch zu hoch. Aber ich hoffe, ich habe richtig mitbekommen, dass, wenn wir in feinster Freude ob des Seiens leben und diese Freude mit unserem Nächsten aufrichtig und ungegrenzt teilen, wir dann den schönsten Dank mit unserem und für unseren Nächsten beten?"

„Jo, Jan! So ist es. Herrlich gesagt."

„Dann lasst uns doch Dem getreu leben!"

Und wir Alle gingen nachhin gemeinsamm hinaus zu einem geheimnissvollen Regenbogen über der Elbe und wandelten sänftlich unter ihm hindurch. Jeder schaute zwar einen eigenen Regenbogen, doch schien das Licht der einen selben Sonne durch den Regen hindurch. Das Staunen in Freude wuchs – die neue Welt im einigenden LICHTE der LIEBE war wunderschön.

Glossar:

Manche Namen oder deren Schreibweise mögen auch dem geneigten Leser Fragen eröff'net haben. Wenn wir den Grundgedanken der zahlreichen deutschen Rechtschreibereformen aber ernst nehmen, dann soll die Verwandtschafft eines jeden Namens einer Wortfamilie zu seinem Stamme zu ersehen seien, um den zu dem Namen hinzuzudenkenden Worthintergrund zu verdeutlichen. Dies zu verwirklichen war „man" zu wiederholtem Male unvollständig tätig.

Beispiele: Wenn der ‚Stengel' nun ‚Stängel' buchstabiert wird, um die Verwandtschafft zu der ‚Stange' aufzuzeigen, wieso werden die ‚Eltern' dann nicht ‚Ältern' buchstabiert, die der substantivierte Comparativ zu ‚alt', sprich: ‚älter', sind?

Wenn die ‚Schifffahrt' nun mit drei ‚f' geschrieben wird, weil das ‚Schiff' schon mit zweien buchstabiert wird, und die ‚Fahrt' ja noch ein drittes bietet, wieso wird der ‚Mitttag' (dessen ‚Mitte' schon zwei ‚t' aufweist, zu dem das dritte ‚t' des ‚Tages' kommt) dann noch immer mit nur zweien geschrieben?

Wenn das ‚Fass' der Nominativ Singular ist, des ‚Fasses' Genitiv und ‚Fässer' Plural, wieso sei dann der Nominativ Singular der ‚(Verhält)-nisse' und des ‚(Verhält)-nisses' das ‚(Verhält)-nis' mit nur einem ‚s'? Das wäre ja so, wie der ‚Knal' (sic!), des ‚Knalles', die ‚Knalle'!?

Wenn ‚wahrnehmen' eigentlich ein ‚in Wahr nehmen' ist, das zumeist über die fünf Sinne geschieht, dann ist das in Wahr Genommene (oder ‚Ge-wahr-te', in ‚Ge-wahr-sam' Genommene) etwas Vergängliches, nur die unstete Hülle oder äußere Gestalt, mithin etwas Vertrauens*un*würdiges, weil Unbeständiges. Allein das unvergängliche Ewige ist ‚waar' (Joh 14,6), jedoch nicht in Wahr zu nehmen (oder wahrzunehmen). Und dann müsse es unbedingt ebenso mit ‚ah' buchstabiert werden, wie ‚wahren', ‚Wahr (-nehmung)' et cetera, statt mit unterscheidendem ‚aa'?

Wenn ‚geleiten' und ‚gleiten' nicht selbig sind und mittels der beiden Namen Verschiedenes benannt wird, wieso sei es dann richtig, die Praefixbildung ‚be-geleiten' als ‚begleiten' zu buchstabieren?

Wenn ‚genug' der mit der Sammelungsvorsilbe ‚ge-' praefigierte Stamm zu dem Verbum ‚genüg-en' ist, wieso mögen dann ‚be-gnüg-en', ‚ver-gnüg-en' und der substantivierte Infinitiv ‚Ver-gnüg-en ohne dies ‚e' buchstabiert werden? Das ‚Ver-genüg-en' und ‚be-genüg-en' ist logisch!

Wenn ‚er-lauben' mit ‚g-lauben' verwandt ist, wieso wird dann das aufgefallene ‚e' nicht eingefügt? Wieso muss die Verwandtheit des ‚Ge-laubens' mit dem ‚Er-lauben' verdunkelt werden, jedoch die des ‚behände' (statt älter ‚behende') mit ‚Hand' durch Berichtigung angezeigt werden?

Was schaffen Umgangssprachhörige und die Sprachwissenschafft an unserer Sprache herum? Auch an dieser Stelle mag die Frage wiederholt werden, wieso ein gebildeter Mensch mit eigenem Bewissen, Gewissen und Sprachwissen alle Formen und Geheiße der Dictatur einer angeblichen, jedoch inconsequenten, unzureichenden und zweifelhaften Orthographie und Grammatik prüflos hinnehmen solle?

Der Staat ist ein eigenlebloses Phantom, dem die ihn tragenden Staatsbürger ihr Leben nur verleihen. Und dieser allso geistlose, tote Staat wird von einigen seiner Vertreter nicht nur als „höchste Instanz der Ethik", sondern zudem als „oberster Wächter der Sprache (und mit ihr des Geistes!)" angemaßt. Bedenklich! Zumindest wird uns eine angebliche „rechte" (hell. ‚orthós') Buchstabierung und eine Schrumpfgrammatik anbefohlen. Aber schon das Deutsche als zu sichernde Sprache der Menschen unterhalb des ihnen übergestülpten Staates namens ‚Bundesrepublik Deutschland' in das Grundgesetz zu verfügen, erachten die obersten Vertreter als nicht erforderlich. Und weil diese ja Alle angeblich oder per definitionem ‚demokratisch' gewählt seien (was so pauschal nicht zutrifft! Stand etwa jemales dem einfachen Wähler die Wahl eines Cultusministers oder eine Mitsprache bei der Rechtschreibreform an?), sollen die Staatsbürger allesammt – einerlei, ob Legastheniker oder ob Dichter oder Gelehrter der Sprachwissenschafft – das unwissenschafftliche Larifari widerwortlos hinnehmen? Die Leute des Duden-Redaction verfahren nicht proscriptiv (die Vorsilbe ‚prae-(scriptiv)' wäre nur zeitlich), doch descriptiv. Ein Feeler (siehe unten!), der von der Mehrheit der Sprecher übernommen und nachgeplappert wird, gilt jenen Redacteuren bald als „richtig", so als sei über eine Sprachrichtigheit ochlokratisch, sprich: pseudodemokratisch zu befinden. Lassen wir das auch in der Ethik zu? Sei eine gerechte Sprache aber nicht ein Teil des gerechten Lebens?

Aber trotzdem könnte auch der die Sprache verwendende Staatsbürger ja eines Tages auf den Gedanken kommen, die Umgangssprache, die er jedes Tages gebraucht, hört, liest, in prüfende Frage zu stellen. Sei er etwa verpflichtet, alle Prüfung dem Staate zu überlassen? Das ist nicht der Fall. Kein Gesetz verbietet den Gebrauch eines Herkunftswörterbuches, anderer Grammatiktheoriebücher oder allgemein der sprachphilosophischen Litteratur. „Sei des Mutes, dich deines eigenen Verstandes zu bedienen!" (nach Immanuel Kant (1724-1804).

Die Schreibweise der aus hellenischer Schrift kommenden Namen ist eben' Falles auffällig. So wird seit der classischen Epoche unter ‚t' für ‚taû' und ‚th' für ‚thäta' geschieden, jedoch ‚è psilón' und ‚äta' Beide als ‚e' wiedergegeben. Warum? Hier wird unter ‚e' für ‚è psilón' und ‚ä' für ‚äta' geschieden, hingegen die Verbindung ‚álpha-iôta' nicht mit ‚ä', doch mit ‚ai' buchstabiert. Auch wird unter ‚o' für ‚ò mikrón' und ‚oh' für ‚ô méga' geschieden. Das ‚û psilón' ist nur als Großbuchstabe ein ‚Y'; als kleiner hingegen ein ‚u', wie wir es auch in Namen wie ‚Europa' (statt ‚Eyropa'), ‚Musik' (statt ‚moysik') kennen (darher hier nun etwa ‚Hupóstase'). Siehe auch unter ‚Y'!

Hier nun einige systemausgleichende Änderungsvorschläge und einige aus der Sprachmode gekommener, doch wichtiger Namen:

‚Abstracta' = „Abstraktes", doch im Lateinischen mit ‚c'

‚acceptabel' = „annehmlich", zu lat. ‚ad-cipere', PPP ‚acceptum'

‚acut' = „scharf", aus lat. ‚acutus', zu ‚acus' = „Nadel"

‚Adiectiv' = „Hinzugeworfenes", zu lat. ‚ad-icere', PPP!

‚allso' = „also, all(es) so"

‚Ältern' = „Eltern", welche aber die „Älteren" sind

‚allesammt' = „allesamt"; siehe: ‚sammt'!

‚amän' = „waarlich", zu hebr. ‚amän' (mit ‚ä' für hell. ‚äta')

die ‚Anderweite' = „alter-native Denkweite"

‚aneigenen' = „sich zu eigen führen", zu ‚eigen'.

‚ängelisch' = „durch Angeln bestimmt; Sprache der Angeln"

das ‚Antlitz' = „Hauptes Vorderseite"

‚armsälig' = „durch Armsal bestimmt"; siehe: ‚-sälig'!

‚Aspect' = „Anblick", zu lat. ‚ad-spectus'

‚atemen, atemete, geatemet' = „Atem einholen"

der ‚Ausgeleich' = „Geleichmach"

‚ausgerechenet' = „durch *Rechenen* her*aus*gekommen"

‚austauschbahr' = „auszutauschen, Austausch behrend"

‚-bahr' = „behrend'; siehe ‚behren'!

die ‚Banc' = „Geldwechseltisch, -haus", zu ital. ‚banco'

die ‚Bank' = „Erhöhung, Sitz- oder Sandbank"

‚becämpfen' = „gegen etwas/jemanden fechten oder streiten"

der ‚Bedeut' = „Deut in die Tiefe", mehr denn Nennleistung!

‚bedeutlos' = „ohne Bedeut, unbedeutend"

‚Bedeutung' = „Geschehung des Deutes, mehr denn Geltung"

‚bedeutsamm' = „höchsten Bedeutes, weihe Tiefe bedeutend"

‚begegenen, begegenete, begegenet' = „entgegenkommen"

‚Begegenung' = „Geschehung des Begegenens"

‚begeisten' = „Geist einhauchen, mit Geist ausstatten"

‚begelücken, begelückte, begelückt' = „Gelück bringen"

‚begenadigen' = „durch Genade der Verurteilung entheben"

‚Behandelung' = „Geschehung des Behandelns"

‚behren, bahr, (ge)bohren' = „(mit einer Bahre) tragen"
‚berechenen, berechenete, berechenet' = „rechenen"
‚beselbigen' = „selbig zu werden bewegen"
‚Beselbigung' = „Geschehung des Beselbigens"
‚bestetigen' = „stetig machen"; ‚(be)stätig(en)' ist nicht
‚bewahren' = „etwas Bestimmtes wahren"
‚beweiß' = 1. und 3. Person Sing zu ‚bewissen'
‚bewissen, beweiß, bewusste, bewusst' = „etwas Bestimmtes wissen"
‚bewissentlich' = „dem Bewissen geleich"
‚Bezweifelung' = „Geschehung des Bezweifelns"
‚Botinn' = „weiblicher Bote"; siehe ‚-inn'!
‚Bureau' = „französisches Büro"; siehe ‚französisch'!

‚Campf' = „Kampf, Feldschlacht", zu lat. campus' = „Feld"
‚cämpfen' = „fechten, streiten, wüten"; siehe ‚Campf'!
‚cämpferisch' = „unnachgiebig, polemisch"
die ‚Cancel' = „Vergittertes"; im lateinischen ist weder ‚k' noch ‚z'.
der ‚Cancelpraediger' = „Von der Cancel herab Praedigender"
der ‚Canceler' = „Kanzler", aus lat. ‚cancellarius'; siehe ‚Cancel'!
‚Capelle' = „Häuschen der kleine Kappe", zu lat. ‚capella'
‚Carte' = „steifes Papier, Urkunde", zu frç. ‚carte', zu lat. ‚charta'
‚causal' = „der Causa („Ursache") gemäß"; zu lat. ‚causa'
‚Causalität' = „Ursache-Wirkung-Denken; der Traum, Gründe des
            Werdens zu wissen"; im Lateinischen ist aber kein ‚k'
‚Celle' = „lateinische Zelle"; im Lateinischen ist kein ‚z'.
‚Choque' = „ französischer Schock"
‚choquieren' = „jemanden aus der Fassung bringen"
‚Christianer' = alter Name für „Anhänger Christi"
‚clar' = „hell", zu lat. ‚clarus'.
‚clären, clärte, geclärt' = „clar zu werden bewegen"; siehe ‚clarus'
‚Clavier' = „Instrument mit Claviatur"; zu lat. ‚clavis'
‚Cliché' = „französisches Druck- und Denkmuster"

‚Commentar' = „Mit*wer*tung", zu lat. ‚cum' und ‚mens'

‚**commentieren,** commentierte, commentiert' = „mit*wer*ten"

‚**Commilitoninn'** = „Mitstudentinn"

‚**componieren,** componierte, componiert' = „zusammensetzen"

‚**Composita'** = „Zusammengesetztes"; zu lat. ‚com-ponere', PPP

‚**Condicion'** = „Gezeihung, Bedingung, Verhältniss"; ‚Kondition'
         ist fälschlich buchstabiert, denn die lat. ‚conditio'
         = „Würzung" ist dem Verb ‚condire' abgeleitet, je-
         doch ‚condicio' ab ‚condicere'.

‚condicioniert' = „bedingt"; siehe ‚Condicion'!

‚consensitiv' = „Consens miteinander empfindend"

‚**Construction'** = „Zusammenbau(ung)"; zu lat. ‚con-struere'

‚**Conto'** = „ich zähle (mein Geld auf der Banc)", aus ital. ‚conto'

‚**Controlle'** = „Maßvergeleichung, Überprüfung"

‚**Controlettismus'** = „Aufsichts- und Überprüfungssucht"

‚**Cörper'** = „Körper", aus lat. ‚corpus, corporis'

‚costbahr' = „*wert*bahr"; nicht zu ‚kosten'; siehe dort!

‚costen' = „Gegen*wert* oder zu Zahlendes verlangen"

die ‚**Coulisse'** = „Kulisse", doch *en français* mit ‚Co' statt ‚K'!

‚crass' = „dick, roh", aus lat. ‚crassus'

‚**Creuc'** = „einander überquerende Hölzer", aus lat. ‚crux, crucis'

‚**creucigen'** = „jemanden an ein Creuc nagelnd ermorden"

‚**Creucigung'** = „Geschehung des Creucigens"

‚**Creucung'** = „Überquerung"; siehe ‚Creuc'!

‚**Crone'** = „Krone", doch die lateinische ‚corona' ist ohne ‚k'

‚**Cultur'** = „Gepflogenheit", zu lat. ‚colere', PPP ‚cultum'.

der ‚**Dacht'** = der „Gedanke", zu ‚denken, dachte, (ge)dacht'

‚**dächteln'** = „kleingeistig denken"

‚**dächtig'** = „durch Dacht bestimmt"

‚**dächtlich'** = „dem Dache geleich"

‚**Damokles'** = „Höfling des Tyrannen Dionysios I. in Syrakus"

‚**dar'** = „da(r)", dem an vielen Stellen ein ‚r' ausfiel: ‚dar-neben'

‚darauße n' = „d'raußen = dar außen"

‚darben, darbte, (ge)darbt' = „(ungedeckten) Bedarf leiden"

‚darhin' = „dar hin, dort hin"

‚darinnen' = „dar innen, in dem"

‚darmit' = „dar mit, mit dem"

‚darreichen' = „ "

das ‚Darseien' = „Dasein". Siehe: ‚dar' und ‚seien'!

‚darvon' = „dar von, von dem"

‚darzu' = „dar zu, zu dem"

‚Deismus' = „Denke, der Deus lasse seine Schöpfung allein"

der ‚Demut' = „der Mut zu dienen"

‚denkbahr' = „Denke behrend, zu denken möglich"

‚Derivat' = „Ableitungsergebniss", aus lat. ‚derivare'

‚deuchte' = Zweifelweise Verginge zu ‚dünken'; siehe dort!

‚Dimension' = „Abmessung", aus lat. ‚di-mensio'

‚doppeldächtig' = „durch Doppeldacht bestimmt"

‚Dösbartel' = „dösiger Bartholomäus"; gelautet: „Dösbaddel"

‚Dschainismus' = „asketischer Mönchsorden in Indien"

‚Dünkel' = „ego-hörig verzerrte Denke"; siehe ‚dünken'!

‚dünken, dünkte, gedünkt' = „durch Ego hindurch denken"

‚dürfen, durfte, (ge)durft' = „Durft leiden, (be)dürfen"

‚eben' Falles' = „ebenfalls", was zusammengeklumpt ist!

‚ego-hörig' = „durch dem-Ego-Hörigheit bestimmt"

‚egomanisch' = „durch Egomanie = Ichsucht bestimmt"

‚Entcörperung' = „Sich-aus-dem-Cörper-Treibung" („Suicid")

‚entgegenen, entgegenete, entgegenet' = „entgegensprechen"

‚erclären, erclärte, erclärt' = „clar zu werden sprechen"

‚Erclärung' = „Geschehung des Erclärens"

‚ergattern' = „durch Gatter oder Gitter erhaschen"

‚ergiebt' = 3. Person Einzahl zu ‚er-geben', stark gebeugt!

‚Erinnerungsmöge' = „Möglichkeit, Vermögen zu erinnern"

‚eröffenen, eröffenete, eröffenet' = „offenmachen"

‚Eröffener' = „Offenmacher"
‚essen, isst, aß, geëssen' = „feste Nahrung mündlich fassen"
die ‚Ewe' = „das, dardurch ‚ewig' bestimmt ist, das Ewige"
‚ewig' = „durch Ewe bestimmt"
‚Ewigheit' = „die Offen-zu-vernehmen-Gebe des Ewigen"

der ‚Factor' = „Macher, Machensanteil"; lat. ‚factor'
‚fahren' = „durch die Zeit kommen"
‚Fascination' = „Behexung", aus lat. ‚fascinum'
‚fascinieren, fascinierte, fasciniert' = „behexen, verzaubern"
‚Feel' = „Untrefflichheit"; anders denn ‚be-/emp-fehlen' mit ‚ee'!
‚Feeldacht' = „untrefflicher, feelerhafter Dacht"
‚feelen, feelte, gefeelt' = „darnebenkommen, verfeelen"; anders
                          denn ‚be-/emp-fehlen, fahl, (ge-)fohlen' mit ‚ee'!
‚Feeler' = „Untreffer, Miss"
‚feelerhaft' = „mit Feelern behaftet"
‚feelerlos' = „ohne Feeler"
‚Feelhinzudacht' = „feelerhaft Hinzugedachtes"
‚feixen, feixte, gefeixt' = „Faxen machen wie ein Fex"
‚fernmündlich' = „telephonisch"
‚fictiv' = „erdichtet", zu lat. ‚fingere', PPP ‚fictum'
‚französisch' = „französisch", doch „en français" mit ‚ç': ‚français'
‚frç.' = „französisch" (statt ‚französisch'), zu frç. ‚français'
‚Freundinn' = „Freundin", die aber im Plural plötzlich ein zweites ‚n'
                Verpasst bekommt; wieso nicht auch im Singular?
                Siehe: ‚-inn' und ‚-niss'!
‚Function' = „Leistung", zu lat. ‚fungi', PPP ‚functum'
‚functionieren' = „leisten", zu lat ‚fungi'; siehe dort!
‚fürder' = „Steigerung zu ‚fort'; forter"

‚gebähren, gebahr, gebohren' = „gesämmtlich behren"
‚Gebuhrt' = „Gebohrenwarde oder -werdung"
‚Gedächt' = „gesammte Dächte"

‚gedächtig‘ = „durch Gedächt bestimmt"

‚Gedächtniss‘ = „Seien des Gedachten"

‚Gedächtsprache‘ = „Sprache mit Gedächt (statt nur Namen)"

‚geëbenet‘ = „Vollendetheit des Ebenens"

‚geëssen‘ = „Vollendetheit des Essens"; siehe ‚essen, isst, aß‘!

die ‚Gefaar‘ = „Gefahr", die aber nicht dem ‚Fahren‘ abgeleitet ist

‚gefäärden‘ = „in Gefaar bringen"

‚gefäärlich‘ = „der Gefaar g'leich". Doppel-ä, weil Doppel-a.

der ‚Gefährte‘ = „der die Fahrt mit Jemandem Teilende"

‚Gefeixe‘ = „gesammte Fexfaxenmacherei"; siehe ‚feixen‘!

‚Gegener‘ = „der sich jemandem entgegen Stellende"

‚gegensinnig‘ = „durch Gegensinn bestimmt"; ‚heiß‘ oder ‚kalt‘

‚Gelaube‘ = „vertrauensvolles Gelob des Lieben"; zu ‚(er)lauben‘

‚gelauben, gelaubte, gelaubt‘ = „vertrauend liebgelobend";
    „glauben, dem ein ‚e‘ ausfiel, verwandt mit ‚er-lauben‘,
    ‚lieben‘, ‚loben‘; nicht alles Träumen ist ein Ge-lauben,
    sondern was wir liebloben.

‚geleich‘ = „unterschiedloser Leiche; gleich", dem aber ein ‚e‘ der ur-
    sprünglichen Vorsilbe ‚ge-‘ ausfiel: ‚ge-leich‘, verwandt mit
    der Nachsilbe ‚-lich‘ und der ‚Leiche‘ = „Gestalt"

‚geleichen, gelich, gelichen‘ = „geleich seien"

‚Geleichheit‘ = „Seiensart des Geleichen"

‚Geleichsetzung‘ = „Als-„geleich"-Setzung"

‚Gelück‘ = „Das höchste Freude erwirkende; Glück", dem aber ein ‚e‘
    in der ursprünglichen Vorsilbe ‚Ge-‘ ausfiel: das ‚Gelück‘
    = „das gesammte Lück" = ängl. ‚luck‘, altniederfränkisch
    ‚gilukki‘, schwed. ‚lykka‘

‚gelücken, gelückte, gelückt‘ = „Gelück werden"

‚gelücklich‘ = „dem Gelücke gleich"

‚gemeinsamm‘ = „sämmtlich gemein"

‚Genade‘ = „gesammte Nade, Urteilsüberliebung"

‚genädig‘ = „durch Genade bestimmt"

‚gesammt‘ = „allsammen", siehe: ‚sammt‘!

‚Gestade' = „Uferstätte"; zu ‚stehen'
‚giltig' = „gültig", was aber nicht „durch Gult bestimmt" nennt.

‚hälfe' = „hülfe", das aber als Coniunctiv Verginge von ‚half'
‚Hämtücke' = „Heim-tücke", die nicht dem ‚Heim', sondern
              der ‚Häme' abgeleitet ward
‚hämtückig' = „durch hämige Tücke bestimmt"
‚Handelung' = „Geschehung des Handelns"
‚hangen, hing, (ge-)hangen' = „gehängt worden seien"
‚hängen, hängte gehängt' = „hangen machen"
‚hei' = niederdeutsch für „er"; ängelisch ‚he'
die ‚Heit' = die „Heiter-zu-vernehmen-Gebe"
‚-heit' = „Heiter-zu-vernehmen-Gebe"
‚Hellene' = „Bewohner des Landes Hellas"
‚hellenisch' = „durch Hellas oder die Hellenen bestimmt"
‚heuer' = „hie Jahr, diesjährig"
‚hineingebähren, gebahr hinein, hineingebohren' = „eintragen"
‚Höker' = „Händeler"
‚Hupóstase' = „Erhöhung durch Untersockelung"

‚Ich' = „erdeuteter Schöpfungssplitter"
‚ichig' = „durch Ich bestimmt"
‚im-mater-ielle' = „un-mütter-lich, unstofflich"; siehe ‚Materie'!
‚implicieren, implicierte, impliciert' = „einflechten"
‚implicit' = „eingeflochten, inneliegend"
‚Individuation' = „Unteilbahrung, Werdung des Individuums"
‚-inn' = ‚-in'. Weil aber im Plural nicht ‚Freundinen' sind, sondern
        ‚Freundinnen', ist es logisch besser, auch im Singular ein
        doppeltes ‚n' zu schreiben. Siehe: ‚-niss'!
‚innerhaupt' = „dem Haupte innen"; siehe: ‚überhaupt'!
‚Iurisprudentia' = „Rechtsklugheit"; zu lat. ‚ius' und ‚prudens'
‚Iurist' = „Anhänger des Iurismus, zumeist Legist ohne Ius"
‚iuristisch' = „durch Ius bestimmt"

der ‚Jesuaner' = „unchristlicher Anhänger Jesu"
‚jo' = niederdeutsch für „ja"
‚jümmers' = niederdeutsch für „immer"
‚Jungens' = niederdeutsch für „Jungen"

‚Karma' = „Tat, Werk"; Sanskrit für die Folgen des Geschehens.
‚Katägorie' = „Denk- und Gedächteinteilung"
‚katägorisieren, katägorisierte, katägorisiert' = „denkeinteilen"
‚kosmetisch' = „Ordenung oder Schmuck betreffend"
‚Kósmos' = „Ordenung, Schmuck"
‚Kuddeln' = „Fischgedärm"
‚Kinners' = niederdeutsch für „Kinder"
‚KL' = „K(oncentrations)l(ager)"; alte Abkürzung vor ‚KZ'
‚Knacki' = Jargonname für „Knastologe"
‚Knallstatistik' = „Unfallstatistik"; im „Nichtfalle" ‚knallt' es!
‚kosten' = „zu schmecken suchen"
‚köstlich' = „dem Kosten gleich, zu kosten"

‚leugenen, ‚leug'nete', (ge)leug'net' = „leugnen", dem ein ‚e' ausfiel
‚Leugenung' = „Geschehung des Leugenens"
‚Lichtleib' = „Astralleib"
‚limbisch' = „die Hirnregion der *Wertungs*hormone betreffend"
‚litterarisch' = „durch Litteratur bestimmt"
‚Litteratur' = „Geschriebenes", zu ‚lat. ‚littera' = „Buchstabe"

‚maligne' = „übelschaffen", zu lat. ‚malignus' = „Übelkind"
‚Mammon' = „aramäische Habe", zu ‚mamôna'
‚mangelgedächtig' = „durch Mangelgedächt bestimmt"
die ‚Masque' = „Maske"; francösich: la ‚masque'
‚masquieren' = „maskieren"; siehe: ‚Masque'!
‚Materialismus' = „auf Materie gestützte Weltdeutung"
‚materiell' = „durch Materie bestimmt"; zu lat. ‚mater-ia'
‚Melanom' = „schwarze Krebsgeschwulst"

‚mittel, mitteler, mittelere' = „der/die/das in der Mitte Seiende"
‚mittelniederdeutsch' = Geschäfftssprache der Hanse
‚Mitttag' = „des Tages Mitte"
‚mnd.' = „mittelniederdeutsch (anno 1000-1500)"; siehe dort!
‚mögen, mag, mochte, gemocht' = „(ver)mögen, in der
                                    Möge/Mög-lichheit seien"
‚Moneten' = „lateinische Münzen"
der ‚Mors' = niederdeutsch für nhd. „Arsch"
der ‚Mut' = „Gestimmtheit des Ge-mütes"

‚nachdenksamm' = „gesammtheitlich nachdenkend"
der ‚Naci' = „Na(tional-So)ci(alist)"
‚Name' = „Nennmittel"
‚nennen' = „mittels Namens in 's Darbeiseien hervorheißen"
‚Nennleistung' = „Namens Nennfunction"
‚neugebohren' = „neu(er)lich (und gewandelt) gebohren"
‚Neugebuhrt' = „neue Gebohrenwarde (als Gewandelter)"
‚ne-uteral' = „weder (feminin) noch (masculin)", zu lat. ‚ne uter'
‚nhd.' = „neuhochdeutsch"
‚nnd.' = „neuniederdeutsch"
‚-niss' = „-nis", das aber im Genitiv nicht ‚-nises', sondern ‚-nisses'
            oder im Plural ‚-nisse' etc. Ist des ‚Fasses' Nominativ etwa ‚Fas'?
‚nota bene' = „bemerke wohl, wohlgemerkt"
‚NZ' = „(fictive) Nord(länd)ische Zeitung"

‚Obiect' = „Gegenstand"; im lateinischen ABC nicht sind ‚j', ‚k'
‚obiectiv' = „durch Obiect bestimmt, nach Art des Obiects"
‚Odem' = „geistlicher Atem"
‚öffenen, öffenete geöffenet' = „offen machen"
‚olle' = niederdeutsch für „alt(e)"
‚Omnibus' = „(Wagen) für Alle"; zu frç. ‚(voiture) omnibus'
‚ordenen' = „fügen, in Ordenung bringen"
‚Ordenung' = „Ordnung", dem ein ‚e' ausfiel. Siehe ‚ordenen'!

‚palaiohellenisch' = „althellenisch, altgriechisch"
‚Parc' = „françäsische öffentliche Grünanlage"
‚parken' = „abstellen"
‚Particip' = „Mittelwort"
‚Pentateuch' = „Fünfband, fünf Bücher des Mosche"
‚Perfect' = „vollendet(e Gegenwart)"; zu lat. ‚perfectum'
das ‚Piquenique' = „Picknick", das aus dem françäsischen
                     Namen ‚pique-nique' kommt.
‚Pocal' = „aiguptisch-lateinisches Gefäss"
‚Poiäm' = „Gedicht", zu hell. ‚poíäma' und ‚poieîn'
‚Poiäsis' = ποιησισ = „Poesie, Machung durch Erdeutung"
‚Poiät' = „Dichter", zu hell. ‚poieîn'
‚poiätisch' = „poiätisch, durch Erdeutung bestimmt"
‚PPP' = „Particip Perfect Passiv"
‚praedigen, praedigte, gepraedigt' = „vorreden, vorzeihen"
‚Praediger' = „Vorsprecher, Vorzeiher"
‚Praedigt' = „Vorgeziehenes"
‚Praefigierung' = „Vorsilbenfügung vor einen Wortstamm"
‚Princessinn' = „Fürstentochter"
‚Process' = „Fortgang, Fortschreiten, Fortschritt"
‚Prophäzeiung' = „Vorhersagung, Gesichtung"
‚Punct' = „Punkt", doch im lateinischen ‚punctus' ist kein ‚k'
‚pünctlich' = „dem Puncte geleich"

‚rechenen, rechenete, gerechenet' = „Zahlen fügen"
‚Rechenerei' = „Das viele Rechenen"
‚Rechenung' = „Geschehung des Rechenens"
‚respective' = „rückblicklich", zu lat. ‚respectus'

‚-sal' = „Nachsilbe abstracter Substantive", etwa: ‚Schicksal', et c.
‚-sälig' = „durch ‚-sal' bestimmt; wieso solle das Adiectiv zu dem Sub-
            stantiv ‚Arm-sal' plötzlich ‚arm-selig' seien? Unter ‚selig'
            verstehen wir Anderes: siehe ‚Sel'! Ergo: ‚arm-sälig', ‚schick-

sälig', ,müh-sälig', ,feind-sälig', etc.

,-samm' = „-sam", das aber nicht von ,Same' oder ,samen' kommt,
  sondern von ,sammeln', ,sammt' ,zusammen', et c.

,sammt' = „ge-/ver-sammelt, zu-sammen"

,sämmtlich' = „dem Sammten geleich", zu ,sammeln', nicht zu ,Samt'

,-schafft' = „-schaft', die aber nicht dem ,Schaft', sondern dem
  ,Schaffen' abgeleitet ist

,schuldgedächtig' = „durch Schuldgedächt bestimmt"

,Schuldkatägorie' = „Einteilungen im Schuldgedächte"

das ,Schwerniss' = „Schwerseiendes"

,segenen, segenete, gesegenet' = „Segen geben"

,seien, ist, war, gewesen' = „vernommen und gedacht werden"

das ,Seien' = das „Sein", dem ein Infinitiv-e eingefügt ist (System-
  ausgeleich)

die ,Sel' = „das, dardurch ,sel-ig' bestimmt ist: größte Freude"

,selb' = „unwandelbahr eins mit sich"

,selbig' = „durch selb bestimmt"

,Selbigachtung' = „Erachtung zweier als selbig"

,selbmalig' = „durch selbes Mal bestimmt"

,Sierichstraße' = Straße in HH mit stundenweiser Fahrtrichtung

,sik' = niederdeutsch für „sich"

,sonderbahr' = „Sonderung behrend"

,Sprechwort' = „gesprochenes Wort" (kein ,Sprichwort', das
  eigentlich ein ,Spruchwort' ist!)

,stärbe' = Coniunctiv Verginge (alias Coniunctiv II) zu ,sterben'

,sterben, stirb, starb, gestorben' = „dem Cörper entschweben"

,stieben, stob, gestoben' = „auseinanderfliegen"

,stöbe' = „flöge auseinander"

,Straßencreucung' = „Überquerung mindestens zweier Straßen"

,Subiect' = „Untertan; Täter". Siehe: ,Obiect'!

,subiectiv' = „durch Subiect bestimmt; untertänig"

die ,Sucht' = „Sieche"

‚Tobac' = „Tabak", aber aus span. ‚tabaco' mit ‚c'

‚todbahr' = „Tod behrend". Siehe: ‚-bar' und ‚behren'!

‚**Transfinitien**' = „Jenseits der Grenze", fictiver Landesname

‚**Transfinitier**' = „Bewohner Transfinitiens"; siehe dort

‚**trauerig**' = „durch Trauer bestimmt"

‚**Trogloduth**' = „hellenischer Höhlenbewohner"; siehe ‚Y'!

‚**tüdeln**, tüdelte getüdelt' = nnd. für „stottern, titeln, zotteln"

‚**tuen**, tat, getan' = „Werkkraft durch sich hindurchlassen"

das ‚**Tuen**' = das „Tun", dem ein Infinitiv-e einfügt ist (System!).

‚**überhaupt**' = „dem Haupte über"; siehe ‚innerhaupt'!

‚**übertan**' = „hinübergesetzt, superiect"

‚**unbewissentlich**' = „dem Unbewissen gleich"

‚**unclar**' = „nicht clar"; siehe ‚clar'!

‚**Ungenade**' = „Ohne Urteilsüberliebung"

‚**unmittelbahr**' = „Mittel entbehrend, ohne Mittel darzwischen"

‚**untertan**' = „hinuntergesetzt, sub-iect"

‚**vergeleichbahr**' = „zu vergeleichen"; siehe ‚geleich'!

‚**vergeleichen**' = „auf Geleichheit prüfen"; ‚ver-gleich-en' fiel ein ‚e'
                                        leider aus.

‚**Vergenügen**' = „für-Genug-werden, genug bekommen"

‚**verleugenen**, verleugenete, verleugenet' = „fortlügen"

‚**versühnen**' = „versöhnen", das aber nicht dem ‚Sohne' abgeleitet.

die ‚**Versühnung**' = „Versöhnung"; siehe: ‚versühnen'!

‚**vertellen**' = „erzählen" (niederdeutsch)

‚**verzeichenen**' = „mit Zeichen in ein Verzeichniss fügen"

‚**Verzweifelung**' = „Geschehung des Verzweifelns"

‚**Volksetymologie**' = „Pseudoetymologie gemeiner Sprecher"

‚**volksetymologisch**' = „durch Pseudoetymologie bestimmt"

‚**waar**' = „vertrauenswürdig", lat. ‚verus', vordeutsch ‚waera'

die ‚**Waarheit**' = der „CHRISTUS" (Joh 14,6), lat. ‚veritas'

die ‚Wahr’ = „(Be-)Wahr(-ung), (Ge-)Wahr(-samm)“; ahd. ‚war,’
          germanisch ‚war-o’, lat. ‚vereri’

‚wahren’ = „Wahr geben, (be)wahren, in Wahr nehmen“

‚wahrlich’ = „der Wahr geleich“

‚wahrnehmen’ = „In-Wahr-nehmen, in (Ge)Wahr(sam) nehmen“

‚ward’ = „Verginge zu ‚werden’, erste und dritte Person Einzahl“

‚wärde’ = „Zweifelweise (= ‚Coniunctiv’) Verginge zu ‚werden’

‚werden, wird, ward, geworden’ = „in neues Seien einkommen“

‚**Werkegerechtigheit**’ = „Sündenthobenheit durch gute Werke“

das ‚**Werteaustauschverrechenungsgespinst**’ = „Wirtschafft“

‚**Widerdacht**’ = „widersinniger, -sprechender Dacht“

‚**widerdächtig**’ = „durch Widerdacht bestimmt“

‚**Wiedergebuhrt**’ = „Geschah des Wiedergebohrenwerdens“

‚**Wort**’ = „Einheit aus Name und Gedächt“

‚**worten**, wortete, gewortet’ = „in Worten miteinanderseien“

‚Y’ = der 20. Buchstabe des hellenischen Alfabets. Nur das große ‚û psilón’ erscheint dort wie hier zu sehen: ‚Y’; das kleine erscheint als ‚u’. Der Klang des deutschen ‚u’ ward im Altertume angeblich nur dann erreicht, wenn ihm ein klein-es, ein ‚ò mikrón’, voranstand, wie in ‚mousikós’ = „das M(o)usische betreffend“. Aber dies ward und wird in der Übertragung nicht ‚moysisch’ buchstabiert. Auch ‚Europa’ wird nicht ‚Eyropa’ geschrieben. Aber die ‚Sumpathie muss unbedingt ‚Sympathie’ buchstabiert werden, darmit man wisse, dass es angeblich wie ein ‚ü’ ausgesprochen ward? Weil das für Unwissende so wichtig zu wissen ist, lehrt man sie nicht hellenische Sprache, doch verfälscht die Schreib-weise, wie auch mit dem françäsischen Namen ‚bureau’, der zu ‚Büro’ mutiert, weil man die Unwissenden keines Falles der françäsischen Sprache unterrichten kann.

der ‚**Zweifel**’ = „Zweifalt, Zweifaltigheit der Denkmöglichheit“

Litteratur (Auswahl)

Pierre Abaelard: Historia Calamitatem
        Scito te ipsum
        Theologia Summi boni
Karl Abel: Über den Gegensinn der Urworte
        Über die Unterscheidung sinnverwandter Wörter
Kurt und Barbara Aland: Novum Testamentum latine
Jenny Aloni: „Man müsste einer späteren Generation Bericht geben"
Anonymus: Die Ergänzungen zu ‚Ein Kurs in Wundern'
        Ein Curs in Wundern („A Course in Miracles")
Anthologie: Der unbegabte Goethe
Anthologie: Fundsache
Anthologie: Menschen begegnen
Hannah Arendt: Eichmann in Jerusalem. Ein Bericht von der Banalität des
                                         Bösen.
Aristoteles: De Anima
        Metaphysik
        Organon (Hermeneutik, Katägorien, Logikprobleme, et c.)
        Physik
        Poiätik (Bruchstück über Tragödie und Epos)
        Politika
Jane Austen: Pride and Prejudice („Stolz und Vorurteil")
Hans Barth: Masse und Mythos
Carlo Battisti/Giovanni Alessio: Dizionario etimologico italiano
Heinz Bechert: Die Reden des Buddha
Gottfried Benn: Sämmtliche Gedichte
Klaus Berger: Geschichte des Urchristentums
        Paulus
Peter Bichsel: Ein Tisch ist ein Tisch (in: „Kindergeschichten")
Ambrose Bierce: The Devil's Dictionary
Helmut Birkhan: Etymologie des Deutschen
           Germanen und Kelten bis zum Ausgang der Römerzeit
Felix Blaser: Zum Verständnis der Auferstehung
Hartmut Bobzin: Mohammed
Katja Bode: Abenteuer grundlos glücklich
Heinrich Böll: Ansichten eines Clowns
        Und sagte kein einziges Wort

Wanderer, kommst du nach Spa…
Ernest Bornemann: Das Patriarchat
Georg Büchner: Dantons Tod
Der hessische Landbote
Lenz
Leonce und Lena
Woyzeck
H. Buntz: Der Wortschatz der Alchimisten
Albert Camus: L'étranger („Der Fremde")
Le mythe de Sisyphe („Der Mythos des Sisyphos")
Elias Canetti: Aufzeichnungen 1973-1984
Das Gewissen der Worte
Der Ohrenzeuge
Die Blendung
Die gerettete Zunge
Die Fackel im Ohr
Masse und Macht
Ernst Cassirer: Philosophie der symbolischen Formen
Paul Celan: Sämmtliche Gedichte
Noam Chomsky: Essays
Reflexionen über die Sprache
Sprache und Geist
Sprache und andere kognitive Systeme
Deepak Chopra: Leben nach dem Tode: Das letzte Geheimniss unserer
Existenz

Paolo Coelho: Der Alchimist
Albert Dauzat/Jean Dubois/Henri Mitterand: Dictionaire etymologique
Richard Dawkins: Der Gotteswahn
Daniel Defoe: Robinson Crusoe
Jacques Derrida: Die Schrift und die Differrenz
Die Stimme und das Phänomen
Grammatologie
Randgänge der Philosophie
Über den Namen
Karl-Heinz Deschner: Das Kreuz mit der Kirche
Guy Deutscher: Du Jane, ich Goethe. Eine Geschichte der Sprache
Ph. Dietz: Wörterbuch zu Dr. Martin Luthers deutschen Schriften
Hoimar v. Ditfurth: Der Geist fiel nicht vom Himmel
Innenansichten eines Artgenossen

Michael Feuser: An einem Ort, so weit und schön ...
Foundation of Inner Peace: A Course in Miracles
Reinhard Frank: Über den Aufbau des Schuldbegriffes
Gottlob Frege: Funktion, Begriff, Bedeutung
Carsten Frerk/Michael Schmidt-Salomon: Die Kirche im Kopf
Sigmund Freud: Abriss der Psychoanalyse
    Der Witz und seine Beziehung zum Unbewussten
    Die Traumdeutung
    Totem und Tabu
Erich Fromm: Haben oder Sein
Helmut Gipper: Das Sprachapriori
    Gibt es ein sprachliches Relativitätsprinzip?
Johann Wolfgang v. Goethe: Die Leiden des jungen Werthers
    Faust (I/II)
    Sämmtliche Gedichte
Jacob und Wilhelm Grimm: Deutsches Wörterbuch
    Hausmärchen
Christoph Gutknecht: Lauter blühender Unsinn
    Lauter böhmische Dörfer
Johann Georg Hamann: Londoner Schriften
    Sokratische Denkwürdigkeiten
    Zwei Recensionen betreffs den Ursprung der Sprache
Martin Heidegger: Der Feldweg
    Erläuterungen zu Hölderlins Dichtung
    Holzwege
    Sein und Zeit
    Unterwegs zur Sprache
    Was ist Denken?
    Wegmarken
B. Heller: Grundbegriffe der Physik im Wandel der Zeit
Eckhard Henscheid: Dummdeutsch (I/II/III)
Johann Gottfried Herder: Abhandlung über den Anfang der Sprache
Judith Hermann: Aller Liebe Anfang
    Sommerhaus, später
T. F. Hoad: The Concise Oxford Dictionary of English Etymology
Thomas Hobbes: Elementa philosophiae
    Elements of Law Natural and Political
Hugo v. Hofmannsthal: Der Brief des Lord Chandos
Friedrich Hölderlin: Sämmtliche Werke

Wilhelm v. Humboldt: Schriften zur Sprache
       Über die Sprache
       Über die Verschiedenheit des menschlichen Sprachbaues
Edmund Husserl: Logische Untersuchungen
Ludwig Jäger: Ferdinand de Saussure zur Einleitung
Franz Xaver Judenmann: Oberpfälzer Wörterbuch
Carl Gustav Jung: Archetypen
       Die Beziehungen zischen dem Ich und dem
                                    Unbewussten
Immanuel Kant: Beantwortung der Frage: Was ist Aufklärung?
       Kritik der reinen Vernunft
       Kritik der praktischen Vernunft
       Kritik der Urteilskraft
Sören Kierkegaard: Der Begriff Angst
Friedrich Kluge: Abriss der deutschen Wortbildungslehre
       Etymologisches Wörterbuch der deutschen Sprache
       Rotwelsch. Quellen und Wortschatz der Gaunersprache
       Wortforschung und Wortgeschichte
Wilhelm Köller: Perspektivität und Sprache: Zur Struktur von Objekt-
       formen in Bildern, im Denken und in der Sprache
Paul Kretschmer: Wortgeographie der hochdeutschen Umgangssprache
George Lakoff/Mark Johnson: Metaphors we live by
Lao-Tse: Jenseits des Nennbaren
Pinchas Lapide: Auferstehung: Ein jüdisches Glaubenserlebniss
       Der Jude Jesus
       Er wandelte nicht auf dem Meere
       Ist das nicht Josephs Sohn?
       Ist die Bibel richtig übersetzt?
       Paulus zwischen Qumran und Damaskus
       Warum kommt er nicht?
       Wer war schuld an Jesu Tod?
Stanislaw Jerzy Lec: Sämmtliche unfrisierten Gedanken
Georg Christoph Lichtenberg: Aphorismen
Martin Luther: Das Neue Testament
       Schriften
Lutz Mackensen: Ursprung der Wörter
W. Meid, K. Heller (Hrsg.): „Sprachkontakt als Ursache von Veränder-
       ungen der Sprach- und Bewusstseinsstruktur"
Wolfgang Melzer: Synonymwörterbuch der Umgangssprache

Friedrich Nietzsche: Also sprach Zarathustra
Der Antichrist
Die fröhliche Wissenschaft
Götzendämmerung
Menschliches - Allzumenschliches
Von Wille und Macht
Haugmar Nihmannd: Sonderbare Schriften
Nabil Osman: Kleines Wörterbuch untergegangener Wörter
Wolfgang Pfeifer: Etymologisches Wörterbuch des Deutschen
Jean Piaget: Das Weltbild des Kindes
Julius Pokorny: Indogermanisches etymologisches Wörterbuch
Rainer Maria Rilke: Sämmtliche Gedichte
Luise Rinser: Bruder Feuer
Den Wolf umarmen
Mirjam
Ernst Röhl: Wörterbuch der Heuchelsprache
Lutz Röhrich: Lexikon der sprichwörtlichen Redensarten
Patrick Roth: Riverside
Edward Sapir: Die Sprache. Eine Einführung in das Wesen der Sprache
Ferdinand de Saussure: Grundfragen der allgemeinen Sprachwissenschaft
Friedrich v. Schiller: Sämmtliche Werke
Karl Schiller/August Lübben: Mittelniederdeutsches Wörterbuch
Cornelia Schmitz-Berning: Vokabular des Nationalsozialismus
Rudolf Schützeichel: Althochdeutsches Wörterbuch
Günther Schweikle: Germanisch-deutsche Sprachgeschichte im Überblick
Elmar Seebold: Etymologie. Eine Einführung am Beispiel der deutschen
Sprache
Wolfgang Seidel: Die alte Schachtel ist nicht aus Pappe
Woher kommt das schwarze Schaf?
Georg Trakl: Sämmtliche Gedichte
Alois Walde/Johann Baptist Hofmann: Lateinisches etymologisches
Wörterbuch
Leo Weisgerber: Die inhaltsbezogene Grammatik
Benjamin Lee Whorf: Sprache - Denken - Wirklichkeit
Ludwig Wittgenstein: Philosophische Untersuchungen
Tractatus Logico-philosophicus
Arthur Zajonc: Die gemeinsame Geschichte von Licht und Bewusstsein
Dieter E. Zimmer: So kommt der Mensch zur Sprache

Verlag Ch. Möllmann

Achim Elfers: Kleines (ost)westfälisches Wörterbuch

Ein witziges Wörtabuch für (Ost-)Westfalen und solche, die es weaden wollen oder auch lieba nich. Sprachwissenschaftliche Valässlichkeit kann leida nich garantiat weaden, weil die meisten Wörter ga nich schriftsprachlich voaliegen und allso etymologisch nich rückverfolcht weaden können. Müsst ihr ma selba kucken, was stimmt und was nich.

Achim Elfers: Lehr- und Wörterbuch der Umgangssprache

Jeder kennt sie: die Umgangssprache. Wie wird mit ihr alltäglich umgegangen, dass sie so voller Feeler ist? Und wird mit ihr womöglich nicht nur umgegangen, sondern auch etwas umgangen, gerade weil sie so voller Auslassungen und Logiklöcher ist? Was denken die Umgangssprecher, die lieblos witzig oder gar in übeler Absicht niederwertende Schmähnamen gegen andere Menschen aussprechen? Und was denken jene Sprachsittenwächter, die neuerdings solche Namen verbieten und statt ihrer absonderliche Ersatznamenfolgen wie etwa „mobile ethnische Minderheiten mit Migrationshintergrund" ersinnen?
Dies Buch enthält freche, nachdenkliche, witzige Antworten auf spannende Fragen für alle Sprachinteressierten und lädt ein, die eigene Sprache für tieferes Denken zu eröffnen.

Achim Elfers: Wie Worte werden

Eine Etymologie der deutschen Sprache für Lernende ab zehn Jahren

Von den Runen zu den Buchstaben, von den alten Römern zu den Germanen: Wieso nennen wir etwas ein ‚Fenster'? Oder ein ‚Buch'? Woher kommt der Name ‚Abenteuer'? Was ist zu dem Namen ‚Zeit' sinnvoll hinzuzudenken? Wie kommt es, dass wir heute zu manchen Namen etwas Anderes hinzudenken als frühere Sprecher?
Dies Buch gibt Antwort auf spannende Fragen für Lernende der deutschen Sprache ab etwa zehn Jahren und hilft, die eigene Sprache für das tiefere Denken zu eröffnen.

Verlag Ch. Möllmann

Achim Elfers: Die Phrasen-Fälscher

Ähnlich dem Buche namens ,Der Ohrenzeuge' von Elias Canetti, in dem fünfzig Charaktere literarisch dargestellt warden, liegen in diesem Buche siebzig Sprechdenk-Typen vor. Etwa ,Die Ahnungsentleerten' sind gemeine Sprecher, die nicht durch Ahnungen bestimmt sind, sondern zumeist durch deren Abwesen: „Keine Ahnung!". Oder ,Die Gewohnheitsgrammatiker', die genau wissen, welche Sprache richtig sei, denn sie haben sich daran gewöhnt. ,Die Pseudophen' sind Vielosophen, die kaum zu zählen Vieles „genau" wissen, weil sie es entweder ego-hörig auswendig lernten, egomanisch immer schon wussten oder ego-gläubig so erkannten, als sie die Welt-an-sich erfuhren. Ein hintersinniges, sprachwitziges, wortschöpferisches Buch!

Achim Elfers: Der Fall des Deutschen

Ein Essay über die Heruntergekommenheit der Sprache der Dichter und Denker, die von Anglismus, Leichtsprech und Schrumpfgrammatik rücksichtslos nach unten gezogen wird. Aufrüttelnd und mit tiefer Analyse!

Achim Elfers: Der Fall der Religion

Ein Essay über das Scheitern der Religion Christi in jedem Menschen, der lichtlos an die Welt glaubt und mit ihr an die Schuld. Den Christus hingegen versucht der Weltgläubige zunächst als Verbündeten für sein Streben nach dem Glück umzuwandeln, lässt Ihn dann aber als „untauglich" fallen.

Achim Elfers: Schuld der Exekutive?

Der Weltraum des Menschen wird als Grundlage für die Schuld als das, „was die Welt im Innersten zusammenhält" (J. W. v. Goethe) herausgestellt. Gesetze und Staat werden über den Menschen gesetzt und gestellt, um das Recht und den Geist zu ersetzen. Statt dafür die Exekutive als „schuldig" zu sprechen, kann der Mensch dem an sich toten Staate Leben mit Geist verleihen. – Dies ist ein anschaulicher, aufrüttelnder Essay!

Verlag Ch. Möllmann

Achim Elfers: Andacht an das Wunderbare

Die in diesem Buche enthaltenen Poeme künden innig und sprachlich erstaunend des langen durch die Finsternisse verworrenen Weges der zum Lichte Heimkehrenden. Der Denker und der Dichter sind zwei Geschwister, die als verlorene Söhne gemeinsam den Vater und mit ihm die Heimat des Geistes suchen. Zum Finden allerdings gesellt sich noch jemand zu ihnen hinzu: die Liebe.

Achim Elfers: Der gefangene Sternensohn

Jeder ist der Poet seiner Welt, auch wenn diese nicht als schöngeistig erscheinen mag. Aber sind Seele, Angst, Glück und Liebe in der stofflichen Realität nachzuweisen? Wir Kinder des Weltalls wohnen in unserer Träume und Blindheit Gefängnis. Den Schlüssel tragen wir in uns, doch wir suchen ihn außen. Die schönen, kunstsprachlichen Gedichte dieses Buches sind Sänge des Weges zum Glück, voller Zweifel und Freude, Suche und Geisterfahrung.

Achim Elfers: Die Pforte der Erlösung

Das Unerlöste strebt zu oder harrt der Erlösung. Das Unerlöste ist die Seele, deren ihr übergestülptes Ich noch nicht vergeben oder fortgeleuchtet worden ist. Wie aber Vergebung finden, wenn ihr Sinn nicht gefunden?

„Was ich meinem Bruder sage,
Geistlos oder liebentlich,
Antwort ist auf meine Frage,
Was des Lebens Sinn für mich."

In den Gedichten dieses dritten Gedichtbandes wird der steile Weg der Vergebung von dem Bemerken der Gelücklosigkeit der Welt an bis zu dem Erschließen des höheren Zieles des liebenden Geistes meditativ beschritten.

Verlag Ch. Möllmann

Achim Elfers: Die Wunderschönheit des Lebens

Wohin führt eine enge Pforte des Domes, die Jahrzehnte lang durch einen Hochaltar verstellt war? Und warum lässt der Bischof sie dann schnellstens wieder verschließen? Wieso ist so erstaunlich viel Licht in der Etage oberhalb der Intensivstation des Krankenhauses? Und weswegen geleitet schier unstillbare Sehnsucht die Reise zur größten Schönheit der Welt? Wie und inwiefern ist die bodenlose Halle der Angst nur ein Durchgangsraum zur g'lücklichen Geborgenheit?

In den zehn Erzählungen dieses ersten Erzählbuches wird ein Lied des wunderschönen, liebevollen Lebens jenseits der Fassaden und Kategorien gesungen.

Achim Elfers: Glaube und Angst

„Was tut die Kirche gegen die Angst? Sie schiebt einen Altar davor und behauptet, der Grund der Angst sei deine Schuld. An dem Altar kannst du dann viele Jahre lang um Vergebung bitten und um Gnade flehen, aber so wird deine Angst nur mit dem Altar verdeckt. Hinter ihm und in dir aber bleibt sie immer anwesend."

Die zwölf Erzählungen dieses zweiten Erzählbuches führen hinter die Fassaden der verdeckten Angstverdeckung, des leblosen Buchstabenglaubens und des unbemerkten Geistvermeidungsstrebens und helfen, unsere innere Freiheit zu entdecken.

Achim Elfers: In heiliger Stille

Die empfindsame Jana fährt am 24.12. allein mit der Bahn zu ihrer Schwester, die drei Tage zuvor sie derweil eines nutzlosen Streites am Telephon auslud. Aber die Weihnachtstage alleine zu verbringen? Versöhnung suchend reist Jana trotzdem an und erlebt ihr Weihnachtswunder...

In dieser und noch neun weiteren stimmungsvollen Weihnachtserzählungen dieses dritten Erzählbuches wird der großen Sehnsucht des Weihnachtsfestes nachgegangen, endlich Geborgenheit oder „nach Hause" zu finden.

Verlag Ch. Möllmann

Achim Elfers: Das glaubst du ja nur!

In diesem vierten Buch mit zehn Erzählungen kommt immer wieder anders hervor, dass der Glaube mit Geist mehr denn ein auswendig gelerntes, formales Wissen ist. Dies unbegeistete Wissen bietet die Fassade einer von Gewohnheit gestützten Scheinwelt. Echtes Wissen aber ist etwas, das kaum so zu beweisen ist, dass es ein auf jenes auswendige Wissen ausgerichteter Mensch anerkennt. Und dennoch: „Wir wissen, dass wir lieben und dass ein liebender Mensch uns liebt. Wir können dies ebensowenig beweisen, wie er das kann. Aber wir wissen es, wenn und weil wir es im Innersten glauben."

Achim Elfers: Knecht Ruprechts Rebellion

Der alte Ruprecht hat keine Lust mehr, dem Nikolaus als Kutscher und Geschenkschlepper zu dienen. Besonders seinen harten, Herz zerreißenden Job mit der Rute für die „bösen" Kinder ist er leid. So brennt er mit Nikolaus' Zweitschlitten durch, lässt ihn heimlich schwarz-metallic umspritzen und fährt einen Tag eher als sonst die Tour, um seine eigenen Geschenke an die Bengel zu verteilen. Mit viel Humor und Herz geht er gemeinsamm mit den Knaben der Frage nach ‚gut und böse' auf den Grund.

Achim Elfers: Das Evangelium der Unschuld

Das Evangelium Christi, nun ohne Schuldgedanken erstaunlich neu erzählt. Nun werden alle Menschen als „unschuldig" geschaut, auch der arme Judas, die heuchelnden Pharisäer und die heidnischen Römer. Die frohe lehre Christi ist die der ganzen, umfassenden Unschuld. Wie viele Menschen wissen dies nicht, die in größter Normalität Schuld immer wieder neu entwerfen und ihrem Nächsten zuweisen und denken, sie hätten ein Recht darauf, weil er ja gegen die Gesetze oder die zehn Gebote verstoßen habe. Ohne umfassende, vollkommene Unschuld aber ist keine Liebe. Jesus alias Jeschua Ben Joseph wäre nicht in der Liebe geblieben, hätte er so verurteilt, wie es die vier kanonischen Evangeliumsschriften der Bibel enthalten.
In schöner, großer und tiefer Sprache aber atmet dies Buch den Geist der liebenden Vergebung des Neuen Testamentes und löst alle überkommenen Logik- und Übersetzungsfeeler der geläufigen Evangeliumsschriften auf.

Verlag Ch. Möllmann

Achim Elfers: Eines Tages in Marseille

In diesem großen, spirituellen Roman wird der spannende Weg des suchenden Aurelius aus der Hölle bis zu seiner Erlösung erzählt. Lang und aufreibend ist das Leid unter der Angst, dem Mangel und der Schuld! Doch, nach tiefen Erlebnissen in Hamburg und Berlin, zerfließt in Marseille endlich der trügerische Traum einer sinnlichen Erfüllung,. Und in erkannter ganzer Unschuld eines mörderischen Nächsten findet Aurelius sich als von der ewigen Liebe getragene Seele heil und in der unzertrennten Schöpfung wieder.

Achim Elfers: Die Weltenhavener Runde

‚Weltenhaven' – dieser Name ist ein Pseudonym für die ‚Freie und Hansestadt Hamburg', die gern auch als das „Tor zur Welt" gesehen wird. Heiß und hoch her geht es in der ‚Weltenhavener Runde', zu der vier Studienfreunde immer wieder zusammenkommen. Gott, neueste Nachrichten, Philosophie und die Welt werden bewegt besprochen und freundschaftlich erörtert. So wird die Teilung des Meeres über fünftausend Jahre nach Moses neu erlebt, Sisyphos und Zarathustra werden arbeitspolitisch gegeneinander ausgespielt, und endlich gefunden wird, wonach „Faust" vergeblich suchte. Jeder schaut seinen eigenen Regenbogen, doch die eine selbe Sonne scheint durch den Regen hindurch.

Achim Elfers: Delian

In diesem großen Roman der Sprachgedeihung und Menschwerdung erzählt Achim Elfers die Geschichte des Delian, der, vom LICHTE geführt, auf dem Wege der Seelenfindung wandelt und darauf alle Widernisse durch lockende Abwege, genussverheißende Gegenträume, reizvolle Versuchungen. Eben so erzählt dieser Roman die Geschichte der Sprache und des bewissenden Denkens. Wunderschön!